I0618906

Die

Weiße

Libelle

von

Alexander Ruth

Printed by Amazon Distribution GmbH
© Juni 2017 Alexander Ruth
Alle Rechte vorbehalten.
© Grafik Alexander Ruth/Pixabay.com
Alle Rechte beim Autor.
The moral right of the author has been asserted.
ISBN-13: 978-3-00-057354-5

Moin, ihr Süßwasser-Matrosen!

Seid ihr bereit für ein schmetterlingstastisch-
spannendes Nordsee-Abenteuer?

Diese Geschichten als Seemannsgarn abzutun, ist
vielleicht nicht verkehrt, … aber möglicherweise
sind sie auch wahr …

Schiff ahoi!

**P.S.: In diesem Büchlein werden friesische Redensarten benutzt,
hinten gibt es dafür eine kleine Übersetzung.**

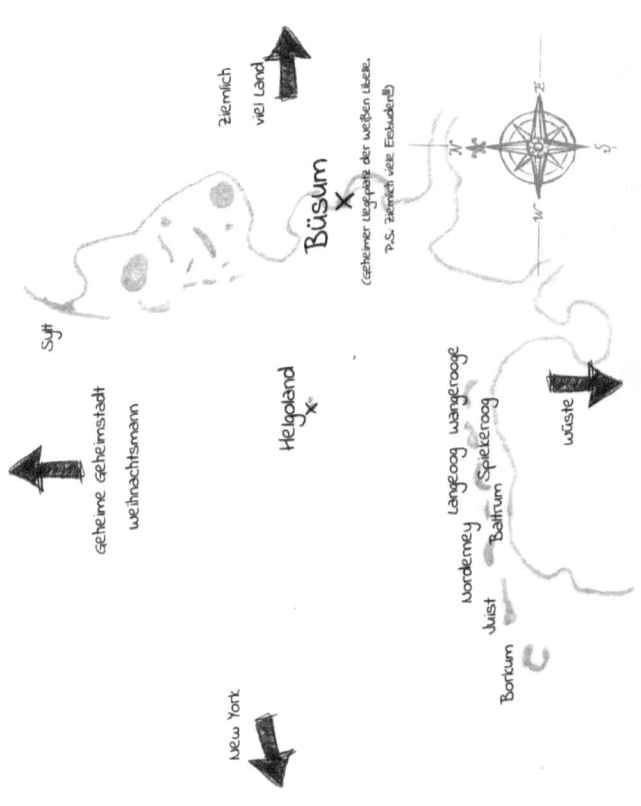

Einhorn Pinkis geheime Reservelandkarte.

P.S.: Die echte magische Seekarte vom nautischen Magierzirkel
ist zu geheim, um sie hier abzubilden!

1. Die »Weiße Libelle«

… Der Regen prasselte hart auf die Wellen, die weiße Gischt spritzte nur so in die Luft. Rau war die See, hart war das Leben, wild waren die Sitten. Es war zwar Sommer, aber anscheinend schien der Himmel ihnen nicht freundlich gesonnen. Das Piratenschiff »Weiße Libelle« mit seinen zweimal vier Groß-Segeln preschte nur so durch die Nordsee. Sie hatten ihren geheimen Geheimhafen in Büsum verlassen! Sie waren Kaperfahrer, Freibeuter, Seeräuber – Piraten! »Hoho«, rief eine kräftige Stimme vom Ausguck herunter. Jahrhundertelang hatten Piraten die Weltmeere mit ihren Schiffen unsicher gemacht, hatten sie Leid und Kummer über die Seefahrer gebracht. Störtebeker, Mary Read, Sir Francis Drake, Bartholomew Roberts, Anne Bonny, Sir Henry Morgan – alles große Namen.

Heute gab es im Nordatlantik und der Nordsee nur noch eines: die »Weiße Libelle«. Aber sie war anders … und sie war bereits in voller Fahrt. Noch war dieses atemberaubende Segelschiff selber nur ein grauer Punkt am Horizont, aber je näher sie kam, desto deutlicher wurde: Das war kein normales Piratenschiff! Erst grüne, dann rote, ja sogar pinke Farben zeichneten sich ab. Ja!

Es war knallbunt! Und noch mehr: Überall ragten Kanonen heraus, vielleicht 200 oder 300? Das war ein Meisterschiff! Ein Superschiff mit besonderem Schliff!! »Hoho«, rief wieder eine echte Männerstimme an Bord, weckte damit die schlafenden Geister. Sie hatten eine Spur aufgenommen, der Ausguck hatte ein schlimmes Verbrechen erspäht! Und das war wirklich fies: eine Ölspur! Die »Weiße Libelle« war das von Umweltsündern meistgefürchtete Schiff in der Nordsee. Die fast 400 Mann starke Besatzung brachte die Schurken auf, bestrafte sie direkt vor Ort und Stelle – und anschließend war das Schiff der Umweltverbrecher wie durch magische Hand verschwunden. Unter Umweltsündern sprachen sie bereits vom »Bermuda-Dreieck« der Nordlande. Niemand hatte auch nur eine Chance, keiner entkam ihnen – wenn die »Weiße Libelle« die Fährte aufgenommen hatte. Und das war auch wichtig: Die Weltmeere waren voll von Plastik, von Altöl, von versenkten Chemikalien, von Geisternetzen. Sie töteten damit unzählige Meereslebewesen. Kaum ein Mensch konnte sich noch vorstellen, dass bis vor wenigen 100 Jahren die Meere so voll mit Fischen waren, dass die Fischer im Hafen einfach nur ihre Lanzen ins Wasser stechen mussten, um fette Beute zu machen. Heute waren die Weltmeere so überfischt, dass nahezu täglich eine weitere Fischart vom Aussterben bedroht war. Laut WWF sind 29 Prozent der weltweiten Fischbestände »überfischt oder erschöpft«, 61 Prozent werden bis an ihre Grenze genutzt. Verschwand ein Glied aus der Nahrungskette, brachte es die anderen zum Wanken. Seehunde mussten leiden, Seepferdchen schwammen mit trauriger Miene durch die Ozeane.

Einige wenige Zweibeiner erließen zwar Gesetze, aber das »Böse« nahm einfach Überhand. Sie vergifteten, sie töteten das Meer! Und dem wirkte die magische Crew der »Weißen Libelle« entgegen. Es war ihr Kampf für Freiheit, Leben und Liebe! Und: Sie erzählten sich schon Horrorgeschichten über sie! Kopfüber hätten sie Umweltsünder dutzende Seemeilen im Wasser hinter sich hergezogen. Außerdem hätten die »Piraten« den Umweltverbrechern so viele schreckliche Schreck- und Gruselgeschichten in 72-Stunden-Marathon-Lesungen vorgetragen – von ihnen war danach nie wieder etwas gehört worden. Gesehen schon gar nicht mehr. Und man munkelte, auch die Ölbohrplattformen waren nicht vor ihnen sicher. Wurden die Freibeuter misstrauisch, statteten sie den Plattformen einen Besuch ab. Warum man davon noch nie etwas gehört hatte? Nachdem die edlen Piraten den Menschen die Leviten gelesen hatten, mussten diese eine Verschwiegenheitsurkunde unterschreiben. So einfach war das. Und den Rest taten die anderen Menschen als Seemannsgarn ab.

»Hoho«, kam es wieder von oben. Diesmal bestätigte der zweite Ausguck die Spur. Ja! Es war Öl! Irgendein Crawler ließ Altöl ins Meer ab! Schockschwerenot! Und das war nicht das erste Umweltverbrechen, dass sie in den vergangenen Tagen entdeckt hatten! Auffällig häufig hatten sie verklebte Möwen, Seehunde und Robben gefunden – die alle dazu noch Plastiktüten verschluckt hatten ... oder in Plastikmüll gefangen waren. Alle Piraten an Bord hatten fürchterlich, bitterlich geweint, als sie einige von ihnen nicht retten konnten. Auch Tonnen von ganz fiesen Giftstoffen hatten sie mit ihren feinen Analysegeräten nachgewiesen. Der Tod in seiner flüssigen Form machte sich in der Nordsee breit! Schreeeeeecklich! Hier ging etwas Unheimliches vor, etwas sehr, sehr Böses!! War das ein Attentat auf die Nordsee? Ein groß angelegter Angriff auf die Meeressäuger? Steckte dahinter ein Plan? »Hoho«, ertönte wieder der Ausguck. Das war zu viel! Sofort sprintete ein grün gekleideter Seemann zur Schiffsglocke. Bim Boing, Bim Boing, Bim Boing, bimmelte der Alarm der schweren Goldglocke, nun

11

waren auch die Letzten an Bord wach, nahmen ihre Positionen ein. Das widerliche Öl zog sich als ein fast 30 Meter langer Teppich über die dunkelblaue Nordsee. Vermischt mit frischen Plastiktüten. Ekelig, einfach abstoßend! Bäh! Aber: Wie bei jeder Spur ... führte es die »Weiße Libelle« direkt zu dem Verursacher.

Da brach der Himmel mit einem Mal auf – und jetzt wurde auch immer deutlicher, was die »Weiße Libelle« für ein wunderschönes Schiff war: strahlend, mächtig, fantastisch! Es war eindeutig ein Piratenschiff aus Holz – und es war in den wunderschönsten Regenbogenfarben gestrichen! Bunt, bunt, bunt! Die acht Segel mit ihren goldenen Einhörnern schienen mit ihren bunten Farben den gesamten Horizont zu erfüllen! Sie leuchteten, sie glühten, sie strahlten! Und überall an der »Weißen Libelle« waren Holzschnitte von allen Tieren der Welt eingelassen. Die Galionsfigur: ein güldener Löwe mit Flügeln. Gigantisch groß! Ja, das war Stolz! Aber wer waren diese Piraten, die dieses Schiff ihr Eigen nannten?

Nun konnte auch immer mehr von der Besatzung ausgemacht werden: Der Großteil der Crew trug grüne Uniformen. Sie sahen irgendwie alle gleich aus. Unter dieser grünen Masse bewegten sich eindeutig einige in anderen Farben. Und sie sahen von den Konturen auch anders aus. Einer war größer, einer kleiner. Und einer schien sogar auf dem Schiff zu kriechen. War das eine Schlange? Am Ruder stand eindeutig ein Lebewesen, das auf jeden Fall anders war! Hatte es Flügel? Es trug auf jeden Fall einen Piratenhut und eine weit ausfallende Freibeuterhose, die in braunen Lederstiefeln endete. Eine schwarze Augenklappe war zwar um den Kopf gebunden, verdeckte aber nicht das Auge, sondern war zur Seite gedreht. So konnte man viel besser sehen. Auffällig: Er trug an der Brust neben dem dicken schwarzen Säbelgürtel hängend einen Sheriff-Stern! Und auf seiner Schulter hockte schlafend ein bunter Mini-Papagei! Hatte er da eine Seifenblasenpfeife im Mund? Blubb, Blubb, Blubb, stiegen kleine und große Bläschen in die Lüfte! Ja, das war eine Seifenblasenpfeife! Das war eindeutig der Rudermann. Und daneben stand eine Baronesse? Das diejenige eine blonde Lockenperücke und ein feines blaues Kleidchen trug, war ebenfalls deutlich zu erkennen. Vor sich hielt sie eine riesige Seekarte. Uralt.

Ragten da hinter ihr auch große Flügelchen in die Luft? Hinter ihnen stand glasklar der erste Offizier des Schiffes. Er trug herrlichste Stoffe, ein Edelmann von oben bis unten. Mit Degen. Französisch wahrscheinlich. Cool stand er einfach da, überwachte, wie die Mannschaft funktionierte. Nur der Kapitän war noch nicht zu sehen.

Doch auch im höher gelegenen Offiziersbereich, auf Höhe des Ruderaufbaus, kam Bewegung rein. Jetzt war es so weit: Der Kapitän machte sich bereit, das Kommando zu übernehmen. Kniiiiiirsch, knarrte die Türe erst langsam, blau leuchtende Glühwürmchen schossen majestätisch heraus, dann sprang die Türe mit einem Male vollständig auf. Tadaaaaaa: »Kapitän« Wild Wild Sonja trat heraus – ihre wilde Energie sprang sofort auf die komplette Mannschaft an Deck über. »Moin, Moin, ihr Landratten!«, brüllte sie über Deck, eine heiße Tasse Schokolade mit Zuckerwatteflocken in der Hand. »Moin, Moin!«, kam es in den unterschiedlichsten Tonlagen von einem schieren Meer an Stimmen wundervoll freudig zurück. Sie war wunderschön, einfach nicht zu beschreiben! Die Crew arbeitete vor Freude noch schneller, Blackbeard Johnny drehte das Ruder noch wilder hin und her – so, dass einigen Nicht-Hartgesottenen schon fast übel wurde. Lieutenant Darfo stand noch cooler als vorher da – und Baronesse Martha de beau fing hinter ihrer Karte an zu kichern. »Hihihi!«

Jetzt war klar: Die »Weiße Libelle« wurde angeführt von den Schmetterlingen! Und die Crew bestand zum größten

Teil aus Elfen!! Elfen vom Weihnachtsmann!!! (Sie hatten im Sommer ja nichts zu tun. Und für ein paar Abenteuer waren einige von ihnen immer gerne zu haben. Auch wochenweise. Es gab ja so viele, die wechselten sich ab.) Dazu trieben sich noch einige Lindwürmer, gleich mehrere Einhörner und noch viele Märchenwesen mehr an Bord herum. Wie ein paar Osterhasen und so. Und sie alle hatten wieder eine Aufgabe: Die Meere der Welt von Umweltsündern zu befreien!!! Jetzt hatten sie eine Spur – und die Ganoven würden in ihrem Leben nie wieder etwas zu lachen haben! »Oh Käptn, mein Käptn!«, drehten sich jetzt die fast 300 Elfen mit einem Male um, schauten Wild Wild Sonja freudig, mit großen leuchtenden Augen an. Sie ließ sich ein wenig Zeit, stand dann fest wie ein Felsen mit breiten Beinen vor dem Rudermann an der Reling und öffnete voller Wut, voller Zielsicherheit und Selbstbewusstsein den Mund: »Nehmt Fahrt auf! Hisst alle Segel!!« »Jipiiiiiiii«, schallte es ihr entgegen, Matrosenmützen flogen in die Luft – und Hunderte Delfine sprangen neben der »Weißen Libelle« aus dem Wasser in die Höhe!! »Schnappen wir uns die Schurken!!!« »Äääh, Kapitän?«, meldete sich jetzt eine Stimme zaghaft.

Die drei blau leuchtenden Glühwürmchen schauten fragend drein. Ein Weihnachtself stand etwas nervös neben Wild Wild Sonja. »Ja?« »Es heißt nur Moin – Moin, Moin ist schon Gesabbel …

2. Die Möwen-Kanone

… Die »Weiße Libelle« bretterte über die Wellen, hob ab und senkte sich. Dazu regnete es. Platsch, Platsch, Platsch. Mit vollen Segeln hatten die Freibeuter die Verfolgung des Umweltsünders aufgenommen. Ihre Spur: Der riesige Ölteppich, der sich auf der Nordsee ausbreitete. »Hoho«, rief der Ausguck nach unten. Blackbeard Johnny hielt das Ruder fest in seinen Händen, mit jeder Welle hüpften er und sein schlafender Mini-Papagei auf der Schulter jedoch hin und her. Madame Martha, die Baronesse de beau, wusste anhand der alten Seekarte genau, in welche Richtung sie segelten. »Gen Nordwest«, sagte sie bestimmt. Zwischen Husum, Büsum und Helgoland befanden sie sich. Lieutenant Darfo war an Deck bei der Mannschaft und heizte ihnen mit seinen Kommandos ein. Und man würde denken, es missfalle der Elfen-Besatzung. Aber nein, sie liebten es! »Aye aye, Sir«, kam es immer nur von hier und da. Elfen waren in

16

der geheimen Geheimstadt des Weihnachtsmanns zuhause, das hier war wie ein Abenteuerurlaub für sie. Sie waren Landratten, aber mit Herz und Leidenschaft bei der Arbeit auf See. Sie brauchten bei ihren Handlungen an Bord gelegentlich einfach einen »Kurswechsel« – ansonsten bauten sie hier zu viel Quatsch. Und mit Lieutenant Darfo klappte es! »Dort die Leinen los, da die Kanonen schon einmal in Stellung bringen!«, kommandierte der Offizier herum. Er hatte zwar auch nur so viel Ahnung wie ein Standard-Märchenwesen auf See, aber das brauchte niemand zu wissen. Nur bei Wild Wild Sonja, Kapitän der »Weißen Libelle«, glaubten alle daran, dass sie wusste, was sie tat. Die drei blau leuchtenden Glühwürmchen blickten grimmig drein. Sie hielt ihren Kurs. »Hoho«, kam es nun wieder vom Ausguck. Wild Wild Sonja hielt das Fernrohr an ihr Auge. Ja, sie kamen immer näher, sie konnte bereits die Umrisse des Meeresverschmutzers ausmachen. Blackbeard Johnny bremste das Schiff, auf Sonjas Zeichen stieg der Rudermann mit quietschenden Segeln in die Eisen. Die Wellen spritzten – drei Sekunden später ruhte die »Weiße Libelle« nahezu friedlich auf hoher See! »Schickt die Möwen los!«, befahl Wild Wild Sonja jetzt. Und es dauerte nur Augenblicke, da öffneten sich die hinteren

Kanonenklappen – und Lieutenant Darfo gab das Kommando: »Feuer!« Hunderte Wasservögel schossen wie Kanonenkugeln aus den Rohren heraus, Möwen flogen wie Lenkraketen erst geradeaus, bogen dann ab und nahmen wie Marschflugkörper Kurs auf das Ziel vor ihnen. »Saubere Sache, Seemann«, nickte Wild Wild Sonja Lieutenant Darfo respektvoll zu. Geiht nich, givt nich! Yeah. Wenn Schmetterlinge eines auf See konnten, dann war es Möwen aus Möwen-Kanonen abfeuern. Und sie waren schnell, die alten Fischbrötchenklauer. Es dauerte nicht ganz eine Minute, da konnte Wild Wild Sonja bereits mit ihrem Fernrohr erkennen, dass die Möwen das Schiff vor ihnen erreicht hatten. Sie würden nun alles darüber herausfinden. Wie viel Mann Besatzung es hatte, wie groß es war, wie schnell es fuhr. In wenigen Augenblicken würden sie zurückkehren. Das wussten auch die Elfen. Fofteihn maken war angesagt – an Deck bereiteten sie bereits das Buffet vor: Fischbrötchen, Krabbencocktails, Sushi und viel, viel Zuckerwatte sowie Schokolade. Dazu Fässer voll Algenbier. So liebten sie es, die fliegenden Seebären. Im Möwen-All-Inclusive-Vertrag war alles fein säuberlich aufgeschrieben worden. Kräh Kräh, Kräh, konnten sie die Möwen bereits hören. Sie waren auf dem Rückweg, nicht mehr weit entfernt von

18

der »Weißen Libelle« … und mit einem Mordsspektakel flogen sie die Elfen über den Haufen, landeten direkt an dem riesigen Buffet an Deck. Die Schlacht konnte beginnen! »Käptn?!«, krächzte es nun neben Wild Wild Sonja. Sie hatte bereits auf sie gewartet. Mathilde Möwe (Ja, das war ihr richtiger Nachname beziehungsweise Familienname. Alle Möwen hießen witzigerweise »Möwe« mit Nachnamen) war die Anführerin ihrer knapp 300 Möwen starken Familie. Und das war nur ein kleiner Teil der Sippschaft. Der Rest arbeitete in und um Büsum herum. Einige auch in und um Cuxhaven sowie bei Norderney, Baltrum und Wangerooge. Hauptbeschäftigung: Fischfang sowie Touristen Eis, Waffeln und Brötchen direkt aus der Hand klauen. Nach ihrem kanonenstarken Auftritt erstattete Mathilde Möwe Bericht, derweilen fiel ihre Familie über das Buffet mit einem Gejaule her, alle Crewmitglieder schauten amüsiert zu. »Käptn«, sagte Mathilde Möwe, während eine Schlägerei unter ihren Familienangehörigen ausgebrochen war. »Das ist ein nordkoreanisches Containerschiff. Nicht groß, eher klein. 20 Mann Besatzung, eine Kleinigkeit. Geschwindigkeit: Langsam wie eine Krabbe auf Land. Und sie lassen Öl ab, viel Öl! Gemischt mit Plastiktüten!!!«

Wild Wild Sonja rieb sich grimmig die Hände. »Sehr gut gemacht, Mathilde, wie immer!« Mathilde Möwe leckte sich jetzt auch den Schnabel. Unten war die Schlägerei beendet, jede Möwe hatte sich ihren Teil samt Getränk reserviert. »Nich lang schnacken, Kopp in´n Nacken«, tönte die Möwen-Familie bereits. Jetzt war sie auch dran.

Gerade wollte Mathilde nach unten segeln, da fiel ihr noch was ein: »Und abschließend haben wir den ganzen Kutter vollgeschissen. Doppelte Ladung, wie gewünscht!« Blubb, Blubb, Blubb, stiegen jetzt zur Bestätigung die Seifenblasen aus Blackbeard Johnnys Seifenblasenpfeife in die Höhe. 1A gemacht! Respekt! Wild Wild Sonja grinste, die drei blau leuchtenden Glühwürmchen summten fröhlich auf, doch dann nahm Wild Wild Sonja wieder ihre ernste Miene an. »Langsam wie eine Krabbe auf Land« bedeutete, dass sie jetzt, da sie wussten, wer der Gegner war, sie ihn in Nullkommanix würden haben können. Wild Wild Sonja bestellte den Führungsstab der »Weißen Libelle« zu sich ein. Martha, Darfo und Johnny waren bereits da, es kamen noch Lulu, das pinke Antreiber-Einhorn, und der blaue Schleimerix, ein an Land lebendes Fischwesen. Eigentlich gab es keine festen Führungspositionen an Bord der »Weißen Libelle«.

Lediglich Sonja war gesetzt. Wenn Martha, Darfo und Johnny keine Lust hatten und vielleicht ein Nickerchen vorzogen, dann war das so. Es gab nur eine Regel an Bord: Zur Führungsbesprechung mussten neben Sonja immer fünf weitere Lebewesen vom Schiff dabei sein. Aber die Zahl hatten sie geschafft. Und wie immer in so einem Moment, nahm dann jeder Einzelne seine Rolle ernst. Bitterernst. Grrrr.

»Ihr wisst mittlerweile, worum es geht?« Alle Anwesenden nickten grimmig. Schweine, Schurken, Schmarotzer! »Jawoll, Käptn!«, nickte Lieutenant Darfo ihr stellvertretend für alle anderen mit französischem Charme zu. Sonja schaute die Truppe mit festem Blick an, ihre Taktik war gebufft und ausgeklügelt: »Ich schlage einen Blubber-Angriff vor!« Ruhe, Stille, Pause. Einen Blubber-Angriff??? Auweia! Das war ja mal eine Hausnummer! Schockiert schauten Lulu und Schleimerix drein. Dreimal kräftig durchatmen. Das klang so ... gefährlich! Sie wurden ganz weiß. Hellpink und hellblau, quasi. Auweia, der war heftig – und phänomenal!

Eigentlich hatten sie keine Ahnung, aber das konnten sie nicht sagen. Lieutenant Darfo nickte hingegen heftig, Blackbeard Johnny haute Lulu siegessicher auf den Schenkel, die Baronesse de beau kicherte vergnügt. Es blubberte und spritzte immer so herrlich, wenn sie einen Blubber-Angriff durchführten. »Am liebsten aber bei Sonnenschein!«, hob sie zum Einwand die Hand. Zum Glück kündigte sich bereits der Wetterumschwung an.

 Der Regen war verschwunden, sie näherten sich der Mittagsstunde und die ersten Sonnenstrahlen durchbrachen die Wolken. Mitte 20 Grad waren für heute Nachmittag angesagt. »Ohja«, träumte Martha bereits vergnügt. Okay, so machen wir es! Wild Wild Sonja schaute Johnny an: »Dann ist es geritzte Sache!« Der brauchte etwas. Pling. »Ohja«, zog er seinen Säbel und ritzte einen Ritz in die Ritzeleiste der Blubber-Angriff-Planke. Nummer 4356. »Hehe!« Lieutenant Darfo in seinem herrlichen Franzosen-Zwirn nahm bereits die Flaschenpost-Flasche, führte den Zettel mit dem Symbol »Blubber-Angriff« ein, steckte den Korken drauf – ging zur Reling und hielt die Flasche über Bord. »Blubber-Angriff?«, wollte er ein letztes Mal zur Absicherung wissen. Fünfmal ein Nicken! »Blubber-Angriff!!!», befahl Wild Wild Sonja. Lieutenant Darfo ließ die Flasche in die Nordsee fallen …

3. Der Blubber-Angriff

… Die Sonne brannte auf das offene Vorderdeck, es herrschte die Ruhe vor dem Sturm. Die Elfen waren auf Position, wenn man das so sagen konnte: Wie japanische Touristen standen sie mit Fotoapparaten und Ferngläsern bewaffnet, hatten Popcorn und Zuckerwatte in den Händen. Die »Weiße Libelle« war voll auf Kampf eingestellt. Das knallbunte Piratenschiff mit seiner güldenen Galionsfigur bewegte sich keinen Millimeter, schwappte lediglich mit dem leichten Wellengang auf und ab. Plastiktüten trieben auf der Nordsee herum. Der umweltzerstörende Crawler würde es nicht mehr lange machen! Widerliches Drecksschwein! Die Spannung war sprichwörtlich zu sehen: Baronesse Martha de beau hockte im Bikini, mit Strohhut und Sonnenbrille auf der Nase auf ihrer Sonnenliege. Nervös tippelte sie mit dem Füßchen hin und her. Sie hatte sich extra mit wasserfester Sonnencreme eingeschmiert. Damit keine Tropfen in den eisgekühlten Erdbeerinha plumpsen würden, hatte sie sich noch ein Schirmchen in Herzchenform besorgt. Und jetzt sollte es losgehen. Auch die anderen Offiziere an Bord konnten es kaum noch abwarten: Lieutenant Darfo gab bereits die Instruktionen zum Kapern, merkte aber, dass die Elfen ihm nicht zuhörten. »Möchtsn Bonsche?«, konnte er sie hören. Rudermann Blackbeard Johnny hingegen war voll bereit – er hatte sich mit unzähligen Seilen am Ruder festbinden lassen. Seinen Sheriff-Stern hatte er extra poliert. Er war der Kapermeister der Truppe, wenn es losgehen würde, würden alle auf sein Kommando hören. Hoffentlich. Und Wild Wild Sonja?

Der Kapitän der »Weißen Libelle« stand wie eingemeißelt dort. Die drei blau leuchtenden Glühwürmchen schwebten neben ihr. Wild Wild Sonja schaute grimmig aufs feindliche Schiff, suchte aber auch immer wieder die Meeresoberfläche nach den ersten Zeichen ab. Sie hatten die Nachricht gesendet. Der Blubber-Angriff würde erfahrungsgemäß in den nächsten Sekunden starten. Auf ihre Verbündeten unter Wasser war Verlass. »Es sei denn, ihnen ist mal wieder ein ordentlicher Schwarm Tintenfische über den Weg geschwommen«, flüsterte Schmetterling Darfo Johnny rüber. »Dann dauert es«.

Beide guckten ein wenig geknickt. Sonja verdrehte die Augen. Ihre Verbündeten waren ganz schöne Schleckermäulchen. Aber der Satz hätte auch für jedes Mitglied ihrer Crew gelten können. Allerdings würde es sich dabei nicht um Tintenfische handeln, sondern um Zuckerwatte, Schokolade, Erdbeerinha oder andere herrliche Leckereien. »Ein Glas Wasser?«, bot jetzt Schleimerix, das an Land lebende Fischwesen, Kapitän Sonja an. Sie war ganz versunken in Gedanken, nahm den Becher an … und kippte den Inhalt mit einem Mal herunter. Sofort wurde sie grün, blau, rot. »Pfffffffft«, spuckte sie aus, verdrehte wieder die Augen. Salzwasser!! Logo, dass Schleimerix ihr sein Lieblingsgetränk angeboten hatte. Aber sie konnte ihm nicht lange sauer sein – und langsam wurde sie nervös: »Gut, dass du da bist!«, schlug sie ihm auf die Schulter. Schleimerix rutschte unruhig auf seinem Schleim hin und her.

»Warum?« Hoffentlich sollte er nicht den Köder spielen. Vielleicht war der Blubber-Angriff abgesagt worden? »Du bist doch unser Kontaktmann?« Die drei blau leuchtenden Glühwürmchen um sie herum beunruhigten ihn mit ihrem Surren ein wenig. »Kontaktmann?« Sonja verdrehte erneut die Augen, schaute ihn jetzt genervt fragend an. Schleimerix war nicht der Hellste.

»Kontaaaaaktmann!« »He?« »Nach unten!!«

»Ooooooooh!«, verstand Schleimerix jetzt, was sie sagte. Gut, es hatte auch noch gebraucht, dass sie auf die Nordsee und dann noch nach unten gezeigt hatte, aber jetzt hatte er wirklich verstanden! Ehrenwort! Doch nun:

»Und was soll ich machen?« Augenverdreh. Das gibt's doch nicht: »Ööööh«, stöhnte Wild Wild Sonja auf. Immer diese Hobby-Piraten. »Frag nach!« Aaaaaah. Der Groschen war gefallen. Schleimerix watschelte fix zur Reling – und sprang über Bord in die Nordsee. Wild Wild Sonja blieb felsenfest auf der Stelle stehen, Lieutenant Darfo eilte hinterher und schaute auf die Meeresoberfläche. Außer ein paar Bläschen war nichts mehr zu sehen.

Die »Weiße Libelle« lag mehr oder weniger ruhig in der See. (Lediglich drei Einhörner kamen ganz gehetzt an Bord, sie hatten heimlich an einem Schlickfußball-Turnier bei Butjadingen teilgenommen. Jetzt hatten sie es aber eilig.) »Hoho«, kam es mit einem Mal vom Ausguck – und bei den Hobbypiraten vom Nordpol mit Weihnachtserfahrung kam Begeisterung auf ... sofort richteten sich Hunderte Kameras nach Backbord. Knips, Knips, Knips. Ja! Da war es wirklich zu sehen, es ging los: Als erstes sahen sie zwei, drei große Blasen an die Meeresoberfläche ploppen, dann immer mehr. Und sie nahmen Kurs auf das Drecksschwein vor ihnen! Der Crawler vor ihnen, der Umweltsünder mit seiner kilometerlangen Ölspur, entfernte sich leicht von ihnen.

Aber immer näher und näher kamen die Blasen ihm, immer mehr und mehr stiegen empor. »Soooo viele?«, hauchten bereits die ersten Elfen. Lieutenant Darfo peitschte seine Befehle an die Entermannschaft. Bluuuuuuub, Bluuuuuuub, Bluuuuuub, waren die Blasen jetzt auch schon zu hören. Die »Weiße Libelle« geriet ins Schwanken. Erst leicht, dann immer heftiger. Blackbeard Johnny zog sich seine Augenklappe vor das Auge, schaute noch schnell, ob er wirklich, wirklich fest am Ruder festgebunden war. Und dann geschah es: »Oooooooooh«, schrien alle Zuschauer des bunten Piratenschiffs auf. »Hihihi«, kicherte Schmetterlingsmädchen Martha, jetzt, da sie endlich die Wasserspritzer abbekam. Nun bemerkte anscheinend auch die Besatzung des nordkoreanischen Umweltsünders, dass es schlimm um sie stand. Sie wurden angegriffen! Hektisch rannten sie hin und her, es schien, als würden die Motoren aufheulen. Zu spät. Nur wenige Meter vor ihnen schossen zehn, nein, 15, nein, knapp 20 Pottwale aus dem Meer, sprangen meterhoch in die Luft – und brachten den Crawler mit den Wellen, die sie beim Aufschlagen auf dem Wasser erzeugten, schon fast zum Kentern. Es gehörte zum Ehrenkodex eines jeden Meeressäugers, der »Weißen Libelle« zu helfen!

Und jetzt gab Kapitän Wild Wild Sonja den entscheidenden Befehl. Sofort mussten die zwangsverpflichteten Enter-Elfen die Segel hissen. In Sekunden nahm die »Weiße Libelle« Fahrt auf. Lieutenant Darfo rannte mit einem Megafon nach vorne, kletterte auf die Galionsfigur, den güldenen Löwen mit Flügeln:

»Im Namen der bewohnten Märchenwelt, der Erde und des Lebens, schalten sie ihre Maschinen aus und ergeben sie sich uns!!!«, brüllte er voller Hass zum Crawler herüber. Aber es schien, dass die Nordkoreaner immer noch dem Irrglauben erlegen waren, sie hatten eine Chance, aus der Sache heil herauszukommen. Sie gaben Gas – aber sie merkten nicht, dass sich die Pottwale direkt unter ihrem Schiff sammelten. Bei ihrem Sprung hatten sie so viel Luft in sich hereingesogen, dass ihre Lungen zu explodieren drohten. Und das durften sie auch – nur unter dem Schiff. Der Blubber-Angriff begann!

»Blub, Blubb, Blubbb, Bluuuuuuuuuub«, schossen die Blasen von knapp 20 Pottwalen heraus. Die »Weiße Libelle« schwankte zwar auch wie wild, nahm aber weiter Kurs auf den Crawler. Ein Blitzlichtgewitter auf dem Vorderdeck! Die Elfen, die nicht der Entermannschaft zugeteilt waren, gaben ihr Bestes, um ihre Fotoalben mit den besten Schüssen dieses Angriffs vollzubekommen.

»Das ist unsere letzte Warnung!!!«, brüllte Lieutenant Darfo wieder ins Megafon. Die drei blau leuchtenden Glühwürmchen flogen jetzt ganz aufgekratzt um ihn herum. »Ergeben sie sich, gestehen sie ihre Sünden – und ihnen wird zwar auch Schlimmes geschehen, aber nicht so schlimm, als wenn sie vor uns zu flüchten versuchen!!!« Keine Reaktion. Das war's! Ende im Gelände! Mit einem Mal ließen die Pottwale alles raus, was sie in sich hatten. Ein Blubber-Angriff in Perfektion!!

Der Crawler schien den Wellengang fast noch zu halten, aber bei der härtesten Welle des Blubber-Angriffs war es um ihn geschehen. Fast 30 Meter schoss erst das Heck in die Höhe, Neigungswinkel 130 Grad, dann ploppten die Blasen so auf, dass nun der Bug in schwindelerregende Höhe flog. Die ersten Matrosen fielen kreischend von Bord. Rauch stieg auf. Das Schiff brannte bereits. Nun hatte es Schlagseite. Containerweise fielen Plastiktüten und Geisternetze von Bord.

»Volle Fahrt voraus«, brüllte Schmetterlingskapitän Wild Wild Sonja. Rudermann Johnny wurde vom Ruder nur so hin und her geschleudert. Mal nach oben, mal zur Seite, mal knallte er hart auf den Planken auf. »Autsch«, fluchte er dabei, der Mini-Papagei auf seiner Schulter schlief weiter – aber er hielt Kurs! Und es nahte sich das Ende:

Die Wale sahen, dass sie den Blubber-Angriff perfekt durchgezogen hatten, auch dass sich die »Weiße Libelle« zum Entern bereit machte. Sie tauchten ab. »Hoho«, rief nun der Ausguck und deutete damit an, dass Johnny hart einschlagen sollte. Wie ein Speedboot schien er die »Weiße Libelle« zu wenden, der Bug drehte unter schäumenden Wellen zur Seite weg, das Heck knallte an den Crawler. Lieutenant Darfo gab das Enter-Signal, zehn Elfen schnitten Rudermann Johnny sofort frei. Mit vollster Wut sprintete Blackbeard Johnny an der nach vorne stürmenden Wild Wild Sonja vorbei. Die Elfen hatten bereits Hunderte Enterhaken mit ihren Armbrüsten nach oben geschossen. Festgemacht am Crawler zogen immer zwei Enterhaken eine Kletterleiter aus festem Seil hinter sich her. Drei, vier Nordkoreaner versuchten zwar noch, die Haken vom Schiff zu lösen – aber sie hatten keine Chance! Dutzende Elfen waren bereits auf den Strickleitern – und zogen die Haken damit einfach fest ... und es waren einfach zu viele Enter-Elfen. Blackbeard Johnny hechtete an allen vorbei, setzte seine Flügel ein – und schoss wie ein Wahnsinniger fliegend nach oben. Mit dem Säbel in der Hand kam er oben an!! Der schlafende Mini-Papagei immer noch auf seiner Schulter – er schnarchte jetzt laut, gruselig. Das

Entsetzen war in den Augen der Nordkoreaner abzulesen!!! Um den Kapitän des Containerschiffes hatten sich gerade noch einmal zwei Matrosen mit Messern versammelt, die anderen sprangen beim Anblick des schrecklichen Johnny schreiend und kreischend über Bord. Jetzt schafften es auch die Elfen wild brüllend an Bord, Lieutenant Darfo und Wild Wild Sonja landeten voller Zorn. Aber vor allen stand er, Johnny: mit schwarzem Piratenhut, Augenklappe über dem Auge, im vollsten Piratendress, einem fürchterlich schnarchenden Mini-Papagei auf der Schulter – und mit dem Säbel in der Hand. »Ich bin der Piraten-Sheriff!!!«, sein Sheriff-Stern funkelte wie magisch an seiner Brust auf. »Und das ist eine Übernahme im Namen der Gerechtigkeit – ihr habt verwirkt!! …

4. Folter

… Es war dunkel, schwülheiß – und sehr beängstigend. Die »Weiße Libelle« ruhte, schwankte allerdings leicht auf der Nordsee. Sie hatten die Plastiktüten eingesammelt, das Innerste der »Weißen Libelle« war zur Folterkammer geworden. Fürchterliche Qualen mussten die Männer erleiden. Der Geruch von verdorbenen Lebensmitteln, abgestandenem Wasser mischte sich mit dem von Angstschweiß. Sie würden keine Gnade walten lassen. Wahrscheinlich. Zumindest war alles andere sehr unwahrscheinlich. In einen geheimen Verhörraum hatten sie den Kapitän des nordkoreanischen Containerschiffes mitsamt dreier Matrosen gesperrt. Mehr hatten den Angriff »nicht überlebt«. Besser: Die Pottwale hatten den Rest in sich hineingesogen. Ob sie noch lebten, dass hing jetzt ganz von den Walen ab. Wahrscheinlich hatten sie sie nach »Guantamotraz« gebracht – das geheime Geheimgefängnis für Umweltsünder der Märchenwelt.

Aber es interessierte auch niemanden an Bord der »Weißen Libelle«. Denn: Wenn sie herausfinden wollten, wer oder was für die Serie von Umweltverbrechen in der Nordsee verantwortlich war, ob es Zufall war oder ob dahinter ein perfider Plan steckte, dann würden sie das hier von dem Kapitän oder einem seiner Männer erfahren. Der Kapitän war allerdings der nordkoreanische Oberschurke auf dem Schiff gewesen. Es hatte die Nordsee mit einer riesigen Ölspur und unzähligen Plastiktüten verseucht. Und alle Zeichen deuteten darauf hin, dass da mehr hintersteckte als der pure Zufall. »So blöd sind wir nämlich auch nicht«, ballerte Blackbeard Johnny dem Koreaner eine ins Gesicht. Patsch, flog der nordkoreanische Kopf von der einen Schulterseite zur anderen. »Ich nix verstehen«, versuchte er noch sein Spiel als unschuldiges Seepferdchen. Aber Pustekuchen, Johnny war schlauer als er. Vielleicht. Nicht unbedingt.

Aber Wild Wild Sonja und Lieutenant Darfo waren es schon. So viel war schon einmal klar. Die Baronesse de beau beteiligte sich nicht an diesem Verhör. Sie zog es in diesen Fällen vor, das gute Wetter zu genießen und sich ganz dem Sonnenbad zu widmen. Das war auch gut so. Ansonsten würde es hier unten nur viel zu viele Tränen geben. Und die gab es auch so. Die drei anderen gefangenen Matrosen heulten vor Angst wie Sirenen auf ihren Felsen. »Mädchen«, ballerte Piraten-Sheriff Johnny jedem von ihnen eine. Dann ging er zum ersten Matrosen zurück und drückte ihm seinen Sheriff-Stern ins Gesicht. »Siehst du? Weißt du, was das ist?« Die Koreaner waren unsicher, sie wussten, dass sie es hier mit sprechenden Märchenwesen zu tun hatten. Natürlich waren sie hin- und hergerissen. Waren sie bereits tot und das vor ihnen waren die letzten Zuckungen ihrer Gehirne? Hatte ihr Schiff einen schweren Unfall gehabt? Waren sie vielleicht im Koma, lagen in irgendeinem Krankenhaus auf der Intensivstation und das waren hier alles nur Halluzinationen dank der starken Schmerzmittel? Vieles sprach dafür – eines aber nicht: Die Koreaner schafften es, sich untereinander zu unterhalten. Und sie hatten sich bereits gegenseitig Fragen gestellt, die nicht in irgendeinem Traum beantwortet werden konnten.

Allerdings: das hier war so surreal!

Vor ihnen standen Schmetterlinge. Sprechende Schmetterlinge. Und diese Schmetterlinge waren dazu noch so eigenartig kostümiert. Als wäre das hier ein Piraten-Maskenball. Und dann noch das Schiff: Es war bunt wie der Regenbogen. Riesig, wirklich riesig groß. Größer als die Schiffe, die sie im 17. und 18. Jahrhundert gefahren hatten. Und so viele Kanonen. Die wunderschönen Tierschnitzereien aus Zedernholz. Hundertfach. Ein einziges Kunstwerk. Dazu noch diese majestätische Galionsfigur. Und die güldenen Einhörner auf den Hauptsegeln! Und dann noch Hunderte Elfen! Alle in grünen Matrosenuniformen steckend. Und noch mehr: Überall liefen Lebewesen in Piraten-Kostümen an Deck herum, die kannten sie selber nur aus jahrhundertealten Märchen, Sagen und Legenden. Kleine Piraten-Drachen hatten sie entdeckt, echte Einhörner Lindwürmer, Waldschrate, Feen, Osterhasen und noch viele, viele mehr, deren Namen sie nicht kannten. Alle in herrlichen Piraten-Kostümen! Das war doch nicht real?

Die drei Matrosen waren am Ende ihrer Kräfte. Nur der nordkoreanische Kapitän schien sturer zu sein, er benahm sich wesentlich anders. Magisch anders. »So, als ob du mehr weißt als deine Landsmänner«, beugte sich Wild Wild Sonja jetzt zu ihm mit einem grimmigen Lächeln herunter. Er funkelte sie mit seinen schwarzen Augen an. »So schwarz wie deine Seele, … nicht?«, flüsterte sie ihm jetzt ins Ohr. »Ich weiß, dass du mehr weißt … und bist.« Die drei blau leuchtenden Glühwürmchen kreisten nun stinksauer um seinen Kopf herum. Der nordkoreanische Kapitän grinste verschmitzt, teuflisch verschmitzt. »Ahaaaaaa«, drehte sich Johnny nun um. Er rannte zu ihm hin. »Ich«, hielt er ihm seinen Piraten-Säbel unter die Nase, »lasse mich von dir nicht verarschen!!« Plötzlich: Der Kapitän zischte mit einem Mal magisch wie eine verwunschene Schlange auf, zuckte sogar nach hinten. Olá, was war denn das?

Wild Wild Sonja und Lieutenant Darfo schauten sich an. Sie hatten ihn mit Feuerquallen malträtiert, hatten vor ihm stundenlang Zuckerwatte gegessen und ihm nichts abgegeben, hatten sogar das Fiesteste, was sie an Bord hatten, eingesetzt: Sie hatten zwei volltrunkene Elfen im übelsten Stimmbruch Weihnachtslieder singen lassen!

Aber nichts, rein gar nichts hatte ihn aus der Fassung gebracht. Aber jetzt? Jetzt hatte er zum ersten Mal so etwas wie eine Reaktion auf ihr Verhör gezeigt! »Johnny?« »Ja?«, drehte sich der Macho in Lederstiefeln um. Er war nicht blöd, er hatte etwas bewirkt. Das hatte er gemerkt.

Er strahlte Sonja an: »Boah, bin ich gut, … nicht?« »Öh«, verdrehte Sonja ihre Augen, Darfo musste kichern. Johnny hatte es zu allem Überfluss noch so gesagt, als wäre er ein griechischer Gott. Siehste, so bin ich: Von Gott gegeben, einfach schön, massiv intelligent – und auf Frauen immer betörend wirkend! Wie ein griechischer Mann eben. Auch die drei blau leuchtenden Glühwürmchen konnten nicht anders, als zu kichern. Hihihi. »Öööh«, zeigte Sonja auf den nordkoreanischen Kapitän. »Geh bitte noch einmal zu den Dreien dort drüben.« Johnny schaute sie fragend an, folgte aber ihren Worten. Blackbeard Johnny tuckerte zu den Matrosen herüber, hielt jedem einzelnen von ihnen den Säbel unter die Nase. Außer Geschluchze aber nichts gewesen. Er merkte es. »He?«, wurde nun auch der Schmetterlingsmacho misstrauisch. Er schaute den Kapitän wieder an. Der blickte nun genauso starr wie die ganze Zeit vorher geradeaus. So, als wäre vorhin nichts gewesen.

»Hmm«, ging Johnny nun wieder zurück – und je näher er ihm kam, desto nervöser wurde der nordkoreanische Kapitän. Zack, sprang Johnny mit einem Mal nun nach vorne, hielt ihm erneut seinen Säbel unter die Nase. Da wieder: Er wich leicht mit dem Kopf zurück! Ahaaaa! Johnny ging nach hinten – und mit einem Mal tat der Kapitän direkt wieder so, als wäre nie etwas gewesen. »He?« Johnny wusste nicht was, aber er spürte es. Mit einem Mal machte Johnny erneut einen Satz nach vorne, ging diesmal mit seinem Oberkörper sogar noch näher an ihn ran. »Ziiiiiisch«, fauchte jetzt der nordkoreanische Kapitän mit einer Stimme, die nicht von der Erde zu stammen schien. Die drei blau leuchtenden Glühwürmchen waren ganz verwirrt. He?? Johnny machte einen Schritt nach hinten. Entspannung. Einen wieder nach vorne. »Ziiiiiisch.« Nach hinten, nichts. Nach vorne: »Ziiiiiiisch«. Wild Wild Sonja und Lieutenant Darfo betrachteten das Spiel – und ihr Blick fiel auf Johnnys Brust. Jedes Mal, wenn er sich dem Kapitän näherte, drückte er ihm den Sheriff-Stern beinahe ins Gesicht. Ein Zufall? »Es gibt keine Zufälle, sagte einst ein sehr weiser Freund zu uns«, murmelten Darfo und Sonja gleichzeitig … und gingen zu Johnny nach vorne. Sie wussten, woher er den Sheriff-Stern hatte. Bei einem

37

ihrer letzten großen Abenteuer in der goldenen Himmelsstadt bei Petrus hatte Johnny den Sheriff-Stern erhalten. Es war ein himmlisches Artefakt, zweifelsohne.

Und damit hatte der Sheriff-Stern seine eigene Magie, … wenn er hier unten auf der Erde war. Er war unter anderem gemacht aus dem feinsten Material, das das Universum kannte: dem Guten an sich. Und er löste bei dem Kapitän eine abstoßende Gegenreaktion aus – da musste Schmetterling nur eins und eins zusammenzählen. Bis auf vielleicht Johnny. Der brauchte gerade noch ein wenig.

Wild Wild Sonja und Lieutenant Darfo waren da weiter. Johnny fuchtelte gerade noch mit seinem Säbel vor dem Kapitän rum, der zischte wieder nicht menschlich, da packte Sonja Johnnys Rücken, schob ihn fest nach vorne – und drückte damit den Sheriff-Stern dem Kapitän mitten ins Gesicht! »Aaaaaaaaaaaaaah«, brüllte er erst auf. »Ziiiiiiiiisch«, fauchte dann das Wesen in ihm, dass es die drei nordkoreanischen Matrosen so erschauern ließ, dass sie sofort kreidebleich wurden. »Schön, mein Freundchen«, zog Sonja Johnny zurück und schaute dem Kapitän tief in die Augen, tief in seine Seele. »Dann wollen wir mal schauen, wer da in dir steckt«, schnipste sie mit ihren Fingen in der Luft. Die drei blau

38

leuchtenden Glühwürmchen zitterten jetzt wie Espenlaub. Lieutenant Darfo war derweilen einmal nach oben zu ihrer geheimen Schmetterlingskiste gerannt und mit einer kleinen Ampulle zurückgekehrt. Beim Anblick der magischen Ampulle riss der Kapitän voller Entsetzen seinen Mund auf – aber es war ein stummer Schrei. Blaugrün leuchtete der Saft dort in der Ampulle. Magisch.

Wild Wild Sonja blickte ihn siegessicher an: »Wir haben bisher noch jedes Rätsel knacken können.« Johnny war zurückgewichen und schaute verdutzt seinen Sheriff-Stern an. Jetzt fiel ihm erst auf, er leuchtete ja! Je näher er dem Kapitän war desto intensiver, je weiter er sich von ihm entfernte, desto schwächer wurde das Leuchten.

»Öhm«, rieb sich Pirat Johnny das Köpfchen, seine Gehirnzellen fingen an zu arbeiten. Konnte der Sheriff-Stern das Böse identifizieren? Noch während er überlegte, schritten Wild Wild Sonja und Lieutenant Darfo zur Tat. Darfo in feinstem französischem Edel-Zwirn hielt den Kopf fest, Sonja öffnete mit einem Fingerschnipp die Ampulle, packte mit der anderen Hand das Kinn des Kapitäns – und schüttete die blau-grüne Flüssigkeit rein. Sie hatten sie damals von Zeus und Apoll geschenkt bekommen! Und dazu hatten sie ihr was ins Ohr geflüstert. Niemand hatte es damals mitbekommen –

aber nun war der Moment gekommen, da sie sie einsetzen musste. Und sie wirkte sofort: Kaum war der erste Tropfen auf der Zunge gelandet, flutschte der Rest schon hinterher. Es lief ihm seine Kehle herunter, in seinen Magen – und der pumpte es in Sekundenschnelle durch dessen Körper. Erst bildete sich ein strahlend blaugrüner Punkt auf Höhe seines Bauchnabels, dann breitete es sich wie Spinnenweben aus. Die drei blau leuchtenden Glühwürmchen flüchteten zischend nach oben an Deck.

Das war zu viel für sie! »Aaaaaah«, schrie der Kapitän. Mit einem Mal entwickelte er solch eine Kraft, dass Darfo ihn nicht mehr halten konnte. Der nordkoreanische Kapitän zitterte und zehrte herum, zerriss seine Fesseln, sprang übermenschlich auf. Und dann: Mit einem Ruck riss er sich das Oberhemd vom Körper, schaute voller Panik auf seinen blauen Bauch. Es pumpte sich immer weiter durch ihn hindurch. Entsetzen überall. »Nein, nein, nein«, rief nun eine fürchterlich tiefe Stimme aus seinem Mund – die aber niemals von dem Nordkoreaner kommen konnte. So, als ob irgendjemand anderes, jemand sehr Finsteres, von weit, weit weg durch die Augen des Kapitäns schaute und zusehen musste, wie der blaue Saft diesen Körper eroberte. »Es« konnte sich nicht wehren! »Neeeeeeeein«, brüllte sie, die tiefe, tiefe, böse, böse Stimme. Es schoss ihm bereits in die Gliedmaßen.

An beiden Schultern verliefen die blau-grünen Linien in die Arme hinein, an den Hüften suchten sie sich ihren Weg in die Beine. Ein Kampf. »Aaaaaufhören, aaaanhalten!!!«, befahl das weit entfernte Wesen – aber es machte nicht Halt. Und zum Schrecken der nordkoreanischen Matrosen, ebenfalls von Johnny, Darfo und Sonja … rammte der Kapitän sich nun seine eigene Hand in den Bauch. Tief hinein!

Gefesselt blickten die Schmetterlinge ihn an, die Matrosen fielen in Ohnmacht. Das war zu viel. Rauch erfüllte nun den Raum. Jetzt trat die eigentliche Magie vollständig zutage: Auf dem Boden unter dem Kapitän formte sich in ihrer vollen Magie eine blaue Rose, mit feinen Linien gezeichnet, wie flüssiges Metall. Und die Linien liefen aus ihm selbst heraus. Kaum erfüllte das blaue Licht den geheimen Folterraum in der »Weißen Libelle«, kaum war die magische blaue Rose voll gezeichnet, da wurde aus dem blauen Spinnennetz, das den Kapitän vollständig umgab, eine komplette blaue Haut. Eine magische blaue Rose als Zeichen des »Guten«!!! »Neeeeeeeeeein«, rief die Stimme ein letztes Mal, dabei wurde sie immer schwächer, schien sich weit weg zu entfernen. Es knirschte und knarschte, es knackste und knatterte, so, als ob Eis brechen würde.

Und tatsächlich: Der blaue Körper vor ihnen wurde mit einem Mal von Rissen durchzogen – und zerbarst wie ein gebrochener Spiegel. Päng! Klirr!!! Und zurück blieb: ein kleiner roter Kreidefelsenkobold! Nackt hockte er mit seinem roten Körper auf dem Boden, war völlig überfordert mit dem, was mit ihm geschehen war. Lieutenant Darfo und Wild Wild Sonja wussten, was Sache war, sie hatten jetzt eine heiße Spur: »Helgoland«, hauchte Wild Wild Sonja. »Wir müssen zum sagenumwobenen, mystischen Helgoland …

5. Fregatte vermisst

… Der Wellengang war stark, immer wieder spritzte Gischt an Deck. Nicht festgetaute Gegenstände flogen herum, dort eine Tonne, da ein leeres Erdbeerinha-Fass. Lieutenant Darfo hatte die Crew zwar angewiesen, alles festzumachen, aber Märchenwesen an sich waren schon kleine Schlampen – und sie hatten andere Dinge bei dem Wellengang zu tun. Die einen waren mit sich und ihrer Seekrankheit beschäftigt, die anderen nutzten einfach den Moment: Hier hielten Elfen die Einhörner fest, damit sie nicht über Bord gespült wurden, dort bildeten Lindwürmer eine lange Kette, um die an einem riesigen Seil surfenden Waldschrate hinter der »Weißen Libelle« herzuziehen. »Jipiiiiii«, konnte man die Surfer quietschen hören. Sie hatten mächtig Spaß bei diesen Windstärken.

Andere wiederum hatten sich heimlich abgesetzt, um auf Spiekeroog zu bosseln. (Sie würden aber zu allem wieder pünktlich zurück sein, das war immer so bei Märchenwesen.) Aber jetzt hatten sie ein Ziel: Die »Weiße Libelle« hatte Kurs auf das sagenumwobene Helgoland genommen. In der Kapitänskabine standen die Offiziere alle um den großen Kartentisch versammelt.

»Moin!« »Moin.« »Moin!« »Moin.« Immer wieder wurden sie durch den Raum geschüttelt. Die drei blau leuchtenden Glühwürmchen waren kurz vor seekrank. Sie waren schon ganz grün. Der Kapitän der »Weißen Libelle« schaute sie besorgt an. »Dammich noch eins, das wird keine einfache Reise«, stellte Wild Wild Sonja fest und klammerte sich an den Tisch. Ein Nicken der Offiziere, dann Schweigen. Alle hartgesottenen Seemänner hier wussten, dass es eine beschwerliche Fahrt werden würde. Doch welchen Kurs sollten sie nehmen?

Auf der Karte waren sie eingezeichnet: die Untiefen, die Meeresstrudel, die geheimen Felsen, die ein Eigenleben hatten. Sie waren mal da, um Sonne zu tanken, dann verschwanden sie wieder. Und sie wanderten auch auf dem Meeresboden. Niemand konnte genau sagen, wo sie sich jetzt gerade befanden. Auch nicht die echten Friesen. Vor allem in der Nacht oder bei Nebel konnten die wandernden Felsen zu tödlichen Gefahren werden.

»Ungefähr 25 Stück haben sie im letzten Jahr gezählt«, zeigte Baronesse Martha de beau auf die alte Seekarte. Sie sahen auf der Karte alles, von Sylt bis Juist, Norderney und Baltrum. »Und sie haben erzählt, dass Brunhilde Stein letztes Jahr gekalbt hat!« Oh, Glückwunsch. Alle schauten sich freudig an. Wandernde Steinfelsen feierten Bergfest, wenn das jüngste Mitglied der Gruppe zum ersten Mal die Wasseroberfläche durchbrach. Das konnte zwar zwei bis drei Jahre dauern, aber auf die Party freuten sich jetzt schon alle. Logisch, dass die komplette Besatzung der »Weißen Libelle« eingeladen war. Eine Mordsgaudi, so ein Bergfest. »Und, ist es ein Mädchen oder ein Junge?«, wollte Lieutenant Darfo im herrlichsten Franzosen-Offiziers-Dress direkt wissen. Jetzt wurden alle einmal bis zur Decke geschleudert, dann landeten sie wieder auf ihren Füßen. Martha mit ihrer blonden Lockenperücke auf dem Kopf und in ihrem feinen Edel-Kleidchen strahlte ihn an, ihren Held. Er war so einfühlsam! Haaaach. Schmacht! »Josefine heißt die Kleine!« Oh, ah, aha! »Sehr schön«, freute sich Kapitän Wild Wild Sonja mit. Die drei blau leuchtenden Glühwürmchen würden auch gerne, ihnen war aber zu schlecht. Rudermann Blackbeard Johnny mit dem schlafenden Mini-Papagei auf der Schulter widmete sich Seifenblasenpfeife blubbernd bereits wieder der Karte. Ganz alter Seebär. »Und wissen wir, wo sich die wandernde Felsen-Herde aktuell befindet?« Martha zeigte auf das gelb-braune Papier der jahrhundertealten Karte und rammte ein Messer rein. »Ungefähr dort!« Toll, schoss es Wild Wild Sonja und Blackbeard Johnny direkt durch den Kopf. Das war genau auf ihrem Weg nach Helgoland. Synchron murmelten beide los: »Dann müssen wir den Ausguck verdoppeln!«

Und das war nicht das Einzige, was ihnen Sorgen bereitete. Darfo war allerdings gerade noch über das Messer in der teuren Karte entsetzt: Martha hatte ein Loch hineingebohrt! Das ging ja mal gar nicht!! Schockschwerenot! »Weißt du eigentlich, wie teuer die ist??« Martha, Sonja und Johnny schauten verzückt auf. Wusste er es nicht? »Doch!«, grinste Wild Wild Sonja ihn an. »Wir wissen es. Sehr teuer und … eigentlich unbezahlbar!« Darfo verstand nicht und schaute sie jetzt alle wie ein UFO an. Waren sie denn nicht sauer?? Er hatte da jetzt aber so ein Gefühl ... »Öhm«, gab er sein Unwissen preis. Martha kicherte. Sie zog das Messer wieder aus der Karte heraus. Ein großes Loch mit Rissen hatte die Stelle zerstört. Doch drei, zwei, eins ... kam Leben in die Karte hinein – und vor ihren Augen verschloss sich der Riss wieder, sah sie genauso aus wie vorher! »Echt jetzt?«, blickte Darfo Johnny an. Blackbeard Johnny mit schnarchendem Mini-Papagei grinste, zog schnell ein Streichholz, entzündete es an seinem braunen Piraten-Stiefel und hielt die Flamme an den Kartenrand. Sofort fing das Papier Feuer. Ein Viertel der Karte hatte die Flamme bereits vernichtet, da schüttete der Schmetterlings-Sheriff-Pirat einen Becher Wasser rüber. Und drei, zwei, eins ... der verkokelte Geruch lag immer noch in der Luft – wuchs die Karte sofort wieder an und war danach wieder wie brandneu!

Freudige Gesichter! »Und was ist, wenn ich sie zerkaue und runterschlucke?« Johnny blickte Darfo verzückt an »Kannste ja mal probieren ...«, kicherte er. Pause. Stille.

Darfo dachte an seinen Magen, wie die Karte sich in seinem Bauch wieder zusammensetzte und er dann aufs Klo musste ... Ähm, ne, danke. »Aber trotzdem: coole Sache!«, stellte Lieutenant Darfo mit der Leichtigkeit eines Märchenwesens fest. Aber zurück zum Kurs, den sie nehmen wollten – und der bereitete ihnen wirklich Sorgen: Der beste Weg führte hauchzart an zwei Wasserstrudeln bei Wilhemshaven vorbei, an drei Sirenenbänken bei Wangerooge, dann im Zickzack-Schlinger-Kurs über die magische Standard-Märchenwesen-Route Harlesiel, Spiekeroog, Neuharlingersiel, Bensersiel und Dornumersiel, Langeoog, dann Baltrum und Neßmersiel, und schließlich um Norderney und sein magisches Wasserloch rum. Von da aus konnten sie endlich wieder Kurs auf Büsum und Husum nehmen. Das wusste jedes Märchenwesen an Bord der »Weißen Libelle«. Und erst dann konnte man auch wirklich sicher gen Helgoland! Da mussten sie so schnell wie möglich hin. Denn: Das, was da auf Helgoland war, sorgte dafür, dass Kummer und Leid über die Meeressäuger gebracht wurde! Die Zahl der Todesmeldungen, die ihnen ihr Nachrichten-Bataillon Möwen überbrachte, rissen nicht ab. Mehr noch: Die schlechten Neuigkeiten nahmen sogar zu. Würden sie nicht bald einschreiten, dann würde es in der Nordsee keine Fische, keine Wale, keine Algen, keine Krabben, keine Robben, einfach nichts mehr Lebendiges geben!

Überall verendeten sie an Plastiktüten! Es war höchste Eisenbahn, dass sie das Böse bekämpften und wieder für Frieden und Ruhe auf der Nordsee sorgten!! Aber da mussten sie erst einmal hingelangen. Und wichtiger: Sie wussten gar nicht, was auf Helgoland auf sie wartete. War dort tatsächlich schon das, was für die Katastrophen und die Meeresverschmutzung verantwortlich war? Oder hatte sie der sterbende Geist hinters Licht geführt? Sie wussten es einfach nicht, aber sie mussten wenigstens alles unternehmen, was sie konnten! Denn das war ihre Aufgabe – als Nordsee-Piraten!! Und die mussten sie erfüllen, auch wenn es sie das Leben kosten konnte!!!

Uaaah, lief es ihnen als fröhlicher Schauer den Rücken hoch und runter. Sie waren mit einem Mal voll des Mutes! Die Schmetterlingsoffiziere blickten sich voll friesisch aufgekratzt an: »Jo.« »Jo.« »Jo.« »Jo.« – kam s ganz gelassen.

Jetzt sprang das Schiff auf einer Welle wieder so hoch und runter, dass alle vier Offiziersschmetterlinge durch die Kapitäns-Kabine geschleudert wurden. »Hui«, kicherte Darfo und berappelte sich als Erster wieder. »Ich denke, wir sollten auch mal langsam wieder an Deck gehen und schauen, ob noch alles in Ordnung ist«, zeigte Wild Wild Sonja gen Türe. »Ohja«, verdrehte Lieutenant

Darfo die Augen. Er kannte seine Mannschaft. Sie waren ja nicht besser als er. Und wenn er sich selber schon nicht traute … Eilig falteten sie die Karte wieder zusammen und legten sie in die Schatulle aus Zedernholz. Dann machten sie sich auf den Weg nach oben – und was sie sahen, machte sie sprachlos: Die Segel der »Weißen Libelle« waren unten, das Schiff stand. Wie Zaungäste fein säuberlich aufgereiht harrten Hunderte Elfen an der Reling aus – und blickten … auf eine Fregatte der deutschen Bundesmarine. »Öhm«, kratzte sich Wild Wild Sonja jetzt am Kopf. Johnny rannte schnell zu seinem Ruder. »… Bitten wir sie, sich bereit zu machen, dass wir sie zu uns an Bord holen«, hörten die Baronesse de beau, Lieutenant Darfo und Wild Wild Sonja gerade noch. Die Fregatte Augsburg hatte bereits ein Beiboot zu ihnen rüber geschickt. »Der kann mich mal«, murmelte Sonja, sie wollte sofort wieder Segel setzen lassen, … aber da legten die Marine-Soldaten bereits an der »Weißen Libelle« an. Drei grün uniformierte Weihnachtselfen und ein Osterhase ließen eine Strickleiter herunter, ein Offizier kletterte mit sichtlichem Unbehagen zu ihnen an Deck. Als er oben angekommen war, wusste er nicht, was er sagen, wie er sich verhalten sollte. Er stand in seiner schicken Gala-Uniform einfach nur da, blickte die Elfen,

49

die Einhörner, die Waldschrate, zwei Osterhasen, die Schmetterlinge und alle anderen Lebewesen an Bord teils fasziniert, teils verängstigt an. Auf jeden Fall ungläubig

Dann schweifte sein Blick über das prachtvolle Schiff. So etwas hatte er noch nie gesehen. Keine Planke glich von der Farbe her der anderen. Die »Weiße Libelle« war ein schwimmender Regenbogen. Mit Kanonen, mit riesigen Segeln, auf denen goldene Einhörer prangten. Und mit einer Galionsfigur, die das Schiff aus physikalischen Gründen (aufgrund ihrer Größe und ihres Gewichtes) eigentlich sofort in die Tiefen der Meere reißen müsste.

Und sogar mit einem singenden Möwen-Chor, der gerade seine Übungsstunde abhielt und sich von der Bundesmarine nicht hindern lies, seine Probe fortzusetzen:

> »What shall we do with a candied sailor,
> What shall we do with a candied sailor,
> What shall we do with a candied sailor,
> Early in the morning?
> Way hay and up she rises,
> Way hay and up she rises,
> Way hay and up she rises,
> Early in the morning ...«

Hinter dem Offizier betraten noch zwei weitere Marine-Soldaten das Schiff – und sie waren bewaffnet. Wild Wild Sonja im Piraten-Kapitänskostüm ging auf den Offizier zu, stellte sich breitbeinig vor ihn hin und drückte ihren Unmut deutlich aus. »Erstens probt gerade unser Möwen-Chor, zweitens hatten einige Elfen gerade ihren Mittagsschlaf angekündigt, drittens ist einem unserer Einhörner mächtig schlecht und viertens haben wir eine Mission. Was um Himmelswillen wollt ihr auf der Weißen Libelle???!!« Der Offizier in seiner Gala-Uniform stammelte etwas vor sich hin, bis er es schaffte, nach unten zu Wild Wild Sonja zu blicken. Die drei blau leuchtenden Glühwürmchen schwirrten ganz aufgeregt um sie herum. »Eure Majestät ...« »Nennt mich Kapitän, ich bin nicht königlich.« »Ähm, öh, Kapitän ...« Wild Wild Sonja war wirklich sauer: »Gemäß der schon vor Jahrhunderten unterschriebenen Vereinbarung zwischen allen deutschen Marinen und der Weißen Libelle habt ihr nur das Recht mit uns in Kontakt zu treten, wenn Leben in Gefahr ist und wenn es der einzige Weg ist, es zu retten.« Wild Wild Sonja war so richtig stinkig. »Ist das der Fall???« Das letzte Mal hatte sie Mitte des 14. Jahrhunderts ein menschlicher Kapitän um Hilfe gebeten.

Entweder war es Störtebeker selbst gewesen oder es ging um Deutschlands berühmtesten Piraten. Das wusste keiner mehr so genau. Heute waren die Schiffe noch viel besser, ihre Technologien so fortschrittlich, dass es eigentlich überhaupt kein Grund mehr gab, um die Hilfe der »Weißen Libelle« zu bitten. Oder doch? »Ähm, öhm …« Nu man nich tüddeln! »Könnt ihr Menschen eigentlich immer nur stammeln … oder seid ihr auch in der Lage, ganze Sätze mit richtigen Wörtern zu sprechen?« Einer der Marine-Soldaten musste jetzt kichern, der andere war genauso gebannt wie der Offizier in Gala-Uniform. Piraten-Kapitän Wild Wild Sonja verdrehte die Augen: Die Einstellungskriterien bei der Bundesmarine konnten nicht sehr hoch sein. Neben Wild Wild Sonja stellte sich jetzt ganz unbekümmert ein grünes Einhorn und schleckerte lecker Vanille-Eis. »Öhm, äääh …« »Mann, wird das heute noch mal was?« Jetzt ging auch noch ein Elf zu dem Offizier, beobachtete ihn, ging um ihn herum, musterte ihn interessiert wie ein Tourist. Dann streichelte er ihn liebevoll. »Dat löppt sich ans torecht, du Schiedbüddel!« Und schon ging der Elf wieder – und wie er … verloren immer mehr Elfen das Interesse an den Menschen, ebenso an der Fregatte Augsburg. Einige packten bereits ihre Cricket-Schläger aus, andere bauten Federball-Netze auf. »So, nu, Butter bei die Fische!«, machte Kapitän Wild Wild Sonja klar.

»Letzte Chance, sonst fliegst du über Bord.« Der Offizier atmete tief ein und setzte dann erneut an: »Wir bitten euch höflichst, …« Sonja grinste. Kurze Pause, noch mal einatmen: »… uns zu helfen!« Und schon waren alle Märchenwesen an Bord wieder voll bei dem Marine-Soldaten. Sprachlosigkeit jetzt an Bord der »Weißen Libelle«. Der Offizier hatte es geschafft, er merkte es selber und atmete laut aus. Das würde er seinen Enkeln noch erzählen können. Seine volle Konzentration war jetzt auf den Kapitän der »Weißen Libelle», auf Wild Wild Sonja mit ihren drei blau leuchtenden Glühwürmchen unter ihm gerichtet. »Wir bitten euch höflichst, uns bei einer Suche zu helfen. Noch wissen Amerikaner, Russen, Engländer, Franzosen und all die anderen Nationen nichts davon, … aber wir vermissen unsere Fregatte Lübeck – und es hat den Anschein, dass sie nicht auf irdische Art und Weise verschwunden ist …

6. Flaute

… Die Sonne brannte auf das Achterdeck, der Himmel hatte kein weißes Wölkchen mehr übrig, an Bord der »Weißen Libelle« war gerade Happy Hour. Es wehte kein Windchen – das Schiff kam keinen Zentimeter mehr voran. Plastikmüll trieb neben dem Schiff. Zwei Einhörner sammelten ihn mit einem Beiboot ein.

»Hmmpff«, grummelte Kapitän Wild Wild Sonja. Sie war schon fast verzweifelt. Sie kamen nicht weiter – und sie hatten doch eine Mission! Eine sehr, sehr wichtige Mission!! »Wir könnten sie auch an die Ruder lassen«, flüsterte Lieutenant Darfo Rudermann Blackbeard Johnny zu. Doch er bekam keine Antwort – der Rudermann hatte gerade frei. »Jippppiiiiii«, war Johnny bereits der Nächste oben an der Rutsche. Auf der regenbogenfarbenen »Weißen Libelle« hatten die Elfen eine Monster-Rutsche installiert. Knapp 50 Meter hoch, im Kreis drehend, samt einem Looping führte die Röhre direkt hinunter in die Nordsee. Auch Märchenwesen hatten sich ihren Feierabendspaß bei Flaute verdient.

Dazu gab es tonnenweise Zuckerwatte, gebrannte Mandeln, updröögt Bohnen, Schokolade, Paradiesäpfel und jede Menge Erdbeerinha. Und Musik, Karibik-Style.

Die Baronesse de beau sonnte sich im feinsten Edel-Bikini, die Einhörner spielten Wasserbomben-Twist. »Hmmmpf«, grummelte Kapitän Wild Wild Sonja. Sie hatten eine Mission … und so kamen sie beim besten Willen nicht weiter. Flaute, es herrschte Flaute. Verdammt, sie mussten weiter. Grummel. »Ma'am, ist das immer so bei ihnen?« Der Offizier der Fregatte Augsburg hatte einen anderen Offizier auf der »Weißen Libelle« gelassen. Besser: Wild Wild Sonja hatte es erlaubt. Nach einer hochdemokratischen Abstimmung. Alle an Bord befindlichen Märchenwesen hatten teilnehmen müssen. Wer nicht wollte, wurde von Bord geschmissen. Ins Meer. War aber keiner. Sie alle hatten wundersamerweise abstimmen wollen. Und, oh Wunder: Alle hatten sie mit »Ja« gestimmt. Ein echter Mensch war mal so eine richtige Abwechslung an Bord. Und vielleicht konnte er ja sogar etwas von ihnen lernen?

Wahrscheinlich schon. Höchstwahrscheinlich, da waren sich Elfen, Einhörner, Osterhasen und all die anderen Märchenwesen einig. »Naja«, schaute Wild Wild Sonja im Piraten-Kapitänsdress jetzt gelassen geradeaus. Auf ihrer Hauptmission hatten sie jetzt mit der Suche nach der Fregatte Lübeck eine Untermission. Die Mannschaft hatte sich wirklich ein wenig Entspannung verdient.

Einige der Elfen dachten schließlich immer noch, sie wären auf einer Kreuzfahrt. Erst im Herbst liefen die Vorbereitungen für Weihnachten in der geheimen Geheimstadt des Weihnachtsmanns an – und in die Karibik, da hatten sie immer schon hingewollt. Einige wussten noch nicht einmal, dass die anderen Elfen sie reingelegt hatten. Und dass das hier nicht die Karibik war, sondern »lediglich« die Nordsee. Für sie war es jetzt aber die Karibik – und die war aus ihrer Sicht wirklich toll.

Und warm. Wärmer als der Nordpol. Das reichte eigentlich schon. Und der Offizier mit seinen zwei Matrosen, der jüngst kurz an Bord gekommen war, war nichts anderes als der Kapitän der Fregatte Augsburg gewesen. »Die Einstellungskriterien waren wirklich nicht hoch bei der Bundesmarine«, hieß es jetzt in Märchenwesen-Kreisen. Denn: Der Offizier war dank der Einhörner, der Osterhasen, der Schmetterlinge und all der anderen so nervös gewesen, dass er einfach vergessen hatte zu sagen, dass er der Kapitän war. Nun hatte der Fregattenchef Mo Hendrichs als Verbindungsoffizier an Bord der »Weißen Libelle« lassen dürfen. Wenn sie die Fregatte Lübeck gefunden hätten, würde Mo dort direkt an Bord gehen – oder die Schmetterlinge würden ihn mit einer Schwimmweste und einem »Ping«-Gerät einfach über Bord werfen. So war es nun mal abgesprochen. Und er hatte noch viel zu lernen, der Mensch in seiner ebenfalls feinsten Uniform. Anders als der Kapitän war er nicht nervös, betrachtete das prachtvolle Segelschiff voller Märchenwesen aus jahrhundertealten Geschichten wesentlich lockerer. Wenn man das so sagen konnte. In den meisten Situationen wusste er zwar auch nicht, wie er reagieren sollte, wenn beispielsweise ein Einhorn mit ihm über die richtige Hornpflege quatschen wollte, aber ansonsten hielt er sich ganz wacker, wie sie fanden. Gut, er stand viel zu steif da. Immer gerader Rücken, immer höflich in den Umgangsformen. »Aber du wirst schon lernen, zu fluchen wie ein Märchenwesen«, hatte ihm Schmetterlingsmacho Johnny auf den Rücken geklopft und ihm Mut zugesprochen. Und wichtig: »Trau kien Oss van vörn, kien Perd van achtern un kien Minsk üm die to!« Altes Märchenwesen-Sprichwort. Das war allgemeingültig! Jetzt stand Mo Hendrichs mit Wild Wild Sonja oben am Ruderstand und schaute übers Deck.

Reihenweise Liegestühle waren dort aufgebaut. Alle mit Handtüchern reserviert. Die Elfen spielten und tobten, die Lindwürmer sprangen vom Sprungbrett, Schmetterlingsmacho Johnny ließ sich gerade in eine Kanone stopfen – und Bumm, Bumm, Bumm, schienen gleich 30 oder 40 der vielleicht 300 Kanonen zu explodieren. Nicht nur Rudermann Johnny hatte sich hineinstopfen lassen, auch recht viele Elfen und einige Einhörner flogen jetzt im hohen Bogen über die Nordsee. Ein ganz normales Wasserspiel an Bord.

Juchzend fielen sie alle ins Wasser. »Moin.« »Moin.« »Moin«, murmelten irgendwo verschlafene Crewmitglieder. Wild Wild Sonja wollte sich gerade umdrehen, als sie sah, wie es gut 50, vielleicht 60 Meter von Bord entfernt einen kleinen Tumult im Wasser gab.

Lieutenant Darfo in seinem französischen Edel-Dress, der sich die ganze Zeit zusammenriss und sich nicht dem wilden Badespaß angeschlossen hatte, stand nun mit einem Mal neben ihr. Die Flaute machte auch ihm zu schaffen. Sie mussten eigentlich weiter. Wie dringend sie Wind brauchten. Wirklich dringend! Aber da war etwas:

»Ich bin mir nicht sicher, was da draußen gerade passiert«, sagte er und hielt sich unter Stöhnen und Schweißperlen auf der Stirn ein Fernglas für Menschen vor das Gesicht. Sein Kopf war gerade einmal so groß dass er durch eins der beiden Gläser gucken konnte.

»Darf ich?«, half ihm Mo Hendrichs und hielt mit einer Hand locker das Fernsichtgerät. »Danke«, kommentierte Darfo es so, als wäre es das Normalste der Welt. »Gerne«, grinste der Marine-Offizier. Darfo war aber über das, was er sah, alles andere als zufrieden. »Ich bin mir immer noch nicht sicher«, raunte er nun. Wild Wild Sonja krabbelte unter der Hand von Mo Hendrichs durch und stellte sich ans zweite Glas. »Hmmm«, grummelte sie nun auch. An Bord ging der Badespaß immer noch weiter.

Hier herrschte Flaute. Aber dort hinten … »Hmmmm«, kratzte sie sich nun das Köpfchen. Sie konnten jetzt nicht sagen, dass da hinten Gefahr lauerte. Die Elfen, die dort hinten durch die Kanone ins Wasser gefallen waren, hatten … zusätzlichen Spaß!! »Aber so weit vom Schiff entfernt, mitten auf der Nordsee?«, murmelte Lieutenant Darfo. Sehr mysteriös, sehr mysteriös. Das Treiben gefiel dem Kapitän der »Weißen Libelle« nun gar nicht mehr. »Ich denke, wir sollten ihnen hier allen an Bord einmal den Ernst der Lage klar machen«, sagte Wild Wild Sonja mit festerer Stimme. Langsam beschlich sie wieder das schlechte Gewissen. Während sie hier Spaß hatten, starben höchstwahrscheinlich Meereslebewesen.

Das durfte nicht so weitergehen! »Wenn wir doch nur Wind hätten«, murmelte sie nun wieder, beinahe jammernd, und schaute gen Himmel. Petrus, alter Freund, Wind wäre jetzt hilfreich, sendete sie ein Stoßgebet ab. Es dauerte nur einen Augenblick … was war das?? »Hast du das auch gerade gesehen?« »Ja!«, sagte Lieutenant Darfo nun mit lauterer Stimme. Er war bereits leicht aufgekratzt. »Die Elfen werden da hinten ebenfalls in die Luft geschossen!!« Kaum zu glauben. Mo Hendrichs hielt sich zum Sonnenschutz seine freie Hand an die Stirn. Er konnte nicht so weit schauen. Aber der Wind schien jetzt sogar von da hinten zu kommen, … so dass die Geräusche zu ihnen transportiert wurden. Wind? »Es kommt Wind auf!«, grinste Wild Wild Sonja. Aber vor ihrer Freude stand aktuell noch die Neugierde, was da hinten wohl los war. »Da, wieder!!« Die Elfen schossen wie von Geisterhand geführt immer wieder in die Luft – so, als hätte sie eine unsichtbare Kanone in den Himmel geschleudert. »Da ist so eine milchige Stelle, mehr kann ich noch nicht erkennen«, kratzte sich Lieutenant Darfo nun sein Köpfchen unter seinem edlen Lieutenant-Hut.

»Kommen sie näher?« »Ja! Ich denke schon!« »Huiiiiiii«, konnten sie jetzt zwei Elfen hören, während sie durch die Luft flogen, immer näher zur »Weißen Libelle« kommend. Und Wusch, Wusch, schossen wieder zwei Elfen durch das Blau des Himmels genau Richtung »Weiße Libelle«, plumpsten aber kurz vor ihr ins Wasser. »Jipppiiii«, hörten sie sie alle noch schreien. Sofort rannte nahezu die gesamte Besatzung der »Weißen Libelle« auf die eine Seite des Schiffs – so dass die »Weiße Libelle« Schräglage bekam. »Huuuuuuiiiiiii«, flog dann wieder eine Rakete auf alle zu, krachte volle Lotte in eines der Segel, rutschte kreischend herunter – und schlug dann hart scheppernd auf den Planken des Decks auf. »Aua«, schraubte sich Schmetterlingsmacho Johnny verdutzt in die Höhe. Wild Wild Sonja und Lieutenant Darfo schauten ihn baff an. Der hatte seine Schmerzen sofort vergessen. Er hatte da was: »Ihr werdet nicht glauben, was wir gefunden haben!«, zeigte er in die Richtung, aus der er geschossen wurde. »Autsch«, »Autsch«, fielen jetzt vier weitere Elfen aus den Segeln herunter. Wild Wild Sonja und Lieutenant Darfo drehten sich um – und dann sahen sie es. »Oaaaaaah«, »Boaaaah«, »Cooooool«, jubelten alle anwesenden Märchenwesen. Das hatte seinen Grund: Direkt vor der »Weißen Libelle« ragte ein Wolkenriese in die Luft. Besser: eine Wolke in Riesengestalt. Noch besser erklärt: »Gestatten, ihr habt nach mir gerufen?« Wild Wild Sonja und Lieutenant Darfo konnten es nicht glauben: »Jetstream?« Den Schmetterlingen fielen die Kinnladen nach unten. Hatte die Wolke in Riesengestalt vorhin noch eine tiefe Stimme gehabt, war sie jetzt so hoch wie die eines Teenagers. »Nein«, verkleinerte sich die Wolke in aufgeblasener Riesengestalt jetzt noch zu alldem in eine Wolke in Menschgestalt. So ungefähr von der Höhe.

Naja, eher auf die Größe eines Zwergs. Eines herkömmlichen Zwergs, einen, wie man ihn so aus der Ecke Schottland oder Irland kannte. Nicht die von Island oder die aus Norwegen, die waren größer. »Ich bin Jetstream Junior!«, kicherte der Wolkenriesenjunge. Bei ihren Abenteuern in der Wolkenstadt hatten sie die drei Brüder Jetstream kennengelernt. Sie waren für den 24-Stundendienst in höheren Windlagen zuständig. Und die Schmetterlinge hatten ihnen damals das Versprechen abgenommen, dass sie im Himmel immer auf ihre Lungen zurückgreifen dürften. Aber jetzt waren sie auf der Nordsee im Einsatz. »Und da mein Vater nicht hier runterkommen kann, weil er arbeiten muss, hat er mich geschickt. Er meinte, 'weil es hier um eine sehr, sehr ernste Angelegenheit geht, die die gesamte Wolkenstadt um Petrus und Frau Holle herum interessiert, sie dort unten alle beobachtet werden, musst du nun gehen'«, sagte Jetstream Junior. »Ich bin quasi in der Ausbildung. Einen richtigen Jetstream kann ich noch nicht pusten, aber für den Anfang sollte es reichen«, sagte er – und pustete einmal leicht in das erste Segel. Das war allerdings schon hart genug, dass die »Weiße Libelle« einen ordentlichen Satz nach vorne machte. Rumps, lag der Großteil der Besatzung auf dem Boden. »Wow«, schauten sich Wild Wild Sonja, Lieutenant Darfo, Blackbeard Johnny und die Baronesse de beau verzückt an, nachdem sie sich wieder berappelt hatten. Die drei blau leuchtenden Glühwürmchen surrten fröhlich durch die Luft. »Und wer ist jetzt dein Vater, Jetstream oder Jetstream?« »Nein, Jetstream!«, kicherte Jetstream Junior … und brachte damit alle zum Lachen. »Okay, JayJay, dann man tau – willkommen an Bord!«, sprang Blackbeard Johnny ans Ruder, Wild Wild Sonja nahm ihre coole Kapitän-Stellung ein, Lieutenant Darfo ließ die Elfen sofort die restlichen Segel hissen, Martha machte es sich in ihrer Bikini-Kreuzfahrt-Position auf dem Liegestuhl bequem. Sie waren startklar! Und sie hatten jetzt ihren eigenen »Außenborder«, auf den Himmel war Verlass!! »Dann blas mal los, die Mission kann weitergehen!!! …«

7. Irrfahrt

… »Hoho«, musste sich der Ausguck die Mütze festhalten. Mit einem Affenzahn brauste die »Weiße Libelle« über die Nordsee. So schnell, dass sie nur noch die zwei mittleren Hauptsegel gehisst hatten. Die abgebildeten güldenen Einhörner schienen über die Nordsee zu galoppieren, der goldene Löwe als Galionsfigur sprang von Welle zu Welle. Blackbeard Johnny mit schlafendem Mini-Papagei auf der Schulter hatte sich beschwert, dass er gar nicht mehr irgendwelchen Hindernissen hätte ausweichen können.

Wow, waren sie schnell. Und das alles hatten sie nur »JayJay« zu verdanken. Der kleine Wolkenriese im Ausbildungsstatus hatte schon jetzt ein beträchtliches Lungenvermögen. Irgendwann, in ferner Zukunft, würde er in der geheimen Wolkenstadt mit in den Dienst für den Jetstream auf der Erde aufgenommen werden. Das war sicher. Sein Vater hatte ihn in Absprache mit Petrus und Frau Holle (sie waren dort oben die Chefs, bis auf natürlich den Big Boss) auf die Erde zu dem regenbogenfarbenen Märchenschiff auf der Nordsee geschickt. Und sie hatten nun eine Geschwindigkeit drauf, die konnte sich sehen lassen. Krass. »Hoho«, rief der Ausguck herunter – und niemand wusste gerade ganz so genau, hatte er jetzt etwas gesehen oder wollte er damit nur sagen, sie sollten ein wenig langsamer machen? »Hoho«, sagte nun auch Wild Wild Sonja und blickte zur Baronesse de beau herüber. Sie hatte ihre Sonnenscheinstunden auf dem Vorderdeck unterbrechen müssen. Wild Wild Sonja und Lieutenant Darfo hatten Martha zum Ruderstand bestellt. Bei der Geschwindigkeit musste sie die magische Seekarte lesen, nicht, dass sie noch auf ein Hindernis oder gar in eine falsche Richtung fahren würden. Aber schnell war klar: »Laat man loopen!«, sagte Martha im feinsten Friesenslang lässig. Überraschte Gesichter. He? »Immer geradeaus, immer geradeaus!« Achsoooo! Für diesen Job hatte sie sich extra in ein grünes Spitzenkleid geworfen, eine Rothaar-Perücke rundete ihren Auftritt als Edeldame ab. »Wenn das so weitergeht«, merkte Lieutenant Darfo an, »müssen die Elfen bald mal eine Pause machen!« Wild Wild Sonjas Blick ging nach unten. »Puuuh«, wischte sie sich bei dem Anblick schon selber den Schweiß von der Stirn. Die Elfen sahen ganz schön fertig aus. Einige konnten sichtlich nicht mehr. Einen Kreis mit JayJay als Mittelpunkt bildend (der auf einem hölzernen Liegestuhlthron lag, genüsslich die Hände hinter dem

Kopf, die Füße auf ein Bänkchen gelegt hatte und nach oben in die Segel pustete) lagen sie schlaff herum.

Rudermann Blackbeard Johnny hatte die Geschwindigkeit nicht immer so gut einschätzen können und sie mal Segel hissen, mal wieder einholen lassen. Ein- oder zweimal in einer Stunde ging ja, aber gleich fast 100 Mal in drei Stunden? »Geiht nich, givt nich!«, hatte er immer gerufen. »Fofteihn maken!«, hatten sie immer wieder um Pause gebettelt. Jetzt waren sie platt. »Hoho«, runzelte Lieutenant Darfo selbsteinsichtig die Stirn. Er hatte ihnen das anfangs noch als »all inclusive« Fitnessprogramm ihrer »Wellness-Kreuzfahrt« verklickern können. Also dem Teil der Elfen, der immer noch dachte, er wäre auf einem Urlaubstrip in der Karibik.

Aber das war anscheinend doch ein Ticken zu hart gewesen, dämmerte es ihm. »Wir müssen auf jeden Fall noch ein wenig disziplinierter werden«, schaute Blackbeard Johnny hinter dem Ruder die Elfen an. Alle Achtung. Mo Hendrichs, der Offizier der Fregatte Augsburg, blickte respektvoll drein – und nickte: »Nicht schlecht, was ihr so mit den jungen Rekruten anstellt.«

Die Bundesmarine war da ja nicht so hart. Johnny schaute verzückt auf. Zeit für großes Kino! »Jaja«, gab er direkt an. »Wer auf der Weißen Libelle Dienst schieben will, der muss schon einiges aushalten.« Wild Wild Sonja verdrehte mal wieder nur die Augen. Angeben konnte Schmetterling in jeder Situation. Zu jeder Zeit. In jedem Moment – auch wenn es nicht der richtige war. »Hoho«, kam es jetzt gleich von zwei Ausguckskörben. Doch nun konnten sie erkennen, dass es kein Ausruf aufgrund der hohen Geschwindigkeit war, sondern dort zeigten definitiv zwei Ausgucksfinger nach vorne. Kapitän Wild Wild Sonja hob ihre Hand gegen die Sonne … und versuchte etwas zu erkennen. Gut, dort war zweifelsfrei Land in Sicht. Aber was es war, konnte sie nicht direkt ausmachen. Und sie wunderte sich. »Sind wir denn jetzt schon vor Helgoland?«, fragte sie Martha. Die Baronesse de beau war hinter der riesigen Karte verschwunden. »Ja, eigentlich nicht«, konnte nun jeder hören. Sie kratzte sich hörbar mit beiden Händen die Stirn. Trotzdem fiel die große Seekarte nicht zu Boden. Wie sie das gerade geschafft hatte, würde wohl für immer ihr Geheimnis bleiben. »Eigentlich müssten wir uns einem Wasserstrudel nähern. Und eigentlich müssten wir in ungefähr einer Viertelstunde anfangen, ihn zu umfahren. Dass da jetzt Land kommt, verwundert mich selber gerade ein wenig.« Wild Wild Sonja wanderte zu ihr hinter die magische Seekarte. Neben Martha stand direkt der große Kompass, daneben stand Einhorn Pinki mit riesiger Dollar-Goldkette um den Hals. Klimper, Klimper. Pinki half ihr dabei, den Kurs, den sie bereits gefahren waren, mit einem roten Stift einzuzeichnen. Hatte sie den Strich der letzten fünf Seemeilen markiert, musste Pinki sich wieder brav hinter den großen Kompass stellen. Martha war die Nebenjob-Navigatorin. Ihre Hauptaufgabe war es ja eigentlich, die Schiffsschönheit darzustellen. Und den Job liebte sie: Auf dem Vorderdeck im Bikini liegen und sich sonnen, sonnen, sonnen. Aber sie hatte ja auch unbedingt Offizierin sein wollen. Ihr war der Kartenjob zugeteilt worden. Und den machte sie bis jetzt ganz gut, wie sie selber fand. Und wie es sich für einen echten Offizier gehörte, brauchte sie einen Sklaven, der ihr zur Seite stand. Pinki, das pinke Einhorn mit Dollarzeichen-Goldkette, hatte es schon die ganze Zeit in den Hufen gejuckt – es wollte sich bei diesem Abenteuer mehr mit einbringen. Martha hatte die Gunst der Stunde erkannt – und Pinki bei sich eingestellt. Wild Wild Sonja stand nun neben beiden und staunte beim Blick auf die magische Seekarte ein wenig. »Hoho«, kratzte sie sich am Kopf.

Das sah hier auf dem alten Dokument alles anders aus, als es vor ihnen war. »Das Fernrohr, bitte«, winkte sie ihren eigenen »Pagen« heran, ohne von der magischen

Seekarte wegzuschauen. Mo Hendrichs kam mit dem Fernglas und hielt ihr ein Glas vor den Kopf.

»Hmmmm«, grübelte sie. Das war ganz und gar nicht Helgoland. Und auf der magischen Seekarte waren sie laut der eingezeichneten Route von Pinki noch viel zu weit weg. Sie konnten noch gar nicht da sein. Dazu hätten sie noch viel zu viele Gefahren passieren müssen.

Jetzt wurde es immer klarer: Aber … aber … sah das nicht nach Büsum aus? »Öhm«, blickte Wild Wild Sonja die Baronesse de beau in ihrer Rothaar-Perücke an. »Bist du dir sicher, dass wir auch wirklich Richtung Helgoland unterwegs sind?« Martha schaute fast schon grimmig drein. »Natürlich!«, zeigte sie auf den Kompass. »Immer dem Ding nach!« Wild Wild Sonja blickte auf die Karte, dann auf den Kompass, dann auf die Silhouette, die sie vor sich sahen. Sie waren tatsächlich dem Kompass nachgefahren, … aber trotzdem konnte sie durch das Fernglas die Konturen von Büsum ausmachen!

Lieutenant Darfo stellte sich jetzt neben Bundesmarine-Offizier Mo Hendrichs und blickte mit auf die Karte. Dann ging er schnell zum Fernglas und schaute ebenfalls durch. Kein Zweifel. »Doch«, sagte er eher leise und schaute leicht beschämt Martha an. »Da hast du dich vertan, Schatz …« »Kann gar nicht sein«, sagte sie leicht erzürnt ... und blickte jetzt auch durch das Fernsichtgerät. Martha bekam einen knallroten Kopf. »Öhm ...« Aber Hilfe nahte. »Ich ..., ich ..., ich glaube, ich könnte da ein wenig für Aufklärung sorgen«, meldete sich jetzt Mo Hendrichs. Er hatte die Marine-Universität besucht. Drei, zwei, eins – sofort schauten ihn drei Schmetterlinge samt Einhorn Pinki grimmig an. Das ging ja mal gar nicht! »Das ist hier eine Märchenwesen-Angelegenheit, Menschen dürfen hier nicht mitmachen«, zischte Kapitän Wild Wild Sonja sofort. »Öhm«, meldete sich nun Martha recht beschämt. »Vielleicht wäre es nicht ganz so verkehrt, wenn er uns ein wenig bei der Auflösung helfen könnte?« »Büst Du mall?«, flutschte es einem aufgebrachten Blackbeard Johnny mit schnarchendem Mini-Papagei auf der Schulter heraus.

Martha sah allerdings ein, dass sie eine Irrfahrt hinter sich hatten. Denn das, was sie da vor sich an Land sehen konnten, war tatsächlich Büsum. »Hmmm«, grummelte Wild Wild Sonja. Pinki hatte den Kurs korrekt eingetragen, davon ging sie aus. Martha hatte ebenfalls korrekt gehandelt. Davon musste sie eigentlich ausgehen. Sollte sie einfach ausgehen. Konnte sie einfach ... konnte sie? »Hmmm«, grummelte sie immer noch. Sie waren hier alle Märchenwesen. Eigentlich waren Märchenwesen unfehlbar, aber in der Statistik zeigte sich dann doch hier und da, eigentlich ziemlich oft, sogar ziemlich, ziemlich oft, dass Märchenwesen auch ordentliche Schusselchen sein konnten. Da war was dran, im Nu änderte sich ihre Einstellung. »Vielleicht kannst du doch helfen?«, erhellte sich Wild Wild Sonjas Miene jetzt ein wenig ... mit ein wenig Schamesröte auf den Wangen. Sie sollte vielleicht nicht immer so hitzig sein. Gut, hier handelte es sich um Menschen. Da durfte man immer hitzig sein. Aber in dieser Situation wäre es vielleicht dann doch hilfreicher, ruhiger zu bleiben. »Was wäre denn deine Einschätzung der Lage?« Mo Hendrichs zeigte sofort auf den Kompass. »Seht ihr, er zeigt gen Westen, obwohl das Osten ist.« He??? Martha, Darfo, Sonja, Johnny und Pinki schauten theatralisch in den Himmel, glichen den Wolkenstand mit der Tageszeit ab, dann sogen sie die Meeresbrise ein, feuchteten die Finger an, hielten sie in die Luft – und knabberten jeder schnell eine Zuckerwatte. Knirsch, Knirsch, Knirsch! Schmetterlinge und Einhörner erkannten sofort an dem Geschmack einer Zuckerwatte, wo sie auf der Erde waren – und wo Nord, Süd, Ost und West waren! Und ja: »Ohohohoooooo«, blickten sie alle mit einem Mal auf. Mo Hendrichs hatte recht!! Der Kompass zeigte tatsächlich das Falsche an. Und die

Nadel bewegte sich auch jetzt noch immer wieder in die falsche Richtung! Immer dann, wenn sich Pinki ein wenig bewegte! »Moment mal!«, ging Wild Wild Sonja auf Pinki zu. Dann nahm sie das Einhorn so richtig unter die Lupe. »Ein Stück nach rechts«, befahl Wild Wild Sonja – und die Kompassnadel bewegte sich nach Nord. »Ein Stück nach links!« Und die Kompassnadel drehte sich ein wenig nach Süd. Fast zeitgleich starrten jetzt alle auf die große Goldkette an der Brust von Pinki. Drei, zwei, eins – liefen Einhorn Pinki die Schweißperlen von der Stirn.

»Was glotzt ihr mich denn alle so an?« Lieutenant Darfo legte los. Er hatte da einen Verdacht: »Wo hast du deine zentnerschwere Ghetto-Kette her?« Pinki packte sich mit einem Mal schockiert an ihr Dollarzeichen.

»Wiesoooo?« Unruhiges Vierhuf-Getippel. »Woher hast du das, das Ding??«, schaltete sich jetzt auch Blackbeard Johnny mit ein. »Aus St. Peter-Ording, von einem Souvenir-Kobold!« Martha, Darfo und Johnny schauten sich geschockt an, Wild Wild Sonja verdrehte ein weiteres Mal an Bord der »Weißen Libelle« die Augen. Das kann doch nicht wahr sein. Johnny fragte direkt: »Von Fitzgerladdlokotus III. von Ichlegdichübelreinstedt, Edelmann der Nordsee, mit der Lizenz zum stürmischen Kobold-Handel?« »Oh«, blickte Pinki verzückt auf. Sie kannten den sympathischen und absolut vertrauenswürdig dreinblickenden Händler aus St. Peter-Ording. »Ja, von Fitzi! Wisst ihr, er hat mir nachher sogar noch das ,Du' angeboten. Er arbeitet an einem geheimen Märchenwesen-Touristenstrand, direkt am Wasser gelegen!« Niemand konnte es glauben: »Öhhhh«, stöhnten alle 300 bis 400 Besatzungsmitglieder jetzt auf.

Im Verlaufe des Gesprächs war die gesamte Mannschaft zum Ruderstand geschlichen. Wie eine still zuhörende Weintraube quetschten sie sich an sie ran. Jeder wollte, so gut wie es ging, alles mitbekommen. Pinki drehte sich um – und schaute mit einem Mal in Hunderte Gesichter, nur wenige Meter von sich entfernt. »Öhhh«, stöhnten alle sofort noch einmal im Chor los. Du Dumbaddel!

Sogar die Möwen hockten über ihnen auf den Segeln und hörten zu. In der Menge schauten ein paar Osterhasenohren heraus, dort erkannte man den Schwanz eines Lindwurms. »Öhhhhh«, machte wieder das komplette Schiff. Der Kapitän der »Weißen Libelle« war fassungslos. Kaum zu glauben. »Von welchem Planeten kommst du denn???«, verdrehte Wild Wild Sonja die Augen. »Fitzgerladdlokotus III. von Ichlegdichübelreinstedt, Edelmann der Nordsee, mit der Lizenz zum stürmischen Kobold-Handel – ist der größte

73

Abzocker an der Nordsee!!!« Da kicherten nun auch die Delfine im Wasser. »Den kenn sogar ich!«, meldete sich jetzt Mo Hendrichs unbewusst. Ruhe, Pause, Stille. Alle blickten ihn schockiert an. »Also, äähm, als Seemannsgarn …, in Kneipen abends, da, da erzählen die Matrosen von ihm«, hob er unschuldig die Hände in die Luft, … ging aber lieber mal einen Schritt zurück. Das reichte: Wild Wild Sonja griff sich das »goldene« Dollarzeichen – und hielt es direkt an den Kompass. Pinki knallte mit dem Kopf fast auf das Glas. Und der Zeiger schwenkte direkt zum Dollarzeichen um. Tsssss. Unfassbar. »Eisen, nichts als Eisen. Billiger Ramsch, den du dir da hast andrehen lassen!!« »Ööööööh«, stöhnte nun die gesamte Mannschaft wieder auf. »Geht es noch schlimmer?« schüttelte Wild Wild Sonja den Kopf. Ja, es ging. »Wir haben ein Problem«, meldete sich nun Lieutenant Darfo gemeinsam mit Blackbeard Johnny. Sie hockten zusammen am Fernglas und schauten Richtung Küste.

Alle 400 Märchenwesen an Bord, auch Mo Hendrichs, richteten ihre Köpfe gen Hafen vor ihnen. »Das da hinten ist Büsum – aber Büsum brennt …

8. Büsum brennt

… Büsum brannte. Lichterloh. Die ganze Stadt schien in Flammen zu sein. Überall zogen Rauschwaden in die Luft. Die »Weiße Libelle« hatte kurz vor dem geheimen Heimathafen Anker geworfen. Das riesige Märchenschiff wollte lieber nicht zu seinem geheimen Anlegeplatz segeln. Und sie waren schon voll zugange: Hunderte Elfen stiegen bereits in die Landungsboote. Gut, einige von ihnen waren aufblasbare Gummiboote, aber die taten es allemal. »Hoho«, rief nun der Ausguck herunter. Alle schauten auf, … es war reines Glück wünschen. Gut. Lieutenant Darfo war gemeinsam mit der Baronesse de beau in einem Boot. Wild Wild Sonja hatte Bundesmarine-Offizier Mo Hendrichs dabei, Blackbeard Johnny hockte mit Einhorn Pinki auf einer schwimmenden Banane. Es hatte halt nicht für alle ganz gereicht. Sie wurden von zwei Landungsbooten gezogen. Die Dämmerung setzte gerade ein. Es regnete nicht, die Temperaturen waren zum Glück um die 25 Grad. Einigen der Elfen hatten sie erzählen können, es ginge auf eine Nachtwanderung. Ihre Euphorie war dementsprechend. Sogar ein wenig Grusel war ihnen versprochen worden. Hui, wie spannend. Sie ahnten nicht, was da kommen würde ...

»Ich wiederhole mich nur ungern, aber ich kann kein brennendes Büsum erkennen«, flüsterte Mo Hendrichs zu Kapitän Wild Wild Sonja rüber. Er hatte es ihr schon an Bord gesagt. Aber rund 400 Märchenwesen-Köpfe mit der entsprechenden Anzahl von Augen konnten sich nicht täuschen. Alle sahen es. »Ja, ich habe verstanden«, fispelte Wild Wild Sonja zu ihm rüber. In ihr regierte gerade der Verstand. Sie hatte keine Lust, sich über ihn lustig zu machen. Die Rudermänner der einzelnen Landungsboote legten sich bereits kräftig ins Zeug. Vereinzelt regneten kleine Spritzer auf sie nieder. Aber sie wollte es ihm auch nicht mehr verheimlichen: »Es wird seinen Grund haben, warum du es nicht siehst, du als Mensch, wir Märchenwesen es aber gut erkennen können«, flüsterte sie erneut. Sie signalisierte ihm, dass er jetzt besser schweigen sollte. Würden die Elfen oder der ein oder andere Osterhase, ein Weihnachtswichtel oder ein Waldschrat das mitbekommen, dann gute Nacht. Lautlos konnten sie dann nicht in die Stadt kommen Sonja verdrehte innerlich die Augen, ... sie wollte ihn nicht unwissend sterben lassen. »Einige halten dich für ein Märchenwesen im Menschenkostüm«, flüsterte sie jetzt noch, noch leiser. Mo Hendrichs schluckte. Er verstand … und schaute steif geradeaus. Sie nahmen Kurs auf den Hauptstrand von Büsum. Sie wollten nicht den Hafen nehmen, es konnte sich um eine Falle handeln. Knapp 40 Märchenwesen passten an Bord eines Landungsschiffes. Waren Einhörner oder Mini-Elefanten mit an Bord, konnten es auch weniger sein. In der Dunkelheit der einbrechenden Nacht fielen somit knapp 13 unterschiedliche »Landungsboote« plus einer aufblasbaren Banane in Büsum ein. Kaum erreichten die ersten Boote den Grund unter sich, sprangen die Elfen heraus. Der aufmerksame Beobachter konnte die »Nachtwanderungselfen« von den echten Einsatztruppen unter ihnen unterscheiden: Die einen hatten sich ganz in Schwarz wie Ninjas, Mitglieder hochprofessioneller SEAL-Einsatztruppen, mit unzähligem Agentenwerkzeug an ihren Körpern, gekleidet – und die anderen hatten sich in ihren feinsten Hawaii-Hemden mit Fotoapparaten, Blumenketten um die Hälse und Flip-Flops an den Füßen auf den Weg gemacht. Knips, machte es da bereits zum ersten Mal, ein Blitzlicht schoss in die einbrechende Nacht. »Pssssst«, kam es aus allen Ecken, der fotografierende Elf bekam sofort eine über den Hinterkopf gezogen. Sie hatten allen, aber wirklich allen klar gemacht, dass sie erst Bilder machen durften, wenn es dazu das ausdrückliche »Okay« gab. »Schuldigurg«, hörten einige Nahstehende leise. Aber schon waren sie angekommen. Sie sprangen von Bord, landeten kniehoch im Wasser, machten sich sofort auf den Weg. Mo Hendrichs trug Kapitän Wild Wild Sonja in der Hand. So wurde sie nicht nass. Ganz praktisch schon, so ein menschlicher »Page«. Am Strand angekommen, sprang sie flugs von seiner Hand, nahm sofort Kampfstellung ein.

Mit dem Piratensäbel in der Hand rannte sie neben dem französischen Piraten-Lieutenant Darfo und Edel-Baronesse Martha de beau. Er hatte seinen Degen grimmig gezogen, Martha hielt ihre Hand unter ihrem Rock an der versteckten Klinge im Strumpf. Der Säbel von Blackbeard Johnny mit schlafendem Mini-Papagei auf der Schulter war wohl der größte, er musste ihn allerdings mit beiden Händen tragen. »Ummpf«, stöhnte er bereits. Der Säbel war definitiv nicht für lange Fußwege konzipiert worden. Im einbrechenden Mondlicht blitzte sein Piraten-Sheriff-Stern auf. Mo Hendrichs gesellte sich zu ihnen, ebenso Pinki – die phosphoreszierend leuchtete. »Hmmmmpf«, grummelte Sonja. »Nicht ganz so praktisch, ein in der Nacht leuchtendes Einhorn!« Ein empörter Blick. Bitte? »Das ist unter uns Einhörner was ganz Besonderes, das haben nicht viele!« Nicht viele? Wild Wild Sonja drehte sich müde um. Unter ihren Mannen waren rund 40, vielleicht 50 Einhörner. 49 davon leuchteten wie eine funkelnde Asphaltschwalbe am Hamburger Kiez. Fremde könnten denken, am Strand von Büsum startete gerade ein Lichtkünstler eine Special-Illusion-Night-Party.

»Hmmmpf.« Pinki wollte noch protestieren, aber Wild Wild Sonja ignorierte ihre Einwände bereits. Vielleicht gar nicht so schlecht, wenn das Führungskommando an dem pinken Leuchtsignal zu erkennen war, dachte sie noch, gab dann den Befehl zum Vormarsch. Die Befreiungsarmee von Büsum setzte sich in Gang. Nur wenige Schritte brauchte es, da schloss Mo Hendrichs zu Wild Wild Sonja auf. »Für mich ist das immer noch eine normal blühende Stadt«, flüsterte er. »Psst«, gab's jetzt von Sonja genervt zurück. Ungeduld war des Schmetterlings Untergang. Oder so ähnlich. Ach, was soll's. »Wahrscheinlich wirst du es gleich sehen.« Und tatsächlich: Sie brauchten nur noch wenige Schritte, da erklommen sie den Hauptstrand. Links von ihnen landeten einige ihrer Truppen bei der wunderschönen Familienlagune. Hier konnten sich Kinder und Eltern pudelwohl fühlen. Es sich in einem extra abgetrennten

Schwimmbereich von der Nordsee, aber mit echtem Nordsee-Wasser, gut gehen lassen. Im Sommer eine echte Attraktion. Es schien, als könnte man die fröhlichen Kinderstimmen noch hören. Wild Wild Sonja und ihr Führungsstab mit funkelndem Einhorn betraten den Rasen des Hauptstrandes. Hunderte Strandkörbe waren hier immer noch fein säuberlich aufgereiht. Aber am oberen Ende, was den Deich darstellte, da konnten sie etwas erkennen. Etwas nicht Natürliches. Etwas nicht Irdisches. »Oha«, fuhr es Lieutenant Darfo aus dem Mündchen. Er hatte da schon eine Ahnung. Wie eine Wand aus Wasser zog sich ein wenige Zentimeter starker Film in die Luft, umspannte anscheinend ganz Büsum.

»Kein Wunder, dass du nichts erkennen kannst«, flüsterte Wild Wild Sonja Mo Hendrichs rüber. Sie standen nun alle davor. Ja, es war ein von böser Hexerei erschaffener Tarnmantel, den irgendwer über die Nordsee-Stadt gezogen hatte. Und ja, die Märchenwesen konnten nicht genau sagen, ... was für Funktionen er noch hatte. Nun lautete die Frage: »Wer will als Erster?«

Das ließ sich der Piraten-Sheriff-Stern-Träger mit schnarchendem Mini-Papagei nicht zweimal sagen. Und Flutsch, durchwanderte er den Schild. Schockschwerenot!

Magische Wellen liefen den unheimlichen Tarnmantel herauf, breiteten sich auch zur Seite aus. Wie bei einem Stein, der ins Wasser geworfen wurde. »Und?«, rief eine Stimme. »Lebst du noch???« Ruhe. Stille. Okay, sie alle sahen Johnny. Er stand auf der anderen Seite und zog sich schnell einen Schokoriegel aus der Hemdtasche. Er war wohl der Meinung, für die anderen war er jetzt unsichtbar. Knister, Knister, Schmatz, Schmatz. Hmm, lecker. »Hörr, Hörr«, raunte Lieutenant Darfo jetzt. »Wir können dich alle noch sehen!!!« »Ich hätte auch gerne einen Schokoriegel«, kam es schon aus den hinteren Reihen. »Ich auch!«, rief direkt der Nächste. »Hmmpf«, jetzt hatten sie den Schlamassel. Und es gab weitere Einwände, echte Einwände: »Ich kann ihn aber nicht sehen!«, merkte Mo Hendrichs jetzt an. Wild Wild Sonja blickte zu ihm auf. »Das habe ich mir gedacht. Folge mir«, machte sie ebenfalls einen Schritt nach vorne.

 Flutsch, machte es, dann immer wieder Flutsch, Flutsch, Flutsch. Es ging los: Das gesamte Befreiungskommando betrat die verwüstete Stadt. »Oh, Mann«, entwich es jetzt Mo Hendrichs. Jetzt, da er auf der Innenseite des Tarnschildes war, konnte er die Realität erkennen: Büsum, wie es einst gab, war nicht mehr ...

Erst vor kurzem hatten hier Tausende Touristen das erste »Büsumer Meeresleuchten« zum Auftakt der Feriensaison gefeiert. Eines der schönsten Feuerwerke, wie es die Welt je gesehen hatte. Es war auf dem Wasser gezündet worden – und hatte alle Menschen einfach nur fasziniert. Die Promenade war bereits für den Urlauberansturm in der jetzt anstehenden Sommersaison fein hergemacht worden, ganz Büsum hatte sich nach dem Winter und dem verregneten Frühling in sein schönstes Kleid geworfen. Und jetzt? Jedes dritte Haus war zerstört, brannte noch. Rauch stieg empor. Trümmer lagen auf den Straßen, als hätte hier ein fürchterlicher Kampf gewütet. Hier und dort knallte es. Ein stinkender Geruch lag in der Luft. Aber, und das war das Unheimlichste, hier war kein einziger Mensch anzutreffen. Mo Hendrichs war immer noch verblüfft.

Und er hatte Angst. Das erkannte der umsichtige und einfühlsame Kapitän der »Weißen Liebelle«. Wild Wild Sonja zeigte ihm sofort, wie sie ihren Arm gen Strand durch den Tarnmantel steckte. Das Rückfahrticket. »Siehst du, wir kommen auch wieder zurück, … alles kein Problem!« »Puuuuh«, atmete Mo Hendrichs aus, wischte sich den Angstschweiß von der Stirn. Hoffentlich hatte das niemand gesehen. Sonja zwinkerte ihm zu. Bleib unter uns. Versprochen. In dem Moment sah sie kurz die »Weiße Libelle«. Wunderschön bunt lag sie im Meer vor Anker. Die Bordbeleuchtung war eingeschaltet, sie ruhte dort wie der Frieden auf Erden. Ihre Regenbogenpracht stärkte jedem Lebewesen das Herz. Ja, sie war ein Heilsbringer. Einer der wundervollsten Orte auf der Welt. Alle Märchenwesen hier am Strand wussten in ihrem Herzen, dass sie hinter ihnen war – und ihnen mit ihrer Schönheit Mut machte. Sie stand für das Gute auf diesem Planeten. Und sie gehörten zu ihr. Trotzdem wollte sich Mo Hendrichs selber von der Möglichkeit zur Flucht überzeugen und es Wild Wild Sonja nachmachen, … aber der Tarnschild ließ seinen Arm nicht hindurch. Mehr noch: »Aua«, zog er ihn schnell zurück. Es qualmte. Es roch nach Fleisch – er hatte sich seine Hand verbrannt.

»Verdammt!«, fluchte er. Wild Wild Sonja und die drei blau leuchtenden Glühwürmchen blickten ihn überrascht an … und sie zuckte beschämt mit den Schultern. »Uppps.« Das also war eine der Zusatzfunktionen, die der Schild hatte: Menschen die drin waren, ließ er nicht mehr raus. Mo Hendrichs schmerzte noch seine Hand, da stieß ihm Wild Wild Sonja unbekümmert ans Bein. Ganz friesisches Naturel: »Das kriegen wir schon hin, komm!«

Und jetzt schwärmten sie alle aus. Als hätten sie schon Tausende Geheimoperationen gemeinsam durchgeführt, flitzten sie alle gut koordiniert in die Stadt hinein. Bemerkte einer etwas, machte er die anderen darauf aufmerksam. Wo sich Blackbeard Johnny aufhielt, konnte sowieso jeder sehen. Das leuchtende Einhorn wich ihm mit seinem pinken Schein keinen Meter von der Seite, außerdem schien sein Piraten-Sheriff-Stern in dieser Nacht besonders hell zu funkeln. Aber was war das?

»Hilfe, Hilfe!!«, jammerte mit einem Mal eine Stimme.

Alle blieben stehen. Jeder versuchte auszumachen, woher die Rufe kamen. Und waren sie echt? Oder war das eine Falle? »Hilfe, da ist doch jemand, ich höre es, da ist doch jemand!!«, hörten sie jetzt alle wieder. »Hilfe, bitte helft uns!!!« Wer verdammt machte so einen Krach, dass sie gehört wurden? Knips, Knips, Knips, kam es samt Blitzlichtgewitter aus einer Seitenstraße. Wild Wild Son a verdrehte die Augen, mal wieder. Sie hatte echt ein hartes Los. »Ummpf.« Lieutenant Darfo ließ Martha zurück, rannte zu der Nebenstraße, aus der die Geräusche kamen. »All up Stee?«, rief er leise hinein. Ein unverständliches, leises Gefluche und ein »Pssst« als Antwort. Dann hörten die Hobby-Paparazzi sofort auf.

84

Aber die Menschenstimme war wieder zu hören: »Hilfe, da ist doch jemand!« Blackbeard Johnny näherte sich der Straße. Seinen viel zu großen Säbel zog er mittlerweile schleifend hinter sich her. Grummel, Grummel, Grummel. Für kurzweilige Kaperangriffe war er ja geeignet, sehr cool, aber für die Stürmung einer Stadt nur bedingt brauchbar. Grummel, Grummel, Grummel. Pinki erkannte die Seelenpein des Rudermanns und nahm ihm für kurze Zeit den Säbel ab. Danke. Er blieb stehen und atmete einmal tief durch. Dann wischte er sich den Schweiß von der Stirn – und weiter ging's. Schnell erreichten sie die Straße. Das Haus, aus dem die Geräusche kamen, war bereits von einem knapp 30-köpfigen Ninja-Elfen-Einsatzkommando umgeben.

Lieutenant Darfo stieß mit gezogenem Degen die Türe auf, schon stürmte der Trupp hinein. »Ohje«, hörten sie ihn. Ruhe. Stille. Pause. Es war alles mucksmäuschenstill. Anspannung, Herzklopfen, Adrenalin – … und dann Gepolter im Haus. Schepper, Boing, Doing. Jemand oder etwas hatte irgendwas umgetreten!!! Ein Einhorn fiel bereits in Ohnmacht. Das war zu viel. Doch dann: »Es wird alles gut, es wird alles gut, … jetzt sind wir ja da!«, sagten direkt mehrere Elfen lauter … und führten drei alte Frauen heraus. Alte Büsumer Frauen, die ihr Leben ausschließlich in ihrem Heimathafen verbracht hatten. Im Dunkeln konnten sie ihre Befreier nicht erkennen, doch als sie sie nach draußen führten, wurden die Umrisse ihrer Retter durch das Sternenlicht und den Mondschein immer deutlicher, … bis sie sie vollständig erkannten.

Und schreckten sofort zurück. »Wer …, wer …, was … seid ihr?«, zitterten sie nun ängstlich wie Makrelen im Fangnetz. Blackbeard Johnny in seinem Piraten-Kostüm mit Augenklappe, mit riesigem Piraten-Säbel und mit seinem schnarchenden Mini-Papagei auf der Schulter stand mit dem leuchtenden Einhorn Pinki vor ihnen. Das Pink erhellte fast die gesamte Nebenstraße. Bling, Bling, Bling. Die alten Büsumer Frauen rissen die Augen auf.

Immer bunter wurde die Gasse. Noch mehr Einhörner in den unterschiedlichsten Farben kamen hinzu. Platsch, lag die erste Frau bereits ohnmächtig am Boden, die zweite versteckte sich hinter der dritten. Die Letzte hingegen grinste diebisch … und sichtlich erleichtert:

»Mein Gott, ich darf euch noch mal sehen???«, fasste sie sich mit beiden Händen vor Freude ins Gesicht. Eine Träne lief ihr sofort herunter. »Ich kenne euch!!« Der Schauer der Erleichterung sprang auch auf die Märchenwesen über. Sie lächelten sich an, ja, einige umarmten sich gar der rührenden Situation. Und dann fing sie an zu weinen. Vor Trauer – und vor Freude.

»Danke! Danke! Danke!« Sie schnappte sich Pinki, grub ihren Kopf in den Hals des Einhorns, küsste sie und küsste sie … und schnuffte einmal dick in ihre Mähne hinein. Was?? »Äääh!! Bäääh!! Pfui!!!«, sprang Pinki zurück. Noch bevor sie anfangen konnte zu schimpfen, wie widerlich denn das bitte war, wurde sie schon wie von Geisterhand nach hinten weggezogen, … um die alte Frau nicht zu verunsichern. Kapitän Wild Wild Sonja.

»Ich kenne euch!«, schluchzte die Alte. Es war eine Art von trauriger Wiedersehensfreude. Ihre Stimme wurde leiser: »Ich kenne euch«, hauchte sie jetzt mit einem Funkeln in den Augen. »Als ich klein war, … da habe ich mich eines Nachts aus dem Haus meiner Eltern geschlichen, um am Strand die Sterne und das Meer zu schauen …« Die Alte erfüllte jetzt eine Liebe, wie sie Märchenwesen nur zu gut kannten. »Und da, … und da … bin ich Brissel der Elfe und Winki, dem grün-blauen Einhorn, begegnet!« Die Märchenwesen um sie herum rissen die Augen auf. »Und wir hatten Spaß, was für einen Spaß wir als Kinder hatten!« Brissel und Winki??? Ohje, jetzt gab es Ärger. Vier Hufe und ein Paar Füße tippelten gerade verstohlen nach hinten. Nicht nur, dass zwei

Märchenwesen ein menschliches Kind als Spielkamerad hatten, die beiden waren auch unter den Mannen dieses Einsatzkommandos. Aber das wollten sie jetzt nicht verraten. Die zwei hatten sich gerade ganz still und heimlich in die letzten Reihen verdrückt. Das würde ein Nachspiel haben, das war hier allen klar. Einige schienen bei dem Gedanken sogar zu grinsen. Hihi. Doch sie waren nun nicht zum Kaffeeklatsch hier. Einer musste die Situation wieder erden: »Was ist hier passiert?«, wollte Kapitän Wild Wild Sonja jetzt mit zärtlicher, aber bestimmender Stimme wissen. Auch die drei blau leuchtenden Glühwürmchen gaben sich ganz sanft. Summ. Außerdem musste die Frage noch geklärt werden, ob hier noch Gefahr bestand. Die Alte schluckte einmal, dann stammelte sie, ... ihre Freude war verflogen.

»Schwarze Schatten, ... schwarze Schatten!« Jetzt fing sie an bitterlich zu weinen. Langsam, aber sicher beschlich die Märchenwesen das Gefühl, dass die alten Weiber nicht die einzigen waren, die den Angriff überlebt haben könnten. Besser formuliert: Sie spürten bereits, dass in der Nacht immer mehr Augen auf ihnen ruhten. Überall an den noch existierenden Fenstern schienen sie zu lauern. Ängstlich, nicht wissend, wer da unten auf den Straßen war. »Schwarze Schatten, ... wie lebendig gewordene Öllteppiche, wie flatternde Plastiktüten!«, schluchzte sie. »Sie sind gekommen, haben gewütet, fürchterlich geschrien, in so hohen Tönen, dass es unsere Ohren nicht ausgehalten haben!!« Schockschwerenot. Wie schwarzes, tötendes Öl? Wie Geister aus flüssigem Plastik? Wild Wild Sonja rechnete in ihrem Kopf bereits Zweidrittel mal zwei zusammen. Und drei, zwei, eins …

»Grrrrrr«, knurrte sie los.

»Was haben sie gemacht, außer euch Schrecken einzujagen?« Die Alte richtete sich auf, ging mit ihnen zusammen bis zur Promenade. Die Alleestraße. Überall verängstigte Gesichter hinter schmutzigen Gardinen. In den Häuserecken kauerten sie und sahen, dass ihre Retter … anscheinend in der Stadt waren. Einige kamen bereits heraus, andere blieben noch immer zitternd in den Häusern oder Ruinen. Klar: Auch das, was da unten gerade durch die Straßen wanderte, war nicht normal.

Märchenwesen rannten durch ihre Gassen – einige gekleidet wie Ninjas, andere wie Piraten auf einem Kostümball, wieder andere wie Karibik-Touristen mit Fotoapparaten. Und wieder andere als normal leuchtende Einhörner. Unheimlich. Die Stille wurde zerrissen. Jetzt fiel es der Alten sofort wieder ein. Etwas noch viel Schlimmeres war passiert: »Sie haben uns unsere Kinder gestohlen!!!« Wie konnte sie nur! Verzweifelt, voller Panik in ihrer Stimme zeigte sie jetzt Richtung Gemeindehaus, in der Mitte der Stadt. Am Kaiser-Wilhelm-Platz. Sie war mit Darfo und seinen Ninjas so schnell gerannt, sie hatte sie unbemerkt getrieben. Wild Wild Sonja, Offizier Mo Hendrichs, die Baronesse de beau, Blackbeard Johnny samt Pinki waren noch weiter zurück. Aber sie hörten die Alte bereits: »Sie haben das da errichtet!!!« Wow. Die Märchenwesen hielten inne. Einer schaltete bereits: Lieutenant Darfo befahl zwei Kommandos, sie sollten dahin. Dahin war: Aus einem schwarz-roten Kristall entsprang ein gleichfarbiger, riesiger Lichtstrahl, der in den Himmel schoss – und die Kuppel des Tarnschildes bildete. Das war der Ausgangspunkt des Gefängnisses, das die bösen Wesen um Büsum gebaut hatten. Kein Mensch konnte deswegen die Stadt verlassen. Deswegen hatte sich Mo Hendrichs die Hand verbrannt. Und von außen sah durch diesen Strahl alles normal aus. Büsum war wie eine Falle, aus der kein Mensch herauskam. Kein Mensch, Märchenwesen schon. Und die ersten Trupps waren bereits am Rathausplatz angekommen. Und sie mussten staunen. Nicht viele von ihnen hatten so etwas schon gesehen: einen magischen Kristall. So groß wie ein Felsen. Es brauchte schon Riesen, um diesen zu bewegen. Als Wild Wild Sonja, Offizier Mo Hendrichs, die Baronesse de beau und Blackbeard Johnny samt Pinki bei ihnen ankamen, war Lieutenant Darfo schon dabei, den Lichtstrahl zu untersuchen. Elfen und Lindwürmer hatten einen großen Kreis darum gebildet. Der Großteil der an diesem Einsatz beteiligten Einhörner hielt sich vorsichtig zurück. Büsumer kamen dazu, konnten nicht glauben, was sie sahen. Aber sie kamen – und staunten.

Und das hatte seinen Grund: Der schwarz-rote Kristall war noch einmal zusätzlich umgeben von einem eigenen Schutzschild. Vor ihm lagen verbrannte Stöcke und Stangen. Die Büsumer hatten selber versucht, ihn zu zerstören. Aber unmöglich. Als Menschen kamen sie da nicht hindurch. »Hmmm«, grübelte Lieutenant Darfo.

Wild Wild Sonja stellte sich neben ihn. Johnny folgte mit Martha, Pinki und Mo. »Hmmm«, grübelten sie. »Das ist zweifellos Magie«, stellten jetzt alle gleichzeitig fest.

Leider hatte sie auf dieser Reise keine Feen oder Hexen dabei. Leider. Und nun? »Magie kann nur mit Magie besiegt werden …«, murmelten nicht wenige Elfen. Jedes Märchenwesen wusste das. Aber woher jetzt ein magisches Artefakt nehmen? Schon fast gelangweilt von den Denkprozessen der anderen fing Blackbeard Johnny an, seinen Piraten-Sheriff-Stern zu putzen. Er hauchte ihn an und polierte ihn. Was Wild Wild Sonja sah. Funkelte er wieder heller? Oder war es einfach nur der Sternenschein oder Pinkis Leuchten neben ihm?

»Johnny?«, züngelte sie lieblich. Oha! »Ja?!«, schaute der verzückt drein, nicht ahnend, was jetzt auf ihn zukommen würde. »Könntest du mal bitte zu mir kommen?« Wild Wild Sonja eilte sich, um noch näher an dem Kristall zu stehen. Blackbeard Johnny ging schnurstracks auf sie zu, ... doch bald merkte er, dass es ihr nicht um ihn ging! Ihr Blick heftete an seiner Brust? Erschrocken schlug er sich die Hände vor den Stern. »Äiii!«, rief er empört aus. Panik. »Das ist meiner!!« Zu spät. Wild Wild Sonja und auch Lieutenant Darfo hatten genau gesehen, wie der Stern immer heller wurde, je näher er dem Kristall kam. Was? Wie? Nicht euer Ernst?!!! »Doch!!!«, befahl Wild Wild Sonja. Zehn Elfen schnappten sich die Arme von Johnny, ... und hielten sie auf dem Rücken fest. Darfo ging nach vorne – und riss ihm den Piraten-Sheriff-Stern von der Brust. »Aua!«, jammerte der. Ja, logo: Konnte gar nicht wehtun, war ja nur am Hemd befestigt. Lieutenant Darfo ging mit dem Piraten-Sheriff-Stern immer näher an den Kristall heran. Erst durchbrach er mit seinem Schmetterlingskörper den ersten Schutzschirm, dann hielt er den Stern direkt wenige Zentimeter über den magischen Stein! Augen auf! Sofort …. fing es an, zu knistern und zu knacken! Darfo blickte noch einmal zu Johnny, der die Augen schloss, … dann zu Sonja. Die nickte eiskalt – und er ließ den Stern auf den Kristall fallen! Buuuuuum, riss sie alle eine Druckwelle zu Boden, es ging wahnsinnig schnell. »Aua«, quietschte eine Piraten-Quietscheente. Aber: Es war überhaupt nichts Spektakuläres!!! He??? Lediglich ein silberner Funke fiel zischend vom Himmel!!! Übrig war nur noch ein Haufen Asche geblieben – und Brocken von rotem Kalksandstein. Der Tarnschildstrahl war verschwunden. Das konnte jetzt kaum einer glauben: Büsum war wieder frei!!! Jipiiii!!! »Okay!«, berappelte sich Kapitän Wild Wild Sonja als Erste … und staubte sich ab. Die drei blau leuchtenden Glühwürmchen waren ganz aus dem Häuschen! Summ, Summ, Summ. Einer allerdings nicht: »Das war es dann mit dem Piraten-Sheriff-Stern«, schniefte Johnny tieftraurig. Ja, der Stern, den er im Himmel geschenkt bekommen hatte, war für Büsum geopfert worden. »Mist«, fluchte er leise und wischte sich ein Tränchen von der Wange, während sich die Mannschaften wieder sammelten. Ihr Auftrag war erfüllt. Bis auf: Vor ihnen standen jetzt Hunderte

Büsumer. Traurig. Verängstigt. In tiefer Sorge: »Bitte, bitte bringt uns unsere Kinder zurück …

9. Atlantina

… Es herrschte Erleichterung an Bord der regenbogenfarbenen »Weißen Libelle« – und es regnete. Lediglich zwei Weihnachtselfen waren an Deck und standen in Regenanzügen geknickt an der Reling. Sie schauten deprimiert über die See, dann sich gegenseitig an. »Schietwetter«, fluchte der eine. »Dat drüppelt man blos«, grinste der andere. Und kaum hatten sie die Worte gesprochen, … klarte der Himmel bereits wieder auf.

Nachdem die Märchenwesen Büsum mit ihrem riesigen Piratenschiff wieder verlassen hatten, waren sie mit einer weiteren Mission betraut – und glücklicherweise war in der Nordsee-Stadt niemand wirklich ernsthaft verletzt gewesen. Das stimmte sie fröhlich. Und Menschen waren gut im Wiederaufbau. Jetzt herrschte purer Optimismus an Bord. Sie wussten jetzt, worauf sie bei der Navigation zu achten hatten, auch hatten sie mit JayJay ihren eigenen kleinen »Außenborder«. Den brauchten sie allerdings nicht einsetzen: Es herrschte moderater Wind. Nicht zu langsam und nicht zu schnell drückte sich die »Weiße

Libelle« durch den leichten Wellengang. »Hoho«, kam es von einem Ausguck herunter, … aber es war lediglich der Ruf, er möge dort oben bitteschön einmal abgewechselt werden! Kapitän Wild Wild Sonja stand mit ihren drei blau leuchtenden Glühwürmchen neben Rudermann Blackbeard Johnny mit Mini-Papagei und schaute geradeaus. Lieutenant Darfo hatte gerade erst seine Anweisungen an den größten Teil der Elfen gegeben, Martha studierte wieder einmal die magische Seekarte.

Und wichtig: Pinki stand mit seiner goldenen Dollar-Kette in ausreichendem Abstand zum Kompass. »So ist brav«, blickte Martha das pinke Einhorn kurz an. Das war wichtig. Die »Weiße Libelle« hatte ein Ziel: Helgoland.

Immer mehr Hinweise deuteten darauf hin, dass sie dort des Rätsels Lösung finden würden. Und mittlerweile waren sie nicht nur wegen der beängstigenden Umweltverschmutzung unterwegs, unter anderem wegen der Plastiktüten, die sie immer wieder einsammelten, nun mussten sie auch noch eine Fregatte der Bundesmarine finden – und rund 100 Kinder von Büsum retten. Anspannung an Bord der »Weißen Libelle« deswegen?

Pustekuchen. In jedem Märchenwesen, angefangen von Kapitän Wild Wild Sonja über die Schmetterlinge Martha, Darfo und Johnny, bis hin zu den Osterhasen, Elfen,

Einhörnern und allen anderen an Bord herrschte pure Zuversicht! Das war in Märchenwesen so angelegt!! Der Grund: Sie konnten einfach nur davon ausgehen, dass sie am Ende gewinnen würden. Sonst machte das Leben gar keinen Sinn. Und nach Helgoland würden sie es allemal schaffen. Da waren sie sich sicher. Wer sich nicht so sicher war, wie für ihn das Abenteuer ausgehen würde, war Mo Hendrichs. »Puuuh«, stöhnte der Marine-Offizier auf. Er hockte in Bermuda-Short, mit FlipFlops und nacktem Oberkörper auf einem Liegestuhl. Er fragte sich gerade, wie jahrzehntelange Disziplin, die er von der Marine eingetrichtert bekommen hatte, innerhalb von zwei, drei Tagen verpuffen konnte. Er hatte überhaupt keinen »Drive« mehr. Die Märchenwesen hier an Bord zogen ihn sowas mit zu sich runter, das hatteste noch nicht gesehen. Und noch mehr: Innerhalb dieser wenigen Tage hatte er knapp 15 Kilogramm zugenommen. Seine Gala-Uniform passte nicht mehr. »Puuuuuuh«, stöhnte er jetzt wieder auf. Gut, sagte er sich selber, es könnte auch etwas mit der Ernährung hier an Bord zu tun haben.

Zuckerwatte, Schokolade, Paradies-Äpfel und alle anderen erdenklichen Leckereien gab es hier tonnenweise an Bord. Reguläres Essen? Fehlanzeige! Sie spielten hier gelegentlich »Kantine«, aber das war wirklich nur ein

Spiel. Einen Koch, besser, einen »echten« Koch hatten sie nicht an Bord. Würde er allerdings einen Elfen oder einen Osterhasen fragen, ob es hier einen Koch geben würde, würde dieser ihm auf jeden Fall mit »Jau« antworten. So viel hatte er sich bereits in dieses Märchenschiff hineingedacht. Sofort würde der Gefragte dann selber behaupten, er wäre ausgebildeter Koch. Wahrscheinlich würden ihm dies dann auch noch alle das Gespräch Mithörenden bestätigen, sogar in Windeseile ein Diplom fertigen und das als Beweis anführen. Könnte auch ein ziemlich griechisches Schiff sein, dachte sich Mo Hendrichs. Aber: Sie hatten in nur rund 48 Stunden aus einem Profi-Soldaten einen schwabbeligen Touristen gemacht. Hoffentlich war er am Ende kein Diabetiker.

»Hoho«, kam es jetzt wieder vom Ausguck, doch diesmal war klar, dass es eine Sichtung gab. »Sind wir denn schon vor Helgoland??«, wollte Darfo schnell wissen. Baronesse Martha de beau schüttelte aber sofort das Köpfchen. »Nein, dafür sind wir einfach noch viel zu weit weg!« Jetzt legte sich ein leichter Schatten über das Schiff. Kapitän Wild Wild Sonja schaute noch kurz zum Himmel, alles war blau bis auf eine große weiße Wolke. Dann ging sie zum Fernglas und schaute hindurch. »Martha, sagtest du nicht, wir sind mitten auf der Nordsee?« Martha schaute irritiert auf. Karten lesen konnte sie, auf jeden Fall. ɔJa, wir sind noch einiges entfernt von Helgoland. Wir sind auf hoher See, kein Land weit und breit!« »Und was ist dann bitteschön das da???« Kapitän Wild Wild Sonja konnte eindeutig Land ausmachen. Jetzt schaute auch Mo Hendrichs interessiert auf. Lieutenant Darfo hingegen richtete seinen Blick immer interessierter zu der Wolke über ihnen. Er blickte hinunter zu JayJay. Der Wolkenriesezwerg döste und bekam nichts mit. Er war Wolkenexperte von Natur aus, quasi. Darfo schaute wieder nach oben. Irgendwas, sagte sein Innerstes, machte ihn misstrauisch. Die anderen bekamen das nicht mit. Alle wollten das Land vor ihnen sehen. Naja, einige: Ein paar Elfen hingen an ihren Fotoapparaten, um den Zoom ihrer Kameras als Fernglas zu nutzen, andere »daddelten«, spielten an Bord einfach weiter Federball. Die Lindwürmer verpennten gerade alles. Darfo blickte nach oben. »Und da ist doch Land, ... oder täusche ich mich?« Martha schaute jetzt ebenfalls durch das Fernglas. »Hmmm«, grübelte sie. »Bist 'n plietschen Dutt« Schnell ging sie wieder zu ihrer Karte zurück. Mo Hendrichs stellte sich neben sie. Verfahren haben konnten sie sich nicht. Das war dem Marine-Offizier klar. Er selber konnte ohne Fernglas nichts erkennen. »Gibt es hier Fata

Morganas auf See?«, wollte Blackbeard Johnny wissen. Der Mini-Papagei schnarchte gerade wieder. Ziemlich laut. Alle um ihn herum mussten grinsen. »Nein, das haben wir eigentlich nicht. Und es ist mit 28 Grad viel zu kalt!«, antwortete er. Wild Wild Sonja sah aber Land. Das war klar. Ihre drei blau leuchtenden Glühwürmchen schauten verwundert drein. Eine Insel? »Ich denke, wir sollten vorsichtshalber einmal eine Möwen-Kanone klar machen, um nachzuschauen, was dort ist!« Lieutenant Darfo bekam das nicht wirklich mit. Die Wolke über ihnen fesselte ihn immer mehr. Er schaute noch einmal zu den Elfen. Dann sah er es: Ein Federball ging daneben, der Wind erfasste ihn, und schleuderte das Spielgerät über Bord. »Ha!«, rief er aus. »Die Wolke!«, rief er fasziniert. »Die Wolke über uns fliegt gegen den Wind!!« Er zeigte nach oben. Kapitän Wild Wild Sonja schaute nun ebenfalls hoch, genauso wie alle anderen.

JayJay wurde bei dem Krach wach, merkte nach einigen Sekunden, dass sie alle zum Himmel schauten – und rieb sich die Augen. Und er war der Experte: »Das ist keine echte Wolke!!!«, rief er gerade noch – doch zu spät. »Aaaaaaaaattacke!!!«, kam der Angriffsbefehl von oben. In Millisekunden tauchten Tausende kleine Heißluftballons auf. Sie hatten ein königliches Emblem auf ihrem Stoff:

Lila Wellen waren der Hintergrund, davor prangte ein schwarzer Kreis mit einem oben angeschlossenen schwarzen Kreuz. Um ihrem Angriff mehr Ausdruck zu verleihen, prasselten auf Einhorn Pinki Hunderte Pfeile herunter. Gut, eher kleine Dornen. Aber ihr Rücken war einmal komplett übersät. »Aua!«, sagte der pinke Kaktus mit Hufen und Einhorn. »Das zwickt!!« Lieutenant Darfo wollte seine Mannen gefechtsbereit machen, doch es war einfach zu spät. Sie hatten keine Chance mehr: Die Heißluftballons schwebten mit der Geschwindigkeit einer Schnecke nach unten. Es würde wohl noch einige Minuten brauchen, bis sie überhaupt in Reichweite waren – aber die Elfen hatten sich bereits ergeben. Rund 300 Mann lagen auf dem Boden und winselten um Gnade. Bangbüxe. »Umppf«, verdrehten Darfo und Johnny die Augen. Wild Wild Sonja war fassungslos. Dann zuckten alle mit den Schultern: Aber was sollten sie machen, ... sie hatten verloren. Also warteten sie: Zuckerwatte und Erdbeerinha wurden verteilt, um die Wartezeit totzuschlagen. Der Möwen-Chor witterte seine Chance, hatte berechnet, dass es noch mindestens vier Minuten dauern würde. Das reicht für ein Seemannsshanty. Jetzt oder nie, bei den meisten Konzerten hörte der Großteil

der Zuhörer hier an Deck nicht zu. Jetzt mussten sie, sie
hatten gar keine andere Wahl:

Eine Seefahrt, die ist lustig,
eine Seefahrt, die ist schööööööööööön,
Hier auf der »Weißen Libelle« mitzufahren
macht so viel Spaß,
das haste noch nicht gesööööööööööhn.
Hol-la-hi, hol-la-ho
Hol-la-hi-a hi-a hi-a, hol-la-ho

Eine Seefahrt, die ist lustig
Eine Seefahrt, die ist schön
Denn da kann man fremde Länder
Und noch manches andre sehn.
Hol-la-hi, hol-la-ho
Hol-la-hi-a hi-a hi-a, hol-la-ho

Unser Kapitän, die kleine Dicke,
Kaum drei Käse ist sie groß,
auf der Brücke eine Schnauze,
Wie'ne Ankerklüse groß.
Hol-la-hi, hol-la-ho
Hol-la-hi-a hi-a hi-a, hol-la-ho

In der Rechten eine Watte,

In der Linken einen Köm,

Und die spiegelblanke Glatze,

Das ist unser Kapitän.

Hol-la-hi, hol-la-ho

Hol-la-hi-a hi-a hi-a, hol-la-ho …

Kaum war das Lied vorbei, es gab sogar Applaus von einigen Crewmitgliedern, sogar so viel, dass die Dirigenten-Möwe ganz rot im Gesicht wurde, da waren die Angreifer kurz vor dem Schiff. Allerdings schien ihr Feind, öhm, recht klein zu sein. Ja, es waren zwar echte Heißluftballons – aber sie hatten alle eine Größe von einem Tischtennisball. Und ja, es waren vielleicht 10.000? Die »Weiße Libelle« war umgeben von einer Armada aus Mini-Heißluftballons. Kurz vor Wild Wild Sonja, die größer war als ein Ballon, schwebte anscheinend die Anführerin. Zumindest hatte die Person da drin ein Megafon. »Wir sind die königlichen Truppen von Atlantina – der geheimsten Geheiminsel der Nordsee! Und ihr habt widerrechtlich unsere Hoheitsgebiete betreten!! Im Namen von ihrer königlichen Majestät

Rexina von Atlantina, beschlagnahmen wir euer Schiff und eure Ladung!!!«, brüllte eine weibliche Stimme Wild Wild Sonja an die Nase. Sie konnte sehen, wie eine Person neben der Sprecherin ihr etwas ins Ohr flüsterte.

»Ach ja, und ihr, seid auch beschlagnahmt!!!« Wild Wild Sonja, Lieutenant Darfo, Blackbeard Johnny und die Baronesse de beau kamen flugs zusammen, bückten sich im Kreis nach vorne und hielten einen schnellen Kriegsrat: Murmel. Getuschel. »Ja, könnte besser sein ...« Blablabla. »Jetzt ist nicht der richtige Zeitpunkt, um zu fragen, wann es die nächste Zuckerwatte gibt!« Murmel. Getuschel. Blablabla. »Wir warten!«, brüllte die Anführerin ungeduldig herunter. Die drei blau leuchtenden Glühwürmchen schauten grimmig nach oben. »Und das ist eigentlich keine Bitte gewesen, es ist eine Tatsache, dass ihr euch jetzt in unserer Gewalt befindet!!!« Dann schauten die Schmetterlinge wieder auf. Wild Wild Sonjas Blick flog über Deck. Es sah schon ganz witzig aus, wie die 10.000 Mini-Heißluftballons über und um die »Weiße Libelle« herumschwebten. Bei Nacht wäre es dank der kleinen Flammen garantiert voll romantisch schön. Wild Wild Sonja richtete ihre Gedanken aber wieder geradeaus und ging zu dem Mini-Ballon der Anführerin. Sie hatten sich entschieden:

»Okay, wir denken, es könnte nützlich sein, wenn wir mit zu euch kommen!« Die vier Offizier-Schmetterlinge hatten beschlossen, Atlantina einen kleinen Besuch abzustatten. Vielleicht konnten sie dort weitere Informationen über die Umweltvergifter, die Fregatte und die Kinder erhalten. Außerdem war es pure Neugierde. Niemand an Bord hatte je etwas von Atlantina, der »geheimsten Geheiminsel der Nordsee«, gehört. Sie war anscheinend auch so geheim, dass sie nicht in der magischen Seekarte verzeichnet war. Wild Wild Sonja schaute noch einmal geradeaus. Die »Weiße Libelle« war so ein riesiges Schiff und diese Heißluftballons so klein, … einfach nur amüsant. Ein Gekichere konnte sie sich nicht verkneifen. Hihi. Die Anführerin tippelte mit ihrer Hand genervt auf den Rand ihres Korbes. Wild Wild Sonja verdrehte die Augen:

»Okay, … ja, wenn ihr das so nennen wollt: Wir ergeben uns!« Gut, das reichte der Anführerin. Aus dem Mini-Heißluftballon flog ein Anker herunter. Er rammte sich wie eine Pfeilspitze in das Holz der Reling – und blieb dort stecken. Dann flog eine Strickleiter aus dem Korb … und gut 20 Soldatinnen kletterten herunter. Macho Blackbeards Augen fingen an zu funkeln, sein Herzchen raste: Das waren Mini-Nordsee-Amazonen!! In knackigen

Uniformen!!! Die Anführerin flitzte mit ihren Adjutanten zu Sonja – und hielt ihr einen riesigen Berg Mini-Dokumente hin. »Hier, hier und hier bekommen wir dann bitte jeweils drei Unterschriften! Den Durchschlag erhaltet ihr später. Das ist das offizielle Ich-ergebe-mich-Formular ...

10. Plage

... Es war ein Bild für die Götter: Die regenbogenfarbene »Weiße Libelle« segelte mit ihrer goldenen Galionsfigur, mit ihren güldenen Einhörnern auf den Segeln, mit ihren riesigen Kanonenreihen, mit ihrer fleißigen Besatzung, umringt von Tausenden Mini-Heißluftballons in den Hafen von Atlantina ein. Und er war ... klein. »Stopp!«, brüllte die Anführerin der Luftwaffe durch ihr Megafon. Sofort holten Elfen und Einhörner die Segel ein, Lindwürmer und Osterhasen machten den Anker startklar. Kaum bewegte sich die »Weiße Libelle« nicht mehr, platschte der Anker runter ins Wasser. Platsch. Sie waren da. Die Mini-Nordsee-Amazonen nannten es eine Beschlagnahmung, die Offiziere der »Weißen Libelle« um Kapitän Wild Wild Sonja einen Besuch. Jetzt lag das monströse Piratenschiff der Märchenwesen noch gut 100

Meter vor den eigentlichen Anlegestellen. Denn: Es war einfach viel zu groß, um in Atlantina direkt einzufahren. »Bitte verlasst jetzt das Schiff!«, kam es erneut aus dem Megafon. Drei, zwei, eins … »Jipiiiii«, riefen sofort einige Elfen, zogen sich Schwimmflügelchen an und sprangen über Bord. Blackbeard Johnny mit schnarchendem Mini-Papagei auf der Schulter, die Baronesse de beau, Lieutenant Darfo und Wild Wild Sonja mit ihren drei blau leuchtenden Glühwürmchen zogen es standesgemäß vor, eines ihrer Landungsboote zu nehmen. Und nicht alle Märchenwesen an Bord hatten Lust auf einen Landgang. Einige hatten es sich bereits auf den Liegestühlen bequem gemacht. Irgendwer musste ja die »Weiße Libelle« bewachen. »Kiek mol wedder in!«, riefen einige den Landgängern kichernd hinter her. Marine-Offizier Mo Hendrichs war einer davon. Und er hatte dabei auch noch ein Problem: Diesmal konnte er schon wieder nichts sehen. Gemeint war damit: Er sah die Insel Atlantina nicht. Und das hatte er mit aller Wahrscheinlichkeit seinen menschlichen Augen zu verdanken. Davon waren zumindest die Märchenwesen überzeugt. Das hatten sie schon allzu oft bei Menschen erlebt. Diese kleinen »Schiedbüddel«. Hier gab es leider keine Hilfe. Mo Hendrichs sah nur die Nordsee, wo die

Märchenwesen Atlantina sahen. »Kein Problem! Bevor ich noch untergehe, bleibe ich lieber an Bord«, hatte er freiwillig seine Arme gehoben, war zum Kuchenbuffet gegangen, hatte sich zusätzlich einen Liter Erdbeerinha genommen ... und es sich wieder in seinem Liegestuhl bequem gemacht. Aber nicht alle wollten an Bord bleiben: »Nehmt mich mit«, rief hingegen Wolkenjunge JayJay, der es fast verpennt hatte. Mit Anlauf rannte er zur Reling, sprang mit einem Satz über Bord – und landete federleicht in dem Landungsboot der Schmetterlinge. »Na, auch mal wieder wach?«, grinste ihn Schmetterlingsmacho Johnny im vollen Piraten-Dress an. Blubb, Blubb, Blubb, zog er an seiner Piraten-Seifenblasenpfeife. Die Mini-Heißluftballons lösten jetzt ihre Formation um die »Weiße Libelle« auf und reihten sich hintereinander. Wie eine Perlenkette wiesen sie jetzt den planschenden Elfen und den Landungsbooten den Weg in den Hafen – beziehungsweise zum Strand.

Atlantina sah wirklich wie eine Karibik-Insel aus. Wunderschön. Überall Palmen und feinster Sand. Herrlicher Blütenduft lag in der Luft. Paradiesische Vögel zwitscherten ihre Lieder. Es gab sogar zwei große Felsen, von denen Wasserfälle in kleine Seen stürzten. In der Mitte der Insel war das Dorf, die Festung der

Atlantinerinnen. Kaum erreichten die Boote Land, sprangen die Offiziere bereits von Bord. Einhorn Pinki war selbstverständlich mit dabei. Und sie wurden bereits erwartet: Gut Hunderte mit Speeren und Schwertern bewaffnete Mini-Nordsee-Amazonen standen stocksteif in ihren Uniformen am Strand, um sie zu eskortieren. Das Ziel: ihre königliche Majestät Rexina von Atlantina. Darfo musste kichern: Die kleinen Insel-Damen gingen ihm noch nicht einmal bis zum Knie. »Respekt«, ließ Blackbeard Johnny seiner Verwunderung bereits freien Lauf. Sie hatten kleine Dampfmaschinen, mit denen sie Fahrzeuge wie aus dem Mittelalter antrieben. Kutschen mit Motor, quasi. Sie kamen an großen Backstätten vorbei, an Krankenhäuser-Zelten, eigentlich an allem, was die heutige Zivilisation so zu bieten hatte. Halt nur im Mittelalter-Look, alles ein wenig behelfsmäßig, aber es schien zu funktionieren. Dort dampfte es, hier drehten sich wundersame Zahnräder von Maschinen. Ein wenig Steampunk in der Miniversion. Und sie sahen wunderschöne Buchsbaumplantagen. Mit Liebe gepflegt Herzblut seit Generationen steckte darin. Das war sofort zu erkennen. Und sie hatten fantastische Figuren aus ihnen geschnitten. Einfach traumhaft. Es schien, als wäre das ... der größte Schatz der Insel! Aber irgendwas stimmte hier nicht. Sie wirkten so … kränklich. Einige sahen aus, als würden sie vertrocknen, einige sahen irgendwie angefressen aus. Wenn auf dem Markplatz schon viel los gewesen war, dann hier erst recht. Jeder Baum schien einen eigenen Hilfstrupp von Gärtnerinnen zu haben. Sie beschnitten sie, sprühten sie ein, machten sich Notizen. Aber jedem Zuschauer war klar: Sie schienen den Kampf zu verlieren. Und irgendwie wirkten die Arbeiterinnen geschwächt. »Huup, Huuup«, ließ sie ein motorisiertes Holzfahrrad nun zurückschrecken. Mitten durch die Kolonne preschten anscheinend zwei Teenager-Amazoninnen, die Baronesse de beau in ihrem feinen Landgang-Kleidchen mit edlem Sonnenschirm musste sofort aufgrund der qualmenden Abgase husten. Röchel, Röchel. »Äiii«, brüllten drei atlantische Eskort-Soldatinnen dem Rad hinterher, sie hatten sich die Rüpel gemerkt. Dann husteten sie allerdings auch. Aber anders. Hust, Hust. Die Schmetterlinge kamen an den Waffenschmieden vorbei und auch am großen Marktplatz. Hier wurde alles gehandelt, was die heimische Landwirtschaft zu bieten hatte. Johnny saugte alles in sich auf. Aber: Sein Blick hatte sich bereits verschoben. »Es ist wirklich erstaunlich, dass es hier überhaupt keine Männer gibt«, flüsterte er heimlich, still und leise in Darfos

109

Öhrchen – und rieb sich grinsend die Händchen. »Wie halten die das nur aus?« Edelmann Darfo verdrehte die Augen. »Du Dösbaddel.« Aber Pirat Johnny war wie gefesselt. Sein Interesse war nun vollständig bei den sehr offensichtlich »ledigen« Damen der Insel gelandet. Sie waren wirklich gut gebaut. Hier gab es anscheinend keine einzige Dame, die irgendwie Übergewicht hatte. Okay, bis auf eine. Schockschwerenot! Was war das denn?? »Öhm«, schreckte Johnny beinahe zitternd auf. Sie hatten ihr Ziel erreicht: Vor ihnen thronte Rexina von Atlantina, Königin der Atlantinerinnen. Und sie war … echt schwergewichtig. Also, überdimensional. »Ihr …«, rief die Kugel mit Augen und Krone von ihrem Thron aus Bambusholz aus röchelnd, eher krank als gesund, » .. seid hier nicht willkommen!!!« Hust, Hust, Hust. Luft holen. Niemand reagierte. Demonstrativ verschränkte sie jetzt ihre Arme, zog schniefend eine desinteressierte Miene auf. Wieder Ruhe. Stille. Pause. Dummdidumm.

Jetzt wurde es peinlich. Dann beugte sich eine Beraterin von hinten zu ihr nach vorne und flüsterte ihr etwas ins Ohr. »Ööööh«, hörten sie sie alle leidig aufstöhnen. Die Königin war krank, das war offensichtlich. »Ich bin schon froh, dass sie nicht will, dass wir vor ihr auf die Knie gehen«, murmelte Einhorn Pinki. Wild Wild Sonja blickte verwundert das pinke Einhorn an. »Mein Ischias«, zeigte Pinki nach hinten auf ihren Rücken. »Hihi«, konnte sich Lieutenant Darfo ein Kichern nicht verkneifen. Sie hatten sich allesamt vor Abfahrt darauf geeinigt, dass sie machen würden, was die Damen der geheimnisvollen Insel von ihnen wollten. Damit gewannen sie Zeit. Zeit, die sie nutzen konnten, um mehr über dieses Mini-Völkchen zu erfahren. Und Zeit, … die die Möwen nutzen konnten, um auf der Insel so viele Informationen zu sammeln, wie sie in der Lage waren. Und sie waren bereits unterwegs. Deutlich konnten alle Piraten der »Weißen Libelle« erkennen, wie die Möwen unter jedes Handtuch, in jedes Zelt, hinter jede Gardine schauten. Aber es dauerte etwas, die Insel war jetzt nicht unbedingt klein. Das Wichtigste: Sie mussten erst einmal herausfinden, ob die Mini-Amazonen … gut oder böse waren. Gut, ihr Bauchgefühl verriet den Märchenwesen eigentlich sofort, dass es sich hier um nichts Übles handeln würde – aber professionelle Märchenwesen-Piraten mussten nun einmal auf Nummer sicher gehen. Und Darfo sah gerade, wie ein Weihnachtself von einer der Mini-Amazonen-Soldatinnen in der hintersten Reihe der Eskorte ein kleines Zettelchen zugeschoben bekam. Sie hustete leise, riss sich aber zusammen. Moment? Darfo rieb sich die Augen – und schon taten beide so, als wäre nie etwas passiert. Habe ich das jetzt gerade geträumt, fragte sich Darfo. Niemand kannte dieses Volk bisher. Es war die »geheimste Geheiminsel der Nordsee«, so nannten sie sie selber.

Sogar auf der magischen Seekarte der Märchenwesen war sie nicht eingetragen. Und was darin nicht verzeichnet war, das durfte es nicht geben. Eigentlich nicht. Gut, sie waren Märchenwesen, da durfte es so vieles nicht geben

Aber wenn sie vorher nicht wussten, dass es sie gab, dann konnte es auch niemand anderes wissen. Oder? Und doch! Da! Und wieder!! Darfo zwickte Blackbeard Johnny in den Arm. Der träumte bereits sabbernd. Es war halt langweilig: Die Königin kam immer noch nicht in die Hufe. Sie schmollte. »Die Soldatin hat dem Elfen da hinten etwas zugeschoben!« Johnny riss erschrocken die Augen auf. Die Elfen flirteten bereits mit den Soldatinnen?? Sofort ergriff ihn eine innere Unruhe.

»Nein, nicht das, du Honk!« Johnny blickte Darfo grummelig an. Wie jetzt? Langsam wanderten die Augen des Elfen und der hustenden Soldatin zu Darfo und Johnny. Hatten die beiden Offiziere was gesehen? »Ihr seid hier nicht willkommen!«, wiederholte jetzt die Königin erneut und lenkte damit die Aufmerksamkeit von Darfo und Johnny wieder auf sich. »Wenn es nach mir geht,... zumindest«, richtete sie sich auf. Eher widerwillig. »Ihr seid in unsere Hoheitsgewässer eingedrungen, obwohl wir eine Quarantäne ausgerufen haben!« He? Wild Wild Sonja verstand nicht. Waren die hier krank? Mist, schoss es ihr durch den Kopf. Wenn die jetzt was Ansteckendes haben sollten ... Wild Wild Sonja riss sich zusammen und ging zusammen mit ihren drei blau leuchtenden Glühwürmchen einen Schritt nach vorne. Sie hob entschuldigend die Ärmchen. »Wir wussten nicht, dass es Atlantina gibt. Wir dachten, wir segeln auf offener See!« Jetzt war es Rexina von Atlantina, die nicht verstand. »Unser Königreich gibt es bereits seit mehreren 100 Jahren, erklärt uns, wie ihr uns nicht kennen könnt!« Wieder ging von hinten eine Beraterin zur Königin und flüsterte ihr etwas ins Ohr. Dabei zeigte sie auf Kapitän Wild Wild Sonja und die anderen Schmetterlinge. Und auf die Einhörner, die Lindwürmer, JayJay, die Weihnachtselfen und die Osterhasen. Auch auf die zwei Waldschrate, die sich dieses Abenteuer hatten nicht entgehen lassen wollen. Und auf das komische Fischwesen, das mit an Bord gewesen war, jetzt aber mit den Füßen in einem großen Eimer Wasser bei ihnen stand. Wild Wild Sonja verstand nicht: »Wir wussten nicht von eurer Existenz, das

113

schwören wir, so wahr uns die Zuckerwatte helfe!«, rief Wild Wild Sonja. Das war der Moment der Baronesse de beau. Zur Überraschung der Anwesenden machte sie jetzt zwei Schritte nach vorne. Für diesen Insel-Ausflug hatte sie sich in ihr elegantes Gelbes geworfen. »Wenn ich das beweisen dürfte?«, fummelte sie bereits unter ihrem Unterrock herum. Gut, für eine Karibik-Insel war das definitiv zu warm gewählt, aber sie musste ihrem Rang entsprechend etwas hermachen. »Ah, gleich hab ich es«, fummelte sie weiter in ihrem Rock herum. Zwei Mini-Amazonen-Soldatinnen wurden misstrauisch, kamen auf sie zu und zeigten mit ihren Speeren auf sie. Keinen Unsinn machen, Kleines, sonst pikt's. Hust, Hust. »Da «, jubelte Martha erleichtert. »Ich hab's«. Es wirkte, als hätte sie komplett den Inhalt ihrer Handtasche unter ihrem Rock. Wer Frauen mit großen Handtaschen kannte, der konnte sich schon wundern, was sie da alles rein bekamen. Wenn einige direkt ihren Fön oder ihren Badezimmerspiegel mit drin hatten, würde das auch niemanden wundern. Martha schien das komplette Badezimmer unter ihrem Rock zu haben. Und schwuppsdiwupps hatte sie es draußen: die magische Seekarte! »Als Beweis und in meiner Offiziersfunktion als Navigatorin will ich euch zeigen, dass wir wirklich keine

Ahnung davon hatten, dass es euch gibt. Und wir daher auch nicht wissen konnten, dass hier eine Quarantäne eingerichtet wurde!« Edeldame Martha stolzierte nun begleitet von den beiden Soldatinnen auf den Thron der Königin zu. Sie hatte eigentlich ein schönes Gesicht, diese Mini-Frau. Nur an ihrem Stoffwechsel, daran sollte sie unbedingt arbeiten. Eine der Beraterinnen kam nach vorne zu Martha gelaufen. Jetzt machte sich auch Wild Wild Sonja auf den Weg. Ging ja mal gar nicht, dass sie als Kapitän der »Weißen Libelle« an den Gesprächen nicht teilnahm. Als Sonja Martha erreichte, hatte diese bereits die magische Seekarte ausgerollt. »Hier ist die Nordsee … und eigentlich sind wir hier!«, zeigte sie nun auf die magische Seekarte und hielt sie schräg nach unten. Ja, staunte die Beraterin nach oben guckend nicht schlecht. Sie nahm sich ihr Taschentuch und das Schnötthuisken schnufte einmal kräftig. Dann steckte sie es wieder weg. Sie konnte sehen, dass Atlantina da nicht eingezeichnet war. »Und eure Seekarte ist auch definitiv magisch?« He? Hallo?!? Die Alte hatte sie nicht mehr alle, sie musste die Besucher doch nur einmal ansehen! »Wir sind nicht unbedingt Menschen«, wackelte Martha mit ihren Flügelchen … und zögerte nicht lange: Zum Beweis rammte sie die Seekarte in den einen Speer vor ihr. Er riss

115

ein kleines Loch hinein – und drei Sekunden später …
wuchs die Seekarte wieder zusammen. So, als hätte es nie
ein Loch gegeben! Die Beraterin schaute zur Königin auf,
die winkte nur müde mit der Hand. »Delfina!«, rief die
Beraterin mit nasaler Stimme. Eine Art von
Wissenschafts-Mini-Amazone kam in ihrem weißen
Kittel von hinter dem Thron zu Martha und Sonja
gerannt. Anscheinend war das der akademische Beistand
der Königin. Delfina holte aus ihrer weißen Robe eine
Lupe und betrachtete hüpfend die magische Seekarte aus
der Nähe. Martha hielt sie ihr tiefer hin. Sie schaute links
oben, rechts unten. Immer dabei hüpfend. Sie schaute
rechts oben, dann links unten. Und in der Mitte. Dabei
runzelte sie mit einem Mal die Stirn … und leckte
spontan an einem Zipfel von der Karte. Sofort wurde die
Stelle rot. »Aha!« Aha? Martha und Sonja hatten keine
Ahnung, was die Wissenschaftlerin herausgefunden
haben wollte. »Wann habt ihr das letzte Update
durchgeführt?« Update?

»Ööööhm«, machten die beiden Piraten-Schmetterlinge
einen sofort auf Unschuldslämmchen. Update? Davon
hatten sie noch nie etwas gehört. »Die Karte befindet sich
noch im Zustand des frühen Mittelalters, Ende Antike.

Da gab es vom nautischen Magierzirkel, Abteilung Seekarten, bereits zwei Verbesserungen!« Hui! Respektvoll schauten sie die Mini-Amazone mit ihrem weißen Kittel an. »Beim letzten Update ist der Status von der geheimen Geheiminsel dahin verschoben worden, dass wir jetzt zumindest auf magischen Seekarten zu sehen sein sollten!!« Wild Wild Sonja zuckte mit den Schultern. »Wir sind gute Piraten – und die magische Seekarte war von Anfang an an Bord der Weißen Libelle.« Eigentlich jeder wusste, dass die »Weiße Libelle« mehrere tausend Jahre alt war. So lange waren die Märchenwesen-Piraten noch gar nicht die Crew dieses geheimnisumwobenen Segelschiffs. Gut, die Piratencrew kannten die Atlantinerinnen auch nicht. »Wir jagen das Böse, das ist unsere Mission!« »Huuuuuuuch«, schreckten jetzt alle Mini-Nordsee-Amazonen zusammen, einige husteten dabei. Sie waren Geisterjäger??? Mit einem Mal kam auch Leben in Rexina von Atlantina. Mit weiten Augen schaute sie sie jetzt an. »Ihr, … ihr jagt das Böse???« Wild Wild Sonja, Martha de beau, Lieutenant Darfo und Blackbeard Johnny kamen zusammen. Stolz hoben sie ihre Brüstchen. »Ja!! Unsere Aufgabe aktuell ist es, die Ursache für all die Katastrophen, die die Nordsee heimsuchen, zu finden – und es auszulöschen!!!«

117

Elektrizität erfüllte die Luft. Mit einem Mal schien die Atmosphäre zu knistern. Tuschel, Tuschel, Tuschel. Die Atlantinerinnen wurden nervös. »Wie wollt ihr das machen??« Keine Frage! »Es aufstöbern, ... es jagen, ... es erledigen!!!«, raunte jetzt Lieutenant Darfo grimmig.

Martha, Sonja und Johnny nickten heftig. Er war fest entschlossen – und das konnten alle sehen. Die Atlantinerinnen spürten, dass sie es alle ernst meinten. Darfo spürte allerdings auch, ... dass der Blick der Königin vorbei an den Schmetterlingen nach hinten zu den Elfen ging. Eine komische Truppe: Einige standen dort in ihren grünen Matrosen-Uniformen, andere hatten noch Badehose und Schwimmflügelchen an. Aber alle nickten zustimmend, mit fest entschlossenem, ehrlichem Blick ... und das wirkte irgendwie bei der Königin. »Und wir werden siegen!!!«, rannte Einhorn Pinki selbstbewusst nach vorne, bei seiner Bremsung wirbelte die Dollar-Goldkette hin und her. Hui! Auch die Einhörner waren sich ihrer Sache sicher. Das wirkte sichtlich! Der Widerstand der Königin schien vor ihren Augen zusammenzubrechen. »Wir ..., wir ...«, schien die Königin nun nervös auf ihrem Thron hin und her zu rutschen. Dann ließ sie erschöpft ihre Maske fallen: »Wir wussten nicht, ... dass ihr das seid!!?« Ruhe. Stille. Wie

118

jetzt? Das musste gerade einmal wirken. Fragend blickten Darfo, Sonja, Johnny und Martha die Königin an. »Die Winde haben uns erzählt, dass ein Schiff kommen … und uns alle retten wird!« Die Winde? »Ja, wir haben ein Schiff«, murmelte Johnny. Königin Rexina schluchzte.

»Mein Volk, … ich …«, schienen sich jetzt beim Anblick der Schmetterlinge alle Fesseln zu lösen. Sie war am Boden zerstört: Sie hatten ihre Retter vor sich … und sie hatten sie nicht erkannt!!! Dann sprudelte es aus ihr heraus: »Wir sind … heimgesucht worden!«, fing sie mit einem Male an zu weinen. Es dauerte nur wenige Sekunden, … da schluchzten sofort alle Mini-Bewohnerinnen dieser Insel mit. Als hätte die Königin ihrem Volk gerade die Erlaubnis gegeben. Vor wenigen Tagen hatten die »Schwarzen Schatten« ihre Insel passiert. Sie wussten nicht genau, ob sie über die Insel gekommen waren. Aber allein ihr Vorbeizug in der Nacht, den die Wachen am Strand beobachtet hatten, hatte dafür gesorgt, dass Plagen über Atlantina hergefallen waren. Ihr Wasser war so gut wie nicht mehr trinkbar, ihre kostbaren Buchsbaum-Kunstwerke gingen ein. Dunkle Zünsler. Meeresschildkröten hatten Strohhalme in den Nasenlöchern. Tote Fische und Schwertwale fanden sie jeden Morgen am Strand.

Plastikteile und Geisternetze hatten sie qualvoll verenden lassen. Sie brauchten den ganzen Tag, um die Kadaver zu beseitigen – und am nächsten Morgen ging seit dem Vorbeizug der »Schwarzen Schatten« alles wieder von vorne los. Und sie waren erkrankt. Aber nicht alle: Die Soldatinnen, die die »Weiße Libelle« »erobert« hatten, die Soldatinnen, die hier die Eskorte bildeten, die Gärtnerinnen, die Schmiedinnen, die Bäckerinnen, die sie gesehen hatten, waren die Letzten, die es noch nicht erwischt hatte. Die Märchenwesen hatten vorhin nicht in die Krankenhaus-Zelte schauen können – aber sie waren alle voll. Sie hatten alles nur Erdenkliche hier auf der Insel, … doch ihre Medizin schien nicht mehr zu wirken. Das Volk von Atlantina zählte rund eine Million Lebewesen – nur noch wenige Zehntausende waren noch gesund. Zahl fallend. Die Königin richtete sich jetzt zitternd auf: »Die Winde haben uns berichtet, dass ein regenbogenfarbenes Schiff kommen wird – und es die Rettung ist!« Rexina schien sich langsam wieder zu fangen. Die Märchenwesen nickten cool. War ja logo. »Unser Schiff ist so bunt wie der Regenbogen«, kicherte Einhorn Pinki. Ein wenig zu laut. Das hatte die Königin gehört: »Graues Einhorn!!» Rexina zeigte auf Pinki. War sie sauer … oder verwundert? »Ist das dein Ernst?«

Irgendwie waren jetzt alle ein wenig ratlos. Und nu? Darfo schaute erstaunt Wild Wild Sonja an. Graues Einhorn? Konnte es sein? Darfo ging nach vorne, er hatte da eine Ahnung: »Welche Farbe hat das Kleid dieser wunderhübschen Dame?«, zeigte er auf Martha. Wollte er sie jetzt auf den Arm nehmen? Nicht wissend, was er vor hatte, antwortete die Königin. »Grau?« Es fiel allen wie Schuppen von den Augen – die Nordsee-Amazonen fingen an zu verstehen, die Märchenwesen auch.

»Aaaaah«, ging ein Raunen über die Insel. Nun war klar: Eine weitere Plage war, dass die gesamte Bevölkerung farbenblind geworden war! Und sie hatten es nicht in ihren Köpfen realisieren können!! »Was für ein fieser Zauber«, spuckte Martha aus. Farben waren das schönste Geschenk, das der Planet Erde den Lebewesen gemacht hatte. Also, mit eines der schönsten Geschenke. Da gab es noch Blumen und, und, und … Die Soldatinnen, die Martha, Darfo, Sonja und Johnny gerade noch bewacht hatten, waren bereits verschwunden. Zweifelsohne war die Mannschaft der »Weißen Libelle« jetzt »frei«. Schon sackte die Königin auch wieder müde, abgeschlafft, desinteressiert in ihrem Thron zusammen. Das war ihre Plage. Aber ihr Geist schaffte es für heute noch einmal, alle verbliebenen Energien aufzubringen. Sie erhob ihre

Stimme ein letztes Mal, mit aller Kraft … und mit majestätischem Stolz: »Nehmt diese 30.000 Soldatinnen von mir!« Jetzt hob sie ihren Arm, zeigte auf ihre Armee am Inselstrand. Die Sonne brach plötzlich durch eine einzelne dunkle Wolke … wie ein Spotlight. Die Königin funkelte und glänzte: »Nehmt sie mit ihren Heißluftballons mit auf euren Weg!! Möge der Himmel, das Meer und all das, woran ihr glaubt, bei euch sein – damit ihr all die anderen rettet …«, befahl sie, sackte wieder zusammen und seufzte schwer, »… und damit auch uns …

11. Der Wasserfall der Nordsee

… »Hoho«, jubelte der Ausguck der »Weißen Libelle« freudig über die Nordsee – sie hatten wieder Fahrt aufgenommen! Jeder genoss die frische Meeresluft. Der güldene Löwe als Galionsfigur funkelte in vollster Kraft Wild Wild Sonja stand mitsamt ihren drei blau leuchtenden Glühwürmchen neben Rudermann Blackbeard Johnny mit schnarchendem Mini-Papagei auf der Schulter am Ruderstand, die Baronesse de beau ruhte derweil in ihrem Liegestuhl. »Moin.« »Moin.« Es war herrlichster blauer Himmel, wenige Wölkchen tummelten sich oberhalb von ihnen. Die meisten Märchenwesen an Bord waren in Klönschnack vertieft. Dazu war der Seegang mäßig – ein wundervoller Sommertag! Mit einer wunderschönen Neuerung: Rund um das riesige Piratenschiff schwebten jetzt kleine Mini-Heißluftballons. Im Dunkeln eine einzigartige Atmosphäre! Die mit Feuer fliegenden Mini-Lampions machten die »Weiße Libelle« mit ihrem Glühen im Nachthimmel noch magischer! Und sie hatten sich auf ihre Gäste eingestellt, die Märchenwesen der »Weißen Libelle«: Mitten an Deck hatten sie an beiden Seiten jetzt kleine Kreise mit einem »H« in der Mitte gemalt. Kleine Landeflächen. Die meisten Mini-Heißluftballons waren in ihrer Ruhestellung. Sollten sie jedoch abheben wollen, hatten sie nun einen Start- und Landeplatz. »Hoho«, jubelte jetzt wieder der Ausguck. Er spürte den Fahrtwind in seinem Gesicht. Die Stimmung war trotz des Zustands von Atlantina gut an Bord. Außer dass sie farbenblind waren, ging es den rund 30.000 Atlantinerinnen recht gut. Das einzige Problem: Mit so vielen zusätzlichen Lebewesen an Deck, konnte es langsam, aber sicher recht eng werden.

Und da hatte Lieutenant Darfo gemeinsam mit Einhorn Pinki eine Idee gehabt: Hochbetten bauen! Sie hatten einige Lindwürmer an Bord, die ausgebildete Schreiner waren. Also, die eine Ausbildung in der Märchenwelt hatten. Behaupteten sie zumindest. Sie waren gerade dabei, die ersten Hochbetten zu basteln. Der Begriff »bauen« wäre hier übertrieben gewesen. Auf einem Quadratmeter errichteten sie Gerüste mit mehreren Etagen. So passten in diese kleinen, aber feinen Türme rund 1000 Soldatinnen. Und es funktionierte. »Nicht schlecht, aber hält das auch?«, wanderte Lieutenant Dario gerade gemeinsam mit Sicherheitsexpertin Pinki die Gerüste ab. Sicherheitscheck! Sie rüttelten mal hier dran, wackelten mal dort herum. In einigen Türmen hatten es sich bereits die ersten Atlantinerinnen bequem gemacht.

»Hoho!«, beschwerten sie sich ganz Seemann dementsprechend lauthals. Das war ja ein ganz schöner Bettenseegang hier!! »Feine Arbeit, würde ich sagen«, nickte Einhorn Pinki respektvoll. Die Lindwürmer lächelten. Das hatten sie verdient – genauso wie das Fass Erdbeerinha, das sie sich nachher einfach nehmen würden. So funktionierte halt das Belohnungssystem auf der »Weißen Libelle«. Wild Wild Sonja ging jetzt zum Kartentisch oberhalb an Bord. Ihre drei blau leuchtenden Glühwürmchen schossen bereits vor. Summ, Summ, Summ. Martha hatte um eine Pause gebeten. Sie hatte die magische Seekarte auf den Tisch gelegt und alle wussten:

Jetzt funktionierte sie auch wieder richtig! Wissenschaftlerin Delfina von Atlantina hatte das Update durchgeführt. Viel war nicht geschehen, allerdings war die »geheime Geheiminsel« jetzt auf der Seekarte wenigstens eingezeichnet. Außerdem befand sich nun ein Kreis um sie. Die Bedeutung: Nicht betreten! Auch wenn sie nun für jeden auffindbar war, sagte der Kreis aus, dass dort der Zugang verboten war! Das war schließlich eine geheime Geheiminsel!! Und zusätzlich stand sie unter Quarantäne. Das war nun auch deutlich zu erkennen: mittels eines schwächeren Kreises, der in rot eingezeichnet war. Hier wusste nun auch jeder Inhaber einer magischen Seekarte automatisch, dass der nautische Magierzirkel eine vorübergehende Sperre markiert hatte.

Das wiederum sagte jedem Kartenbesitzer, mindestens einmal pro Woche solle er die Karte »aktualisieren«, um zu schauen, ob die Quarantäne noch bestand oder ob sie aufgehoben worden war. Das war jedem Besitzer einer magischen Seekarte klar – und den Offizieren der »Weißen Libelle« nun auch. »Hoho«, kam es jetzt erneut vom Ausguck. Aber eher hektisch als fröhlich. »Der kriegt sich ja gar nicht mehr ein«, hob Lieutenant Darfo seine Hand als Sonnenschutz zum Kopf und blickte nach oben. Immer diese Elfen, dachte er sich. Achja, die Elfen.

Er hatte herausgefunden, was mit ihnen und den Atlantinerinnen los war. »Hmmmpf«, hatte Wild Wild Sonja wieder einmal auf dieser Fahrt die Äuglein verdreht. Was es nicht alles gab. Aber logisch: Die Weihnachtselfen, die zum »Karibik-Urlaub« nach der stressigen Weihnachtssaison auf der »Weißen Libelle« waren, hatten die Insel, ja, die gesamte Bevölkerung von Atlantina gekannt! Hatten sie sich nur nicht mehr dran erinnert!! Sie kannten Ort und Personen!!! »Sag mal, ich habe da gesehen, … wie du einen Zettel bekommen hast«, hatte Lieutenant Darfo in Gegenwart von Kapitän Wild Wild Sonja und Einhorn Pinki einen Elfen gefragt »Iiiiiiich?« , hatte er der sich sofort Hände schüttelnd, wie eine unschuldige Schäfchenwolke, gewehrt. »Iiiiich doch nicht!« Aber Elfen waren schlechte Lügner. Seine Nase war direkt knallrot geworden. Das war halt so bei kleinen Elfen. »Gib schon zu – du leuchtest wie ein Seemann nach einer Weihnachtsfeier!!« »Huch«, hatte sich der Elf an die Nase gepackt. Sofort wurde er noch etwas roter.

 »So schlimm?« »Wenn ich jetzt ein Ei hätte, könnte ich es mir auf deiner Nase braten!« »Huch!«, hatte sich der Elf noch mehr erschrocken. »Okay, okay!«, gab sich der Weihnachtsmannhelfer auf Märchenwesen-Piratenmission fast geschlagen. Mist, Elfen konnten nicht

wirklich lügen. Das war ihnen ins Herz gelegt. »Vielleicht
…« »Ja??« »Vielleicht, … vielleicht besteht die
Möglichkeit …« Das hatte Darfo gereicht. Er hatte die
Nase voll. Mit einem gekonnten Griff war seine Hand
schon in der Hosentasche des Elfen gewesen und hatte
den Zettel herausgefischt. Sofort hob er ihn wedelnd in
die Höhe: »Wer kann hier lesen?« Rund ein Dutzend
Elfen und Lindwürmer, die gerade in der Nähe standen
und alles mitbekamen, hatten sich fröhlich gemeldet und
waren einen Schritt nach vorne getreten. »Ummmpf.«
Wild Wild Sonja hatte wieder die Augen verdreht. Die
Elfen und Lindwürmer hatten sich hingegen angegrinst.
Hehe. »Ööööööh«, hatte Wild Wild Sonja erneut
aufgestöhnt. Unfassbar. Denn dann kam schon die
entscheidende Frage: »Wer kann wirklich lesen???« Die
Märchenwesen hatten schockiert dreingeschaut. Mist.
Erwischt. Sofort waren fast alle zurückgetreten, …
lediglich zwei Elfen hatten sich keinen Millimeter bewegt.
Lächeln. Sie waren doch die besseren Elfen. Lieutenant
Darfo hatte es jetzt auch gereicht: Grimmig hatte er auf
das Meer gezeigt. Über Bord ihr alle, wenn das so
weitergeht!!! Uuups. Auch die beiden verbliebenen Elfen
hatten verstanden, … ihre Häupter gesenkt und waren
ebenfalls nach hinten getreten. Aber an Bord gab es

tatsächlich einen, der lesen konnte: Der dank Märchenwesen verlotterte Marine-Offizier Mo Hendrichs. Etwas beschämt, aber froh, eine Sache besser zu können als Märchenwesen, hob nun er die Hand: »Ich denke, ich kann noch lesen!« »Dich hatte ich auch von Anfang an gemeint!« Wild Wild Sonja hatte den Mann mit mittlerweile weiteren 20 Kilogramm auf den Rippen zu sich hingewunken ... und nun hatte er laut vorgelesen: »Einen Schlitten. Ein Fahrrad mit Schiffshorn. Eine neue Freundin, die alte ist doof. Einen schönen Sommer ...«

Schockschwerenot! Wild Wild Sonja und Lieutenant Darfo hatten sofort verstanden!! Die Schmetterlinge hatten einst in der geheimen Geheimstadt des Weihnachtsmanns gearbeitet! Ein wundervolles Abenteuer war das gewesen. Sie hatten allen Kindern auf der Welt damit geholfen! Das war ja bekannt!! Und sofort war klar: »Oh, Gott! Das ist eine Wunschliste!!!« Der Elf war sofort rot geworden. »Ähm, jaaha?«, hatte er nur noch leise fragen können. Die Schmetterlingsoffiziere samt Pinki und allen anderen Nicht-Weihnachtselfen an Bord konnten es nicht fassen: »Ihr, ... ihr kennt die Insel?? Ihr wisst, dass hier Geschenke hingebracht werden??!!!« Das war mehr eine Feststellung als eine Frage gewesen. Und die Atlantinerinnen hatten die Elfen bereits im Sommer schmieren wollen, damit sie auf jeden Fall an Weihnachten ihre Geschenke bekamen!

»Hmmmmmmmpf«, hatte Wild Wild Sonja ein letztes Mal die Augen verdreht und haute sich die Hand wie Bud Spencer ins Gesicht. Platsch. Klassisches Bud Spencer Verzweiflungs-Gegrummel. Gut die Geschichte war jetzt gegessen – nun schaute Lieutenant Darfo an Bord der »Weißen Libelle« wieder nach oben. Denn dort wurde es auffällig: »Hoho, Hoho«, wiederholte sich der Ausguck hektisch erneut, diesmal aber wesentlich intensiver. Das war nicht gut. Kapitän Wild Wild Sonja rannte zum Fernglas, Darfo ebenfalls. Sogar Martha wurde in ihrem Liegestuhl wach. Dann mit einem Mal: »Volle Vollbremsuuuuuuung!!!«, brüllte Wild Wild Sonja plötzlich laut über Deck. Aber es war zu spät! Obwohl Wolkenriesenjunge in Zwergenform JayJay schnell schaltete, zum Bug rannte und kräftig Gegenwind blies, … schien die Strömung des Wasserfalls sie erfasst zu haben! Durch die Bremswirkung flog an Deck alles nach vorne, was nicht niet- und nagelfest war. Schepper, Boing, Boing. »Maaaaaartha!«, brüllte Piraten-Kapitän Wild Wild Sonja. Sie wusste allerdings, dass die Kleine unschuldig war. Sie hatte genauso wenige Problemzonen auf der Seekarte gesehen wie sie. Die Baronesse kletterte

129

unter ihrem Liegestuhl hervor, machte sich zu Wild Wild Sonja auf den Weg. Sie war nicht die Einzige in Hektik: An ihr vorbei rannte Lieutenant Darfo, der sich ein Bild von der Lage machen wollte. Und was er sah, war phänomenal: Mitten in der Nordsee hatte sich ein Wasserfall, ein Riss im Meer aufgetan!!! Nun war auch das Getöse nicht mehr zu überhören. Geschätzte vier oder fünf Kilometer zog er sich nach rechts und links. Die Schlucht, in die das Wasser fiel, war gute 30, 40 Meter breit. Ein ganz schöner Brummer. Blitz, Blitz, Blitz, … standen nun dutzende Elfen neben ihm und machten Erinnerungsfotos. So etwas bekamen Märchenwesen nicht alle Tage zu sehen. Aber sie hatten ein Problem, das erkannten auch die Elfen: Obwohl Wolkenriese JayJay jetzt alles gab, was seine Lungen aufbrachten, nähete sich das Schiff seinem Untergang immer mehr! Langsam, aber unausweichlich!! Das ging mit einem Mal so schnell, … sie hatten nur noch wenige Minuten!!! Martha stand jetzt neben Kapitän Sonja, sie schauten sich grimmig an. Beide wussten: Es war keine Zeit, sich gegenseitig mit Schuldzuweisungen zu bombardieren. »Vier, fünf Minuten haben wir noch«, wischte sich Darfo den Schweiß von der Piraten-Stirn. Er stand jetzt auch neben ihnen. Und es wurde hektisch: »Lösungen, wir brauchen

Lösungen!! Einen Vorschlag??« Unter Stress arbeiteten Märchenwesen-Gehirne besonders gut. Naja, wenn dabei auch Zuckerwatte im Spiel war. Und schwuppsdiwupps: Drei Elfen verteilten unter den Offizieren bereits mehrere Stangen. Knirsch, Knirsch, Knirsch. Drei, zwei, eins – die süße Leckerei war verschwunden. Jetzt konnten sie denken. »Wie wäre es, wenn wir eine Rampe bauen und einfach darüber springen?« Respektvoll schaute Wild Wild Sonja ihren Ersten Offizier an. »Ganz gut, mein Junge«, klopfte sie ihm respektvoll auf die Schulter. »Aber leider«, zeigte sie zum Monster-Wasserfall, »haben wir doch keine Zeit!« Mist, stampfte Darfo mit dem Füßchen auf. Ja, da hatte sie recht. Die drei blau leuchtenden Glühwürmchen flogen sichtlich nervös hin und her. »Und wie wäre es, wenn wir uns einfach reinfallen lassen?« Wild Wild Sonja überlegte in Denkerpose. Wenn sie einmal keinen Stress hätten, dann würde es sich vielleicht wirklich mal lohnen, zu schauen, wohin das ganze Wasser fiel. Aber … Wild Wild Sonja schüttelte das Köpfchen. »Äääähm, nein!« »Und wie wäre es, wenn wir euch rüber fliegen?« Kapitän Sonja schaute Darfo und Martha an. Die beiden hatten gerade nicht gesprochen. Wer??? … Delfina, die Wissenschafts-Atlantinerin hatte sich unter die Eskorte gemogelt!!

131

»Du hier???« »Ja!«, grinste diese die Schmetterlinge an.
»Wie, wie meinst du das?« »Alle Lebewesen gehen von
Bord, dann dürfte es nach meinen Berechnungen vom
Gewicht her klappen!« Verblüffte Schmetterlinge. »Ähm,
… und was?« »Na, wir lassen alle Heißluftballons steigen,
verbinden sie mit der Weißen Libelle, sie tragen sie in die
Höhe – und JayJay pustet das Schiff über die Schlucht!«
Wow! Genial!!! »Und das funktioniert??« »Sicherlich«, gab
Delfina bereits ihren Mannschaften ein Zeichen. Das war
die einzige Chance!! Schon heizten die Atlantinerinnen
die Feuer an, ein Heißluftballon nach dem anderen stieg
in die Höhe. »Und wie kommt unsere Mannschaft da
rüber?« »Alle von Bord, auf die Beiboote … und dann
rauf auf eine Brücke aus Planken!« Wild Wild Sonja traute
ihren Ohren nicht. »Äh, auf eine Brücke??« »Ja!« Die hatte
ja was ausklabüstert. Ein Großteil der Soldatinnen hatte
bereits bunte Holzplanken aus der »Weißen Libelle«
gerissen und zimmerte sie zu einer rund 50 Meter langen
Riesenplanke zusammen. »Öhm?« Sonja überrannte
gerade alles wie ein Zug. Einer dachte mit: »Aber nachher
muss alles wieder an Ort und Stelle zurück!!«, meldete
sich Blackbeard Johnny zu Wort. »Schön ordentlich!!!«
Delfina zog eine wunderherrliche Schnute. Der Plan
klang zwar kühn, aber es war zu schaffen! Und Wild Wild

Sonja hatte auch gerade keine Chance, Einspruch einzulegen. Die Elfen packten mit an, die Lindwürmer ließen bereits die Boote ab. Die Möwen wurden instruiert. Sie waren ein schwerer Bestandteil des Plans.

»JayJay«, rief Delfina. »Das kriegst du doch hin?« Dicker Daumen von einem Wolkenriesen. Der pustete so schwer, er konnte gerade nicht reden. »Kommt ihr?« Wild Wild Sonja staunte. »Ääääh«, blickte sie sich um, … sie war bereits die Vorletzte an Bord! Martha, Darfo und Johnny hockten schon mit all den anderen in den Beibooten. Alleine als Mo Hendrichs die »Weiße Libelle« verließ, schien das Schiff einen Satz nach oben zu machen. Das regenbogenfarbene Piratenschiff mit seinen Kanonen und seinen Einhornsegeln war an rund 10.000 Mini-Heißluftballons festgemacht … und fing bereits an, sanft über der Nordsee zu schweben. »Äh, ja, gut.« Wie in Trance bestieg Wild Wild Sonja mit ihren drei blau leuchtenden Glühwürmchen als Letzte die Beiboote, JayJay rannte jetzt vom Bug des Schiffes zum Heck, um es nach vorne über den Wasserfall, den Riss in der Nordsee zu pusten. »Haut rein!!!«, befahl Darfo mit einem Mal. Wild Wild Sonja sah nur, wie Hunderte Möwen mit der Riesenplanke an Seilen an ihnen vorbeiflogen. »Ääääh«, hob sie kurz das Fingerchen, aber niemand achtete auf sie. Die Möwen ließen die gezimmerte Riesenbrücke so am Wasserfall nieder, dass sie gerade die Wasseroberfläche berührte, an beiden Seiten führte sie gut fünf Meter rüber. Die Möwen ließen sie nicht los, sondern hielten die Seile zur Sicherheit mit ihren Füßen fliegend fest. Da landete bereits das erste Beiboot mit den Elfen an, sie sprangen heraus, nahmen das Boot auf die Schultern und rannten über die Riesenplanke. Die »Weiße Libelle« hatte fliegend schon die Hälfte passiert. Nachdem einige weitere Beiboote den Wasserfall überquert hatten, waren Martha, Darfo, Sonja und Johnny dran. Mo Hendrichs packte mit an, konnte das Boot aufgrund seiner Größe aber nicht auf seine Schulter nehmen. Er trug es mit seinen Händen. Zur Freude von Pinki, den Schmetterlingen und Co. war es dadurch recht leicht. »Nicht runtergucken, nicht runtergucken«, murmelte Schmetterlingsmacho Johnny so laut, dass es alle mitbekamen. Der kleine Racker steigerte sich in eine kleine Panikattacke hinein. Sein Mini-Papagei ratzte. Der Wind, den die hart arbeitenden Möwen verursachten (an denen sie ja die ganze Zeit vorbei liefen) schlug ihnen ins Gesicht. Alle schauten nach vorne. Und es war fantastisch: Zu sehen war, wie die »Weiße Libelle« in sicherer Entfernung auf der anderen Seite aufsetzte …

und nun auf sie wartete!!! »Nicht runtergucken, nicht runtergucken«, wurde es jetzt immer lauter. Wild Wild Sonja konnte sehen, wie alles auf der anderen Seite des Wasserfalls ebenfalls in die Tiefe stürzte! Treibgut. Öllachen. Plastiktüten. Geisternetze! Alles, was in diesen harten Zeiten auf und in der Nordsee herrenlos herumschwamm. »Nicht runtergucken, nicht runter …«

Und dann geschah es: »Aaaaaaaah!!!«, machte es auf einmal. Schock! Panik!! Atemstillstand!!! Wie aus dem Nichts war das Schrecklichste geschehen: Schmetterlingsmädchen Martha war hinuntergestürzt!!! Sie war verloren! Für immer verschwunden!! Verschluckt von der Nordsee!!! »Neeeeeeeeeeeeein«, rief Lieutenant Darfo ihr hinterher. Seine Lebensliebe, … einfach weg!!!

Es zerriss ihm das Herz. Pinki fing an zu schluchzen, Mo Hendrichs hatte die Augen weit aufgerissen. Wild Wild Sonja stand fassungslos da. Mitten auf der von Möwen getragenen Riesenplanke über dem Wasserfall … war ihre Freundin, ihre Weggefährtin von ihnen geschieden!!!

Doch da, was war das??? Mit einem Male machten ihre Herzchen Freudensprünge!!! »Hip hip hooray!!!« Der Grund: Schmetterlingsmädchen Martha kam aus der Dunkelheit der Tiefe mit ihrem neonfarbenen Abendkleid und ihrer roten Perücke in die Höhe

135

geschossen!! »Tschuldigung, ich hatte vergessen, dass ich ja Flügel habe!«, landete sie selbstbewusst neben ihnen auf der Riesenplanke. »Bin ja ein Schmetterling, ich Dusselchen!«. Alle schauten sie fassungslos an. »Was? Habe ich unten was vergessen?«

Es dauerte keine zwei Minuten mehr, da war auch das Beiboot mit den Schmetterlingen an der anderen Seite der Wasserschlucht angekommen. Hier warteten bereits wieder mehrere Möwen mit Schleppseilen auf sie. Da auch hier eine Strömung bestand, die alles in die Tiefe riss, mussten sie ordentlich dran ziehen, während die Insassen der Beiboote kräftig ruderten. Und es dauerte nicht lange, ... da waren sie aus dem Sog der Strömung heraus – und konnten wieder an Bord der »Weißen Libelle« gehen. Oben angekommen, war Kapitän Wild Wild Sonja immer noch perplex. Sie hob wieder sprachlos das Fingerchen. Hatte sie das gerade geträumt? »Äh.«

Alles war so schnell gegangen. Die Elfen räumten gerade auf, einige lagen bereits in ihren Liegestühlen. Die letzten Mini-Heißluftballons landeten gerade, die restlichen hatten die Soldatinnen schon verräumt. Delfina half dabei, die Planken wieder ans Schiff zu montieren. Johnny wanderte erst am Kuchenstand vorbei, dann stellte er sich hinter das Ruder. Lediglich JayJay wirkte etwas »platt«. Aber bereits jetzt sah es so aus, als hätte das alles nie stattgefunden: Alles war picobello an Bord. Kein Wasserfall mehr in der Nähe. Die »Weiße Libelle« schipperte ruhig über die Nordsee. Alles war friedlich, alle waren entspannt. »Ähm, Tschuuuuuldigung??«, hob Kapitän Wild Wild Sonja jetzt das Fingerchen, eine Antwort fordernd. Delfina blickte ein wenig beschämt auf. Ihre Wangen wurden ganz rot. »Es hat eine Update-Panne gegeben, rein technisches Problem. Funkstörung bei der Übertragung. Es war nicht alles übermittelt worden«, zeigte sie auf die magische Seekarte. Dort blinkte ein Lichtlein. Die Seekarte hatte eine Nachricht vom nautischen Magierzirkel erhalten. »Sorry, jetzt ist der Wasserfall aber eingetragen …

12. Nebelfahrt

… »Hoho«, rief der Ausguck runter zum Deck – und bimmelte mehrmals mit den drei Glocken, die sie zusätzlich oben am Mast angebracht hatten. Boing, Boing, Boing! Nie wieder sollte so eine »Wasserfall-Panne« passieren. Nie wieder sollte Kapitän Wild Wild Sonja so überrascht, so führungslos wirken! Darauf hatten sich die Offiziere der »Weißen Libelle« geeinigt!

137

Vor allem Sonja hatte sich darauf geeinigt. Am meistern mit sich selbst. Boing, Boing, Boing, bimmelte es erneut. Wild Wild Sonja rutschte das Herzchen in die Hose. Was war jetzt schon wieder los? Die meisten Märchenwesen hingen rammdösig rum. »Ick bün of, ick mot in men Quarteer!«, hörte sie zwei Osterhasen, die vom reinen Nichtstun noch müder geworden waren. Beinahe ängstlich blickte sie hinauf. Die Sonne blendete sie, bescherte der Nordsee aber wieder einen wundervollen Sommertag. Knapp 32 Grad, der Wind wehte, alles einfach wunderbar. Eigentlich dürfte der Ausguck nichts melden. Denn: Die magische Seekarte war jetzt »up-to-date!«. Freie Fahrt nach Helgoland zeigte sie an! Der Kurs war berechnet, sie würden einen anderen Wasserfall noch umfahren, einigen Sandbänken aus dem Weg segeln müssen – aber ansonsten sollte nichts Gefährliches mehr ihre Route kreuzen! Boing, Boing, Boing. Sonjas Puls sprang weiter in die Höhe. Aber: Zwei Elfen im Ausguck winkten lediglich fröhlich herunter. Bei dem Wetter hatten sie richtig ihren Spaß! Zudem winkten sie nicht nur nach unten an Deck, auch der zweite Ausguck war der Empfänger ihrer Sommergrüße: Seht her, hier ist es wunderbar! Und die Glocken funktionieren auch!! Die anderen zwei Elfen standen genauso fröhlich in ihrem

Ausguck, bimmelten vor Lebensfreude ihre Herzensgrüße zurück. Boing, Boing, Boing! »Ööööh«, verdrehte Kapitän Wild Wild Sonja zum x-ten Mal an Bord der »Weißen Libelle« ihre Äuglein. Sie atmete tief durch … und ging zurück zum Ruderstand. Fröhlich flogen ihre drei blau leuchtenden Glühwürmchen herum. Eigentlich, dachte sie, war es als Kapitän eines Märchenwesen-Piratenschiffs gar nicht mal so schlecht. Sie hatte ihre Offiziere, die ihr die Arbeit abnahmen. Blackbeard Johnny mit schlafendem Mini-Papagei auf der Schulter stand am Ruder und lenkte mal fröhlich nach links, dann ein wenig nach rechts. In der Summe fuhren sie aber immer geradeaus. Auch die Baronesse de beau hatte kein so schlechtes Leben an Bord. Sie pausierte mal gerade wieder von ihrem »harten« Job als Navigatorin und ließ sich im Bikini von einigen Elfen anhimmeln. Sie posierte als eine Art Pin-up-Girl an der Reling, damit die Helfer des Weihnachtsmanns Fotos schießen … und diese wiederum an ihre Freunde am Nordpol schicken konnten. Und: Auch Lieutenant Darfo gefiel sein Job! Als Edelmann im feinsten Zwirn mit Degen und Hut stand er gerade neben der Anführerin der Atlantinerinnen. Die Kriegerinnen machten ihre morgendlichen Exerzier-Übungen an Deck. Sie hatten sich seit ihrer Ankunft eine

Stunde vormittags dafür reserviert. »Die Truppe muss in Schuss bleiben, sonst enden die wie der da!«, hatte sie gesagt und auf Mo Hendrichs gezeigt. Von dem Bundesmarine-Offizier war so gut wie nichts mehr übrig, was daran erinnern könnte, dass er ein aktiver Soldat war. Die Integration an Bord war fast vollständig abgeschlossen: Seine Disziplin war nahezu verschwunden, das Leben unter Märchenwesen hatte ihn fest im Griff. Im Mittelpunkt: Der Konsum von Süßwaren! Sie hatten bereits den Liegestuhl verstärken müssen, sonst wäre er durchgebrochen. Mo Hendrichs ähnelte einer Seetonne auf der Nordsee. Oben schlank, unten extrem füllig. Unter den Lindwürmern liefen schon Wetten, wie viele Kilogramm er so pro Tag zunahm.

Aber die Soldatinnen von Atlantina mussten fit bleiben. »Links, zwo, drei, vier! Links, zwo, drei, vier!«, marschierten sie gerade wie bei einer Parade über Deck. Danach stand bei ihnen Ballon-Pflege an. Ihr Ziel: Innerhalb von nur einer Minute mussten die Teams ihre Heißluftballons startklar haben. Das war schließlich wichtig. »Hoho!« Boing, Boing, Boing, bimmelte es wieder. Sofort wurde Sonja kreidebleich. Der Blick nach oben: Immer noch winkten sie fröhlich umher. Anscheinend hatten die Elfen gerade die Posten getauscht. »Puuuuh«, atmete Wild Wild Sonja durch, wunderte sich lediglich, warum die Luft auf einmal so schwefelig roch. Schwefelig? Und warum konnte sie nicht mehr richtig bis ganz nach vorne schauen? He? Nebel!!! »Laaaaangsame Fahrt«, ordnete bereits Lieutenant Darfo an. »Drei Mann zusätzlich an den Bug, mit Ferngläsern!« Routiniert nahmen er und die eingeteilten Matrosen ihre Aufgaben wahr. Die Atlantinerinnen beendeten gerade ihre Übungsstunde, die Anführerin gesellte sich zu Wild Wild Sonja. Einhorn Pinki latschte gemütlich auch zu ihnen hin. »Ist das normal hier für die Gegend?«, wollte Wild Wild Sonja von der Atlantinerin wissen. Sie waren zwar schon einiges von der »geheimen Geheiminsel der Nordsee« entfernt, aber möglich wäre es schon, dass sie sich hier noch auskannte. »Ja«, kratzte sie sich das Köpfchen und betrachtete den Nebel. »Geben kann es ihn schon immer mal wieder, aber wir haben noch nie einen mit so einem Beigeschmack gesehen.« Die Märchenwesen, die mit dem Beiboot Plastiktüten und anderen Müll einsammelten, waren kaum noch zu erkennen. So dicht wurde der Nebel. Wild Wild Sonja sog die Luft noch einmal ein. Dann stand fest: Schwefel, keine Frage! Jetzt brachten einige Elfen drei große Laternen zu den Bootswachen am Bug. Nicht, dass sie ein vorne kommendes Schiff wegen des Nebels nicht sah. »Hmmm«, grübelte die Atlantinerin. Das vermittelte Wild Wild Sonja nun nicht gerade ein gutes Gefühl. »Was …?«, blieb Kapitän Sonja urplötzlich die Stimme im Hals stecken, … aus ihrem Mund kam kein Laut mehr. He??? Verdammt noch mal! Krächz, Krächz, Krächz, krächzte sie. Und dann brachte sie überhaupt keinen Laut mehr raus. So, als ob ihr jemand die Stimmbänder per Knopfdruck abgestellt hätte!! Sonja packte sich an den Hals und sah, dass auch die Anführerin keinen Laut mehr herausbekam. Was war denn nun los??? Die beiden schauten sich um und sahen, wie Einhorn Pinki auf sie beide einredete, … dabei aber keine Worte aus dem Mund kamen! Pinki vollendete ihren Monolog, anscheinend hatte sie sich gerade über irgendwas beschweren wollen, verdrehte dann nur genervt ihr Einhorn und latschte seelenruhig von dannen.

Pinki hatte gerade gar nicht gemerkt, … dass sie niemand hatte verstehen können! Sonja blickte Martha, Darfo und Johnny an. Die Schmetterlingsfreunde hatten es hingegen festgestellt. Sie fuchtelten wild mit den Armen in der Luft herum. Dann kamen sie rüber – genauso wie ein Elf. Er wollte eigentlich nachfragen, wann Mittagstisch ist, erkannte aber die Situation. Der Elf sah die Offiziere, wie

142

sie lautlos in Märchenwesen-Gebärdensprache miteinander kommunizierten. Sofort stieg er mit ein. Mit Händen und Füßen malte er einen Tisch in die Luft, rieb sich sein Bäuchlein und zeigte dann mit seinem Finger in den Mund. Happa-Happa, wann heute so weit? Allerdings hatten die Offiziere der »Weißen Libelle« gerade ganz andere Sorgen. Sie verscheuchten den Elf und schauten sich ratlos an. Der Elf war gerade unten bei seinen Kameraden angekommen, fing an, sich mit ihnen ebenfalls nur noch stumm zu unterhalten, … da tauchte in aller Ohren eine liebliche Stimme auf! Herrlichster Gesang!!! So wunderschön, Könige hätten ihre Königreiche aufgegeben, nur um in ihrer Nähe zu sein! So wunderschön, Herzen schmolzen dahin!! Und dann kam noch eine dazu, und noch eine! Wunderbar, einfach wunderbar!!!

Wie Magneten zog es alle an Bord zur Reling. Jeder versuchte, einen Blick zu erhaschen. Wer war es? Wer konnte so wunderschön singen, dass jeder den Stimmen nahe sein wollte? So nahe, dass sie für sie in den Tod gehen würden. Wer waren die Sängerinnen?? Wie hypnotisiert bewegten sich Wild Wild Sonja, Lieutenant Darfo und die Baronesse de beau zum Bug nach vorne.

Nur Johnny nicht. Er wusste genau, wie er den Stimmen näher kommen sollte. Er stellte sich ans Ruder ... und änderte den Kurs der »Weißen Libelle«! Es dauerte nicht lange, da konnten sie bereits drei wundervolle gelbe Lichter ausmachen. Wie Magneten zogen sie das Schiff, die Besatzung an sich ran. Ja, da musste man hin! Dort würde man alles auf der Welt finden, was einen glücklich macht!! Ja, »Weiße Libelle«, fahr darauf zu!!! Das Knirschen, das das Piratenschiff machte, als es mit dem Bug in den Sand der Sandbank fuhr, ging in den wundervollen Klängen unter ... Wie in Trance warfen Wild Wild Sonja, Lieutenant Darfo und die Baronesse de beau eine Strickleiter von Bord. Schon kletterte einer nach dem anderen von Deck. Auch die drei blau leuchtenden Glühwürmchen konnten nicht widerstehen.

Kurz bevor sie unten waren, sprangen die Schmetterlinge in den Sand, wanderten wie kleine willenlose Roboter auf die gelben Lichter zu. Die Elfen in ihren grünen Uniformen sahen, wie alle anderen Märchenwesen sich an der Strickleiter anstellten ... und reihten sich überrascht ein. Und dann sahen sie es: Die drei schönsten Meerjungfrauen der Welt hatten zu sich eingeladen! Jipiiii!! Was für eine Freude, was für ein Glück!!! Was die Letzten allerdings im Nebel nicht sehen konnten, waren

144

die Spinnenweben aus klebrigen Plastiktüten, in die Martha, Darfo, Sonja und der bereits aufgeschlossene Johnny magisch reinwanderten, sich verhedderten – und drin kleben blieben!! Mit jeder Bewegung, die sie weiter vorwärts zu den bezaubernden Meerjungfrauen wollten, …. fesselten sie sich immer mehr. Aber das war egal, sie waren ihnen schon so wundervoll nahe!! Auch die Lindwürmer, die Atlantinerinnen, die Osterhasen und alle anderen Märchenwesen liefen freiwillig in die Netze!!!

Aufgrund der großen Menge an Soldatinnen … waren die Plastiknetze jetzt schon fast voll. Die Elfen kamen zuletzt. Das war aber anscheinend der Moment, … als die Melodien verstummten. Unheimlich. Absolut unheimlich. Der Zauber ließ mit einem Mal nach. Drei, zwei, eins … Martha, Darfo, Sonja und Johnny kamen als Erste wieder zu Besinnung. Panik, Angst, Todesangst! Sie begriffen, dass sie in eine Falle getappt waren!! Sie verstanden, dass sie hier nicht mehr rauskamen!!! Zentimeterdick hüllten die Plastiktüten-Spinnweben sie ein!!! Martha wurde ohnmächtig. Das war zu viel für sie. Johnny, Darfo und Sonja zerrten und strampelten, hüpften und ließen sich fallen. Aber je mehr sie sich bewegten, desto fester wurden ihre Fesseln. Sie waren verloren!!! Sie konnten sehen, wie all die anderen Märchenwesen ebenfalls in

Panik gerieten. Die Soldatinnen kamen nicht mehr an ihre Schwerter heran! Niemand erreichte seine Degen und Säbel!

… Und schon kamen die Meerjungfrauen auf ihre Beute zumarschiert. Die Einzigen, die noch nicht in den Netzen waren, waren die Elfen. Weil ihre Netze voll waren, hatten sie den Zauber beendet. So viel Futter, sie würden sich davon die nächsten Jahre ernähren können. Die vordersten Elfen fuchtelten mit ihren Armen wie wild in der Luft herum. Zeigten auf die Meerjungfrauen, … die sich vor ihren Augen in Spinnenhexen verwandelten!!! Alle rissen die Augen auf. Die Elfen bekamen Gänsehaut. Immer noch versuchten sie, Martha, Darfo, Sonja und Johnny auf die Lebensgefahr hinzuweisen. Da sackte bereits der erste Elf ohnmächtig zusammen. Dann der nächste und der nächste. So viel Spannung, so viel Lebensgefahr – das war auch für sie zu viel! Zumindest für einige von ihnen. Für die Weicheier unter ihnen. Denn: »Booooooaaaaaa«, platzte es jetzt aus drei hartgesottenen Elfen in den hinteren Reihen heraus. »Das ist echt der Hammer hier! Wahnsinn, was ihr für einen Grusel organisiert habt!!« Sofort zuckten sie ihre Fotoapparate und schossen Bilder von der kompletten

Szenerie. Blitz, Blitz, Blitz. Das würde ihnen daheim am Nordpol niemand glauben! Was für eine Abenteuerfahrt!! Immer näher gingen sie, immer mehr Elfen packten ihre Kameras heraus. Jeder der kleinen Paparazzi wollte so nahe wie möglich am Geschehen sein. Sie gingen immer näher an ihre gefangenen Kameraden ran. Blitz, Blitz, Blitz! »Ziiiiisch«, machte auf einmal eine Spinnenhexe, … die von einem Blitzlicht erfasst wurde. Sie schreckte verängstigt zurück! Da erkannten die ersten Elfen, … dass es sich hier nicht um eine fingierte Gruselgeschichte handelte, … sondern dass die Schmetterlinge und die anderen Märchenwesen wirklich in Spinnennetzen aus Plastik gefangen waren! Ohgottohgott! Schreck lass nach! Und sie schwebten ja in Lebensgefahr! Die Spinnenhexen waren echt!! Und sie wollten sie fressen!!! »Uaaaaaah«, erschraken sie sich und sprangen einen Schritt zurück. Wild Wild Sonja erkannte die Situation und schaute dem Elfen, der am nahesten zu ihr stand, grimmig auf den Gürtel. Er brauchte zwar einige Sekunden, dann begriff er. »Mein Gürtel! Du willst meinen Gürtel??« Ööööh, verdrehte Sonja die Augen stumm. Ein noch grimmigerer Blick auf den Gürtel, mit der Nase zeigte sie auf die Klinge an seiner Seite. »Ach, mein Schwert! Leute, sie meint mein Schwert!!« Die Erkenntnis der Lebensgefahr sprang von Elf zu Elf, … und auch die Worte des Elfen, der seine Klinge bereits gezogen hatte. Und wieder dauerte es eine Weile, dann fingen sie hektisch an, ihre gefangenen Kameraden loszuschneiden. Einige der Elfen hatten erkannt, dass sie die hässlichen Spinnenhexen mit ihren Blitzlichtern in Schach halten konnten. Blitz, Blitz, Blitz! Während die einen Elfen in Panik die Märchenwesen losschnitten, durchtrennten andere wie Profi-Soldaten die Netze. Sie kreisten die Spinnenhexen mit ihren Kameras ein, gleichzeitig stellten sich Elfen mit ihren gezogenen Schwertern dazu. Die Spinnenhexen waren gefangen! »Wir haben sie, wir haben sie!!!«, jubelten bereits die ersten Elfen. Verstört standen die Spinnenhexen Rücken an Rücken. Sie fauchten, sie ächzten – sie erkannten, dass ihnen hier gleich der Garaus gemacht würde! Ein letztes Mal keiften sie die Elfen an. Keif, Keif, Keif! Dann drehten sie sich um, schlugen ihre Arme über ihre Schultern … und murmelten unheimliche Worte. Es wurde heiß um sie herum. Eine Schwärze breitete sich in ihrer Mitte aus. Erst war es eine kleine Kugel, sie wurde immer und immer größer, bis sie sie ganz erfasste! Kurze, unheimliche Ruhe … dann ein großer Knall – und sie waren kreischend verschwunden!!! Der Zauber war gebrochen: Mit einem

Mal verschwand der Nebel, alle konnten wieder sprechen … und der Sand unter ihnen offenbarte sich als große, widerliche Algeninsel! »Ähhh, wie widerlich«, schauten die Elfen auf ihre Schuhe. Und sie wurde kleiner, die Algeninsel. Drei, zwei, eins … Schnell rannten alle zur »Weißen Libelle«, einer nach dem anderen kletterten sie an Bord. Der Schock saß allen noch tief in den Knochen. Martha, Darfo, Sonja, Pinki und die Anführerin der Atlantinerinnen fanden sich schnell zusammen. Alles ging so schnell. Entrüstet hatten sie zwei Elfen zu sich herbestellt: »Ihr konntet die ganze Zeit über sprechen???« »Ja!«, grinsten die Jungs sie an. »Ihr nicht?« Sonja riss ihre Augen auf. »Nein!??? Habt ihr das nicht gesehen???« Öhm. Irgendwie entwickelte sich die Situation nicht gerade zugunsten der Elfen. Sie hatten da gerade auf eine Belohnung gehofft. Auf die Prämie, quasi. »Wir, … wir dachten, dass es sich dabei um ein Pantomime-Spiel mit Gruselfaktor handeln würde. Deshalb haben wir bei der lautlosen Kommunikation auch mitgemacht! Wir dachten, sonst würden wir disqualifiziert werden!!« Wie? Fassungslosigkeit bei den Offizieren der »Weißen Libelle«. »Echt jetzt?«, staunte Johnny nicht schlecht. Immer noch ging ein großer Teil der Elfen davon aus, sie wären auf einer Luxus-Piratenkreuzfahrt in der Karibik

… mit Entertainment inklusive! »Ööööööh«, verdrehte Wild Wild Sonja die Augen. Dann kühlten sich die Offiziere langsam alle ab. Das Adrenalin verabschiedete sich aus ihren Körpern. Aber immer noch standen sie zusammen. Und ihnen wurde klar: Diese »Gefahr« war nicht in der magischen Seekarte eingetragen gewesen. Auch die Atlantinerinnen hatten noch nie etwas von den Spinnenhexen gehört. Das war eine heimtückische Falle, … nur für sie erstellt!! Jemand oder »Etwas« hatte sie gezielt aus dem Weg räumen wollen!!! Und es war so atemberaubend schnell gegangen, … jetzt war allen klar: Jemand hatte sie auf dem Kieker!!! Sie fuhren nicht mehr unbeobachtet durch die Nordsee. Das Böse war auf sie aufmerksam geworden. Kapitän Wild Wild Sonja murmelte: »Wir sind auf dem richtigen Kurs – auf dem Kurs nach Helgoland …

13. Pottwale

… »Hoho«, tönte es vom Ausguck der »Weißen Libelle« über die Nordsee – das regenbogenfarbene Märchenwesen-Piratenschiff hatte wieder volle Fahrt aufgenommen. Und es war ein durchwachsener Sommertag. Heute früh hatte es aus allen Wolken geschüttet. Klassisches »Schietwetter«! Die meisten Elfen, Weihnachtswichtel, Mini-Elefanten und Einhörner hatten es vorgezogen, einen ausgiebigen Morgenbismittag-Schlaf zu nehmen. »Gääääähn«, stand auch Rudermann Blackbeard Johnny hinter dem Ruder. »Moin.«

Lieutenant Darfo und Kapitän Wild Wild Sonja waren aber voll bei der Sache. »Moin.« »Moin.« Denn: Jetzt kam die Sonne raus, alle Schlafmützen wach werden!!!

»Jipiiiiiie«, quietschten bereits die ersten Elfen und veranstalteten eine fröhliche Runde Ringelpiez mit Anfassen. Sie tanzten, hüpften, sie genossen das Leben an Deck des regenbogenfarbenen Seglers. »Jipiiiiiie«, tanzten auch sofort andere Märchenwesen mit. Die güldene Galionsfigur, der Löwe, strahlte mit den Märchenwesen-Holzschnitzereien und den goldenen Einhörner auf den Segeln um die Wette. Einzig die Armee der Atlantinerinnen schaute der Sache skeptisch zu, die meisten schüttelten unverständlich die Köpfchen. Denen zeigen wir mal ein Kontrastprogramm! »Alle Mann sofort Liegestütz!!!«, schrie die Kommandeurin ihre rund 30.000 Soldatinnen an. Drei, zwei, eins – lagen sie bereits auf dem Deck der »Weißen Libelle« und pumpten, was das Zeug hielt. »So etwas war mir schon immer unverständlich«, wanderte die Baronesse de beau auf

Badelatschen, in Bikini und mit Hawaii-Kette um den Hals an den sich abrackernden Power-Frauen vorbei. Fitness? »Püüh!« Echte Schönheit musste nicht antrainiert werden. »Seh' ich genauso«, watschelte Einhorn Pinki mit Handtuch um den Hals, Dollarzeichen-Ghettokette und Sonnenbrille auf der Nase hinter ihr her. Der Kurs nach Helgoland war gesteckt, der Rudermann wusste bei den Hindernissen Bescheid, sie konnten sich ihrem Schönheitsbad in der Sonne widmen. Die Reise war ja jetzt schon »sowas von stressig« gewesen, feine Damen von Welt mussten sich da auch einmal ausruhen dürfen. Relaxen war schließlich ein fester Bestandteil ihrer geheimen Schönheitsgeheimnisse.

»Hohoho«, jubelte mal wieder der Ausguck nach unten. Es war Jubel, keine Warnung! »Hohoho«, jubelten die anderen Elfen auf dem anderen Ausguck direkt wieder mit. »Ist ja nicht so, dass wir denen jetzt schon tausendmal gesagt haben, nicht zu viel jubeln …« Wild Wild Sonja verdrehte die Augen und schaute kurz zu Mo Hendrichs rüber. Da war ein rundes Etwas mit einem Kopf. Einen Hals schien dieser Matrose nie gehabt zu haben. Besser: die Seefahrtstonne. Einfach ein Lichtlein dran binden und ins Wasser werfen – schon konnte man ihn als Warnmittel auf der Nordsee einsetzen. »Menschen

152

und ihr Stoffwechsel. Tstststs«, schaute Wild Wild Sonja amüsiert drein, gönnte sich ebenso wie der Bundesmarine-Offizier im Sondereinsatz eine Zuckerwatte. Kaum hatte der Rollmops einen Bissen im Mund ... Kniiiiiiirsch, knackte unter ihm schon wieder der Liegestuhl. Mit leicht rotem Kopf schaute er auf ... und aß die Zuckerwatte etwas, eeeetwas langsamer. Mist, entweder musste der Liegestuhl einem massiveren Unterbau weichen – oder sie mussten ihn mal wieder verstärken. Lange machte der es nicht mehr mit. Und die Doppeldeutigkeit war absichtlich. »Hohohohohoho«, ertönte es jetzt gleich von beiden Ausgucken, alle Fingerchen dort oben zeigten auf die Nordsee vor ihnen. He? Kein Jubel?? Nein! Sofort flitzten Kapitän Wild Wild Sonja und Lieutenant Darfo zum Fernglas und schauten durch. Oh! Was war das? »Schickt ein paar Möwen aus. Einige direkt dorthin, ... einige den Horizont absuchen!«

»Aye aye Kapitän!«, salutierten zwei Elfen vor Wild Wild Sonja und flitzten sofort los. He? Schmetterlingspiratin Sonja verstand nicht. War das gerade echt geschehen? Hatten zwei Elfen ihre Befehle sofort befolgt? Und hatten sie ganz seemänisch mit »Aye aye« geantwortet?

»Ja«, grinste Darfo neben ihr. »Haben sie!« Hui! Sonja drückte vor Stolz ihre Brust heraus. »Sie finden, du hast die Geschichte mit dem Wasserfall perfekt gelöst!« Sonja wurde stutzig. Sie hatte das Abenteuer mit dem Nordsee-Wasserfall perfekt gelöst? »Ähm ...« Sonja wollte gerade nachhaken, da kamen schon die ersten Möwen zurück:

»Trümmerteile, Schiffsteile, treibende Ladung!«, krakeelten sie. Sonja blickte Darfo an. Mist, sie waren gerade so gut in Fahrt, aber wenn es einen Notfall auf der Nordsee gegeben hatte und sie könnten Menschenleben retten, dann mussten sie das tun – auch wenn sich ihre Mission weiter nach hinten verschieben würde. Denn: Alles konnte hier in einem Zusammenhang mit Helgoland stehen! Sicher war sicher! »Haltet Kurs auf die Trümmerfährte«, befahl Kapitän Wild Wild Sonja – und sofort antwortete Rudermann Blackbeard Johnny. »Aye aye, Kapitän!« Johnny riss das Ruder rum und schlug eine harte Rechtskurve ein. Sein schnarchender Mini-Papagei schwankte auf seiner Schulter. »Jipiiiiiii«, jubelten die tanzenden Elfen, ... zur Musik kamen jetzt noch Special Effects vom Rudermann dazu! Beinahe wären zwei Einhörner über Bord gegangen, zwei Osterhasen und ein Mini-Elefant hatten sich in letzter Sekunde retten können. Cool: Johnny war schon einer der besten Seefahrer auf der Nordsee! Wahrscheinlich sogar auf der ganzen Welt!! Wild Wild Sonja schaute angestrengt auf die Nordsee. Ihre drei blau leuchtenden Glühwürmchen hockten auf ihrem Kapitänshut und putzten sich. »Wie viele Möwen haben wir im Einsatz?« »Ich denke 20!« Darfo konnte es nicht so genau sagen. Möwen machten zum größten Teil, was sie laut Vereinbarung sagten, … aber hin und wieder hatten sie auch ihre eigenen Pläne.

»Stooooooooopppppp!!!«, brüllte auf einmal eine weibliche Stimme. Wolkenriese JayJay fiel vor Schreck von seiner Liegematte, rannte, ohne zu wissen was er tat, nach vorne – und blies kräftig Gegenwind in die Segel. Mit einem Mal befand sich alles, was sich bewegen ließ, vom Heck am Bug. Kartons, Kisten, Betten, lose Seile … Elfen, Einhörner, Weihnachtswichtel und nahezu jeder Passagier. Gestapelt zu einer großen Pyramide. Obenauf klebten Wild Wild Sonja, Lieutenant Darfo und als Minzpraline zuletzt … Mo Hendrichs. »Ööööh«, stöhnte der riesige Haufen. Sie waren alle so ineinander verknotet, niemand hatte auch nur die leiseste Ahnung, wer oder was den Befehl gegeben hatte – geschweige denn den Grund dafür. Doch als sie die Augen aufmachten, kletterte die Anführerin der Atlantinerinnen gerade auf Mo Hendrichs rauf – und blieb mit festem Stand wie eine Siegerin auf ihm stehen. Rund 30.000 Soldatinnen warteten auf dem leeren Deck in Reih und Glied auf ihre

Befehle. »Seht her, wir haben sie gerettet!« He? Das Märchenwesen-Knäuel löste sich auf. Wild Wild Sonja gesellte sich zu der Kommandeuse. Alle blickten vorne an der riesigen Galionsfigur vorbei: Die »Weiße Libelle« hatte nur wenige Meter vor einer Pottwalfamilie halt gemacht! Sie hätten sie beinahe überfahren!! »Oh, mein Gott!« Elfen rannten bereits los, holten ein Seil und ließen es neben der Galionsfigur ins Wasser. Die Grünuniformierten klammerten sich fest ... und rutschten am Seil herunter. Was war denn mit den Pottwalen los??? Sie dösten nicht, sie waren nicht tot, das konnte man genau sehen, ... aber sie bewegten sich keinen Meter! Zwei Elfen landeten auf ihren Körpern.

Delfina, die Wissenschaftsatlantinerin, hüpfte mit wild wedelndem Wissenschaftlerkittel an Wild Wild Sonja und Lieutenant Darfo vorbei ... und seilte sich ebenfalls herunter zu den beinahe leblosen Pottwalen. Es waren fünf Stück: Ein Männchen, drei Weibchen und ein Baby.

»Oh, Sch%&$e«, murmelte Sonja. Alle Crewmitglieder hingen jetzt in einer Reihe an der Reling und schauten herunter. Die beiden Elfen liefen auf dem ersten Pottwal hin und her. »Hey«, trampelte der eine jetzt heftig auf ihm rum. »Was ist los mit euch?« Spannung. Hörte man da bereits Popcorn knirschen, oben auf der »Weißen

156

Libelle«? Delfina, die Wissenschaftlerin, holte ihr Stethoskop heraus und legte es jetzt auf den Körper. Mehrere Plastiktüten schwammen an ihnen vorbei.

»Pssst«, befahl sie dem einen Elfen. Er verstand: Er hörte auf zu hüpfen und zu springen. Knirsch, Knirsch, Knirsch, hatten weitere Zuschauer nun Zuckerwatte in der Hand. War das spannend. Sie nickte. Schnell hüpfte sie zu den anderen Pottwalen herüber und hielt auch ihnen ihr Abhorchgerät auf die Körper. Die Erleichterung war mit einem Mal zu sehen: »Sie leben!«, stellte Delfina freudig fest – senkte aber sofort ihr Haupt. Denn sie ergänzte: »Noch …« Das bedrückte: »Ooooooooh«, kam es jetzt ängstlich im Chor von den oberen Zuschauerrängen. »Können wir helfen?«, rief Wild Wild Sonja herunter. »Pssssst«, befahl Delfina. Sonja blickte überrascht auf. Einsichtig machte sie an ihren Lippen eine gleitende Handbewegung, als würde sie einen Reißverschluss zuziehen. Delfina tastete mit ihren Mini-Händchen die Oberkörper ab, kroch mal hierhin, mal dorthin. »Ich brauche meinen Hyperkopter-Scientophologen!« Drei, zwei, eins – flog er auch schon über Bord, landete direkt in ihren Händen. »Danke!«

»Öhm!«, schaute Kapitän Wild Wild Sonja verblüfft drein. Dann antwortete sie: »Bitte!« O-ho! Kapitän Sonja hatte hier oben ja wirklich alles unter Kontrolle, drehten sich nun alle an Deck befindlichen Elfen zu ihr um. Auch die Einhörner und Mini-Elefanten zollten der eindeutigen Befehlsgewalt und dem schnellen Geist des Kapitäns ihren Respekt. Chapeau! Delfina nahm das Gerät, das wie eine große Muschel mit einigen Antennen dran aussah. Dazu hatte es noch blinkende Lichter in diversen Farben. Sie hielt es an ihr Ohr und horchte die Pottwale ab. Aber: Mit einem Mal wurden die Lichter des Hyperkopter-Scientophologen auf einmal alle rot! »Du«, zeigte sie auf einen der Elfen, der mit ihr unten war. »Besorg dir eine Taschenlampe!« Der Elf wollte gerade los, … da flog auch schon eine Taschenlampe über Bord und landete exakt in seiner Hand. Er schaute überrascht nach oben. »Danke!« Sonja war zwar selber nur Zuschauerin, blickte an der Reling stehend runter, hatte nichts gemacht, schaltete aber sofort: »Bitte!« Hui, war der Kapitän gut drauf! Delfina machte bereits weiter: »Jetzt leuchte in das Atemloch!« Der Elf ging auf die Knie, der andere hockte sich neben ihn. Sie funzelten hinein … »Da!«, rief er. »Da ist was drinne!« »Verdammt«, fluchte Delfina. Ihr Verdacht hatte sich bestätigt!! Schnell hüpfte sie zu den Elfen hin: »Eine Saugglocke, eine der großen!!! Mit Motor!!!« Das Publikum schaute gespannt nach unten, über sie flog bereits die bestellte Maschine. »Danke!«, winkten die Elfen nach oben, in deren beider Hände die Saugglocke gelandet war. So schwer, dass sie ordentlich ins Schwanken gerieten. »Bitte!!«, winkte ihnen Sonja schulterzuckend zu. Delfina setzte das Gerät ab, schaltete den Motor mit einem »Klick« ein – und positionierte die Saugglocke genau auf dem Atemloch des Pottwals.

Ratter, Ratter, Ratter, knatterte der mit Holz betriebene Motor, kleine schwarze Rauchschwaden schossen in die Höhe. Alle Anwesenden konnten genau hören, wie er erst saugte, … dann aber schien es keine Luft mehr zu geben, die er ziehen konnte – die Spannung stieg ins Unermessliche. Jeder, der schon einmal einen Staubsauger bedient hatte, wusste, dass da etwas drin war, … das die Atemzufuhr verstopfte!!! Und dieses »Etwas« wollte sich gerade nicht herausziehen lassen!!! Der Motor heulte auf, die Maschine schien beinah zu explodieren, jetzt packten sogar die Elfen mit an … und »Ploppp«, flogen sie nach hinten weg. Die Überraschung: An der Saugvorrichtung hing ein fieser Plastiklumpen!! Die Elfen berappelten sich, Delfina machte den stinkenden Klumpen ab und legte ihn in das bereits herunter gelassene Netz. »Danke!« »Bitte!«, antwortete Sonja im Reflex. Sie hatte zwar keine Ahnung, wann sie den Befehl dazu gegeben hatte, aber er war in vorauseilendem Gehorsam ausgeführt worden. So sollte es an Bord immer sein! Die Elfen leuchteten weiter hinein. Immer noch konnte der Pottwal nicht atmen – da steckte noch mehr drinnen! Sie setzte die Saugglocke wieder an – und »Ploppp« flog sie nach hinten: Ein verrostetes Kinderfahrrad kam zum Vorschein! »Mist!« Der Elf legte seine Hand über das Atemloch. Er fühlte, er spürte. Warten. Dann: »Immer noch kein Luftzug!« Mist! Delfina eilte mit der Saugglocke erneut heran, hielt sie drauf – und diesmal passierte … nichts! Shit! Die Zeit rannte ihnen davon! Ihr dürft nicht sterben, liebe Pottwale!! Die ersten Zuschauer fingen bereits an zu weinen! Das würde hier nicht gut ausgehen!! »Grrrrr«, huschten die Elfen ihr grummelnd zur Hilfe. Sie drückten den Rand der Glocke fester an, damit sie keine Luft zog. Und jeder konnte hören, wie die Maschine immer mehr ins Schwitzen geriet. Es wurde immer lauter, die Maschine würde gleich explodieren! »Gleich macht sie es nicht mehr!!!«, schrie Delfina, ihr Kopf wurde rot. Oben kamen ihre Sätze gar nicht mehr an, so laut war es. Die Spannung kannte keine Obergrenze. Taschentücher, Popcorn und Zuckerwatte wurden für fast 300 Crewmitglieder bereits in Flatrate geliefert. Knirsch, Knirsch, Knirsch. Um den Bug der

»Weißen Libelle« herum bildete sich ein leichte Schicht von Krümelresten. »Aaaaaah«, stöhnten die Elfen und Delfina, … dann machte es explosionsartig »Ploooooopppp« … und sie flogen alle krachend nach hinten! Aber was war das??? Hust, Hust, Hust, kehrte Leben in den Pottwal zurück!! Er röchelte und stöhnte.

Er sog tieeeeeef den Sauerstoff in sich herein. Einen Elf schien er beinahe zu verschlucken. Aber alle blickten entsetzt auf das, was da an der Saugglocke haftete: ein übel riechender, schwarzer Klumpen!! Und ihn umgab ein böser, magischer Schein!!! Das war ebenfalls böse Zauberei!!! Das war ein Attentat!!! Glasklar!!! Der Schock saß tief! Das war ja nicht zu fassen!!! Delfina reichte zwei Atlantinerinnen das eklige Stück, sie packten es in das Netz. Sofort machten sie sich daran, die Saugglocke samt Motor auf das nächste Weibchen rüberzutransportieren, … da kamen bereits vier weitere Elfen, um die Helden abzulösen. Delfina und die beiden Elfen ruhten sich erschöpft auf dem Rücken des Pottwals aus. »Danke!«, winkten sie nach oben. Sonja war zutiefst erleichtert, grinste aber einfach nur noch: »Bitte!!« Da passierte auf einmal das Unfassbare: Aus dem Wasser stiegen immer mehr leblose Pottwale auf!!! Einer nach dem anderen.

»Oh, Gott!!!«, durchfuhr es jedes Märchenwesen! Immer und immer mehr! Hunderte? Nein, Tausende!! Die gesamte Nordsee schien sich mit ihnen zu füllen!!! Das war ein Massenmord-Versuch!!! Jetzt funktionierten die kleinen Helden wie Maschinen, sie waren Märchenwesen!!! Sie wussten, was sie tun mussten: Es dauerte keine zwei, drei Minuten, da stürmten massenhaft Elfen mit eilig von Atlantinerinnen gebastelten Saugglocken nach unten. Wild Wild Sonja, Lieutenant Darfo, die Baronesse de beau, Blackbeard Johnny, Einhorn Pinki, jeder packte mit an – und rettete, was zu retten war!!! Zu den weiter entfernten Pottwalen brachen hastig Mini-Heißluftballons auf!! Eine Rettungsaktion, wie sie die Welt noch nie gesehen hatte!!! Und sie waren schnell, die Piraten-Retter der Nordsee!!! Überall konnten Beobachter erkennen, wie Pottwale wieder anfingen zu atmen. Wie die Rettungskommandos von einem Rücken auf den nächsten sprangen. Überall röhrten die Maschinen, stöhnten sie bei harten Fällen schwer auf, … aber sie schafften es!!! Sie hatten vielleicht den Pottwal vor dem Aussterben bewahrt!!! Die Zeit schien stehen zu bleiben. Eine Szenerie, wie sie dieser Planet noch nie gesehen hatte … und dann war auch der Letzte gerettet.

Im Sonnenuntergang flogen die Mini-Heißluftballons leuchtend über Tausende »lebende« Pottwale zurück zur »Weißen Libelle«. Müde und erschöpft kamen die Einheiten an. »Hochholen«, winkte Delfina mit ihren Elfen auf dem ersten Pottwal stehend von unten nach oben – aber nichts passierte. He? Waren alle Blicke von oben gerade die ganze Zeit zu ihnen nach unten gerichtet gewesen, … schaute sie aktuell niemand an. He? »Hallo!!!« Aber keiner bekam die Rufe von Delfina mit. Und das hatte seinen Grund: Die ganze Aufmerksamkeit gehörte dem Ungetüm, das sich seitlich der »Weißen Libelle« in den Himmel erstreckte … und was fast doppelt so hoch war wie die Segel des Märchenwesen-Piratenschiffs! Ein Schauer durchlief jeden Anwesenden. Nicht vor Angst, … sondern vor Respekt und Ehrfurcht!!! Denn da war er: Big Old Joe!!!

Der größte Buckelwal, den die Erde kannte!!! Besser: Die Märchenwelt!!! In geheimer Mission durchstreifte er die Weltmeere. Er war ein Retter, ein Mythos – er war wie seine Artgenossen ein Robin Hood der Ozeane! Er beschützte die Meeressäuger!! Neben ihm gab es noch zwei weitere Riesen-Buckelwale, die 24 Stunden am Tag, 365 Tage im Jahr für Sicherheit und Ordnung in den Weltmeeren sorgten!!! Aber sie waren so geheim, dass sie nie gesehen worden waren. Jeder kannte ihre Geschichten – und Big Old Joe war danach der größte und mächtigste von allen! Mächtig, … weil sie auch Magie besaßen!! »Wooooooooooooooow«, staunten alle nicht schlecht. »Ja, leck mich an der Schmetterlingsfutt!«, flutschte es Schmetterlingsmacho Johnny aus dem offenen Mündchen. Drei, zwei, eins … Knips, Knips, Knips, legten Hunderte Elfen los. Blitzlichtgewitter! Big Old Joe schaute die Kameras müde an, zwinkerte magisch mit einem Auge, … dann fiel ihre Elektronik aus. Ruhe, Stille, Ehrfurcht. Mit großer, tiefer Stimme sprach er: »Ich habe euch … hierher geführt!« Pause. Fantastisch. Gänsehaut lief allen bei seinen Worten die Rücken herunter. Mann, das war der Hammer! Big Old Joe!! Seit mehreren Jahrtausenden war er im Einsatz. Er war bestimmt gerade aus dem Nordatlantik gekommen! ! Traurig fuhr er fort: »Ich … hätte sie nicht retten können!« Delfina, die mittlerweile oben angekommen war, und Wild Wild Sonja drängelten sich nach vorne. »Was? Wie? Warum?«, stammelte Sonja. Sie brauchte noch eine kurze Weile, um ihre Coolness wiederzuerlangen. Big Old Joe hatte die Antwort: »Das war ein Geisterschiff!« Augen aufgerissen, bei jedem Märchenwesen. Schockschwerenot!!! »Es hat die Pottwale

164

aus allen Meeren der Welt angelockt, ... um sie zu vernichten«, sprach der Riese jetzt ruhig, aber mit bis ins Herz gehender Stimme. Sie war sanft, ja, besänftigend. Das half Sonja. »Wie hast du uns gefunden?« Big Old Joe zeigte mit seiner Seitenflosse gen Himmel. »Ihr werdet beobachtet, ... und sie informierten mich – ich führte euch hierher!« Martha und Johnny wurden knallrot. Sie las die Karte, er lenkte das Schiff. Ruhe. Stille. Pause.

Ehrfürchtig wanderte der Blick aller Märchenwesen zu den Wolken. Die goldene Himmelsstadt hatte immer noch ein Auge auf ihre Mission! Uiiiii. Gänsehaut. Überall. Big Old Joe schien jetzt jedes einzelne Märchenwesen intensiv, stolz anzuschauen. Mit einer absolut tiefen Dankbarkeit in der Stimme sagte er: »Ihr habt Angehörige meiner Art vor dem Aussterben gerettet, ... wir stehen alle in eurer Schuld!« Die Märchenwesen wussten gar nicht, wie ihnen geschah. Peinlich berührt. Ach, das war doch nur ein Klacks. Nicht der Rede wert. Hätte jeder gemacht. »Und jetzt bin ich bin hier, ... um euch bei diesem Abenteuer zu helfen!« Der größte Buckelwal der Welt drehte sich leicht Richtung Helgoland. Um ihn herum knisterte jetzt magisch die Luft. Ein goldfarbener Sternen-Schleier umgab ihn, verlieh ihm eine Größe, wie sie kaum je ein

Lebewesen gesehen hatte. »Das Geisterschiff wurde von dort aus gesteuert. Ich kam zu spät, ... aber ich habe es genau gespürt ...

14. Das Geisterschiff

... »Hoho«, rief der Ausguck fröhlich jubelnd runter zur Mannschaft der »Weißen Libelle«. »Hohoho«, fingen bereits einige der Crewmitglieder an, heiter nach oben zurückzuwinken. »Öööööh«, verdrehte Kapitän Wild Wild Sonja ihre Äuglein. »Ich glaube, das kriegen wir nicht mehr in die rein«, sagte sie an Lieutenant Dario gewandt. Beide gönnten sich eine Stunde auf dem Liegestuhl. Denn: Auch Offiziere durften mal entspannen. Sie schauten zwei Elfen bei ihrem Schnickop zu. Das hatte echten Unterhaltungswert. Auch die drei blau leuchtenden Glühwürmchen waren sehr amüsiert. So ein Schluckauf konnte Elfen echt in den Wahnsinn treiben! Das Kommando hatte aktuell Pinki, das pinke Einhorn mit Dollarzeichen-Ghettokette um den Hals. Sie musste sich schon konzentrieren, mehr oder weniger: Sie hatten die Fährte aufgenommen!! Das »Geisterschiff«, das Tausende Pottwale hatte umbringen wollen, war anscheinend in ihrer Nähe. Immer mehr Treibgut war in der Nordsee. Plastiktüten schwammen überall herum. Sie sammelten sie natürlich ein. Aber sie hatten eine Spur, der sie nun folgen konnten! Und sie hatten Glück: Es war klare Sicht, kein Nebel, kein gar nichts stand ihnen im Weg – Wild Wild Sonja und Darfo konnten für eine Stunde entspannen. Das hatten sie beschlossen, das stand ihnen auch einmal zu! »Könnte ich noch einen Erdbeerinha bekommen?«, fragte die Baronesse de beau lieblich. Sie machte auch sehr »sutsche«, lümmelte sich wie ein echter Friese in den Tag hinein. Wie viele Sonnenstunden sie sich als »Offizierin« schon auf der »Weißen Libelle« gegönnt hatte, war gar nicht mehr nachzuvollziehen. Logo: Sie hatte ihren eigenen Pagen – Pinki. Und auch die anderen Offiziere an Bord entdeckten langsam, das »Page Pinki« auch hier und da mal anders eingesetzt werden konnte. Lediglich Rudermann Blackbeard Johnny mit schnarchendem Mini-Papagei auf der Schulter und blubbernder Seifenblasenpfeife im Mund hatte noch nicht die Absicht, die immens verantwortungsvolle Aufgabe am Ruder der »Weißen Libelle« abzugeben. Das war Ehrensache. Besser: Schmetterlingsmachosache. Aber was nicht war, konnte noch werden. Und alle nutzten gerade die ruhigen Stunden, während die »Weiße Libelle« die Verfolgung des

»Geisterschiffs« aufgenommen hatte: Die Anführerin der Atlantinerinnen hatte ihre 30.000 Damen zur Mini-Heißluftballon-Pflege verdonnert. Die Elfen spielten gerade ein straff durchorganisiertes Beachvolleyball-Turnier, Weihnachtswichtel, Einhörner, Mini-Elefanten und Osterhasen nahmen an einem Malwettbewerb teil oder sie hatten sich heimlich abgesetzt. Einige hatten sich für ein, zwei Stunden nach Sylt zum magischen Seesternschnuppen-Schlemmen an die Sansibar abgesetzt, andere hatten von einem geheimen Schweine-Rodeo bei Föhr gehört. Und auch Big Old Joe ging den Tag gemächlich an. Der größte Riesen-Buckelwal der Welt war abgetaucht, schwamm unter Wasser in einigen Seemeilen Abstand zur »Weißen Libelle«. Sein Sonar hatte alles unter Kontrolle – jetzt waren sie auch unter Wasser sicher. »Moin«, begrüßte ein total verpennter Osterhase im Schlafanzug mit Meerjungfrauenmuster einen anderen absolut vom Schlaf zerdötschten Osterhasen. Beide hatten einen starken friesischen Kaffee in der Hand und schlurften zur Reling. Nen bisschen Delfine gucken. »Moin«, murmelte der. Beide wussten: »Moin, Moin war schon Gesabbel!« »Das ist eigentlich eine sehr perfekte Ausgangslage«, kicherte Kapitän Wild Wild Sonja auf ihrem Liegestuhl, als sie auf einmal den großen Wasserstrahl in der Luft sah. Big Old Joe schoss ihn in einiger Entfernung mitten in der Nordsee in den Himmel. Mann, war der hoch. Training war angesagt! So sicher zu sein, hatte schon was! »Ja«, grinste Lieutenant Darfo neben ihr und knabberte genüsslich eine Zuckerwatte, während er sich die heiße Sommersonne ins Gesicht ballern ließ. Brutzel, Brutzel, Brutzel und Knirsch, Knirsch, Knirsch. »Hoho«, jubelte es jetzt wieder von oben. »Hohoho«, jubelte plötzlich die gesamte Märchenwesen-Mannschaft zurück. Doch auf einmal fragte eine Stimme neben Wild Wild Sonja: »Kapitän?« He? »Dürfte ich sie bitten, ihren Dienst wieder aufzunehmen?« Pinki stand hinter den Sonnenliegen der Offiziere und tippelte etwas nervös mit ihren vier Beinen herum. »Musst du auf Toilette?« »Nein«, schüttelte Pinki den Kopf. »Da ist etwas, das sollten sie sich ansehen!« Sofort wurde auch Lieutenant Darfo hellwach. Martha drehte sich einfach nur zur Seite weg. Das hatte nichts mit ihr zu tun, sie konnte sich weiter ihren Beauty-Verpflichtungen widmen. Wild Wild Sonja und Lieutenant Darfo standen auf, die drei blau leuchtenden Glühwürmchen drehten sich von den an Schluckauf leidenden Elfen enttäuscht surrend weg. Die beiden Schmetterlinge wanderten am schlafenden

Bundesmarine-Offizier Mo Hendrichs vorbei, erklommen die Treppen hoch zum Ruderstand. Blackbeard Johnny nickte ihnen, ganz alter Pirat, einfach nur zu und konzentrierte sich auf seine Aufgabe. Er wusste Bescheid. »Sehen sie die mehr oder weniger gerade Linie, die Spur, der wir folgen?«, zeigte Pinki geradeaus auf die offene Nordsee. Ja, es war gut zu sehen.

In unregelmäßigen Abständen tauchte Treibgut auf. »Bis jetzt führte es genau Richtung Helgoland«, erklärte Einhorn Pinki. Ja, sie sahen es. Und die Veränderung auch: Die Trümmerteile machten nun eine Kurve und führten wieder von Helgoland weg. »Es scheint, dass das Geisterschiff seinen Kurs geändert hat!« Wild Wild Sonja und Darfo blickten sich an. Und nun? Es arbeitete in den beiden Offiziersköpfchen. Ihre Hauptmission erledigen oder das Geisterschiff verfolgen? Eine schwierige Frage. »Wir wissen ja noch nicht einmal, wie weit es weg ist?« »Hohoho!!«, machte diesmal nicht die Crew, sondern der Ausguck. Das war anders, das war nicht fröhlich. Wild Wild Sonja und Lieutenant Darfo rannten zum Fernglas. »Oh!«, staunten sie nicht schlecht. Die Entscheidung war zum Glück gerade gefallen. Sie konnten genau erkennen, wie Möwen um etwas zu kreisen schienen. Um etwas, das klar und deutlich von einer schwarzen Wolke eingehüllt war! Da donnerte und blitzte es drinnen!! Wie eine fahrende Gewitterwolke auf der Nordsee!!! Und jetzt konnten sie sogar erkennen, wie immer wieder Gegenstände von Bord geworfen wurden. War das gerade ein Kleiderschrank?? Drei, zwei, eins: »Alle Mann auf Gefechtsposition!«, brüllte Darfo sofort los. Das saß!

Ruckizucki kam Bewegung an Deck. Elfen spielten eilig ihre letzten Partien zu Ende, Einhörner klacksten schnell die letzten Tropfen Farbe auf ihre Leinwände. Jetzt war es halt abstrakte Kunst!!! Da konnte man einfach alles machen – und jeder hatte die Chance, es zu interpretieren!!! Kaum waren einige Minuten vergangen, da wirkte das Deck nicht mehr ganz wie ein Kreuzfahrtschiff, … hier und da wurde aber immer noch gekegelt. Aber der Großteil war mittlerweile auf Gefechtsstation!!! Wirklich! Na gut, sie waren gerade halt nicht mit was anderem beschäftigt. Sie waren schlichtweg neugierig, was jetzt als nächstes kommen … und ob es sich dabei wieder um eine Abenteuereinlage handeln würde?! Doch dann erkannten die ersten Elfen, dass da wirklich etwas auf sie zukam!! Wolkenriese JayJay blies nur noch halbe Kraft, trotzdem war deutlich zu erkennen, dass sie sich dem »Geisterschiff« – oder was auch immer da vor ihnen war – näherten! Hörten sie da bereits unheimliche Seemannsmusik aus den 30er-Jahren? Schallplattenmusik?? Und hatte die Schallplatte hier und da einen Sprung??? »Ja, ich höre auch was!«, sagte die Anführerin der Atlantinerinnen jetzt neben Kapitän Wild Wild Sonja stehend. Ihre Soldatinnen waren die Einzigen, bei denen man sagen konnte, dass sie wirklich in voller Kampfbereitschaft standen. Eine Super-Truppe, tolle Disziplin: Neben den großen Segeln mit goldenen Einhörnern der »Weißen Libelle« flogen bereits die ersten Mini-Heißluftballons in die Höhe! Sicher war sicher!! Wild Wild Sonjas Blick schweifte einmal kurz auf die See neben dem Märchenwesen-Piratenschiff: Big Old Joe war untergetaucht! Nichts mehr zu sehen von dem größten Riesen-Buckelwal der Welt!! Gut so, dachte sie sich und rieb sich die Händchen. Die drei blau leuchtenden Glühwürmchen schwirrten um sie herum. Der Sonnenschein über der Nordsee war immer noch ungebrochen schön. Ein Kontrast zu der vor ihnen fahrenden Gewitterwolke. »Die ist nicht echt«, sagte Wolkenexperte JayJay mit gekonntem Blick. Ja, das stimmte. Überall zuckten aus ihr Blitze heraus. Hatte sie da gerade eine Möwe gegrillt? War das vielleicht ihr Abwehrmechanismus? Auf einmal fingen alle Elfen an, fröhlich zu kreischen: »Jipiiiiiiii!« Sie hatten sie als Erste gesehen!! He??? Erschrocken drehten sich Wild Wild Sonja und Lieutenant Darfo um. Der Blick der Elfen und der anderen Märchenwesen war nach hinten gerichtet. Und da war es schon zu spät, … die gigantische Flosse von Big Old Joe schlug wenige Meter hinter der »Weißen Libelle« ins Wasser, unter dem Märchenwesen-Piratenschiff entstand sie, … eine rund 30 Meter hohe Nordsee-Welle!!! »Huaaaa!!!«, hielten sich alle mit einem Mal kreischend dort fest, wo sie nur konnten! Jetzt ging alles wieder so wahnsinnig schnell, von null auf hundert: Die »Weiße Libelle« wurde so erfasst, dass sie automatisch nach ganz oben auf die Welle gespült wurde … und sie in einem Affenzahn auf das Piratenschiff zusurfte. »Jipiiiiiii«, jubelten die Elfen, rissen die Arme nach oben und quietschten vor Freude. Wie bei einer Wildwasserfahrt auf der Kirmes! »Jipiiiiiiii!!« Aber: Rudermann Johnny hatte hingegen viel zu tun. Er musste dafür sorgen, dass sie nicht Schlagseite bekamen. Und sie hatten vielleicht eine Geschwindigkeit drauf, »Schmetterling, Ooooh, Schmetterling«. Innerhalb von einer Minute würden sie bei dem Geistschiff sein, in 30, in 20, in 10 Sekunden … und mit einem Mal, wie von außen kontrolliert, ebbte die Welle ab … und spülte die »Weiße Libelle« sanft in die Gewitterwolke hinein: Es

173

wurde dunkel, stockfinster. Grelle Lichtzuckungen, Donner ... und das Blitzlichtgewitter der fotografierenden Kreuzfahrt-Elfen erfüllten auf unheimliche Art und Weise Raum und Zeit. Niemand wusste, war es Tag oder Nacht? Alles wirkte so stumpf und geruchlos. Richtig gruselig war es in diesem Moment.

Aber dann tauchte wieder deutlich hörbar die Musik des Schiffes vor ihnen auf. Ja, sie konnten alle fühlen, dass die »Weiße Libelle« sich dem Geisterschiff näherte. Päng!!!, machte es mit einem Mal, ein riesiger Blitz .. und eines der Mittelsegel stand vollends in Brand. »Feuer! Feuer! Feuer!« Es kam Hektik auf. »Bedooo, Bedooo«, rannte auf einmal ein Osterhase panisch im Kreis. Zwei rot blinkende Glühwürmchen krallten sich ängstlich an seinem Kopf fest. Die Elfen steckten ihre Kameras weg, bildeten eine Eimer-Kette mit all den anderen Märchenwesen an Bord. Das Piratenschiff trieb immer näher an das Geisterschiff heran. Jetzt waren auch schon die ersten Konturen zu erkennen. Doch ein Großteil der Crew bekam das nicht mit. Sie versuchten, das Segel zu löschen. »Hohoho«, brüllten beide Ausgucke nun herunter. Das Zeichen, dass sie kurz davor waren ... Kniiiiiiiiiiiiiiirsch, rammte die »Weiße Libelle« das Geisterschiff schräg, wurde an seiner Seite entlang gedrückt. Kapitän Wild Wild Sonja fuchtelte mit den Armen wild hin und her. Alle machten was, nur nicht das, was sie meinte. »Ähm«, konnte sie nur zuschauen. Die Atlantinerinnen waren schon fast startklar, das Geisterschiff zu entern. Sonja blickte sie verdutzt an: »Ähm …« Drei, zwei, eins: »Ja, das wollte ich auch gerade sagen!!« Das Feuer an Bord der »Weißen Libelle« war gerade gelöscht, da schmissen sich die ersten Elfen in ihre geheimen Ninja-Kostüme, andere packten schnell noch für diesen Anlass ihren Piratendress aus. Der Märchenwesen-Segler lag nun Schiff an Schiff. Die Enterhaken schossen bereits durch die Luft – die Atlantinerinnen wussten, wie sie es machen sollten.

Klack, Klack, Klack, landeten sie an der Reling, … sie waren fest. »Los, los, los«, schrien sie. »Ähm … das wollte ich auch gerade sagen«, schaute Kapitän Wild Wild Sonja überrascht drein. Ehrlich! Die Elfen waren jetzt auch fertig. Es donnerte und blitzte, aber anscheinend waren sie bereits zu nahe dran, als dass sie noch getroffen werden konnten. »Los, los, … Stoooooopp!«, rief auf einmal die Kommandeurin. Da waren sie, … die Geister! Als würde sie ein heller Mondscheinschleier umgeben!! Und sie waren unheimlich: Sie schauten herunter, auf das, was da zu ihnen hoch wollte. Es waren einst Menschen gewesen, so viel konnte jeder erkennen. War da auch ein Geisteräffchen bei? Irgendwas sprang dort von der einen Geisterschulter zur anderen! Aber egal! Es dauerte nur wenige Sekunden, da hatten sich alle wieder gefasst. »Los, los, los!!!«, brüllten nun wieder alle. Sie kletterten mit den Degen und Säbeln im Mund nach oben, zu Tausenden.

Auch die Elfen sprangen jetzt an die Strickleitern. Und was machten die Geister? Sie schauten einfach nur zu …

»Los, los, los!!!« Die ersten Atlantinerinnen erreichten das Schiff, dann sprangen sie wutentbrannt an Bord!! »Huaaaaaaaaaa«, schlugen sie wild auf die Geister mit ihren Schwertern und Säbeln ein, … aber sie stachen einfach nur in Luft!!! Während die Ersten noch verblüfft da standen und sich wunderten, dass es keine Gegenwehr gab, erreichten immer mehr Märchenwesen das Schiff. Jetzt sprangen auch Lieutenant Darfo und Kapitän Wild Wild Sonja samt Super-Pirat Blackbeard Johnny an Bord … und blieben stehen: Dort waren rund 50 Geister, die sich interessiert anschauten, was sie machten … »He?« Als die Angreifer ihre Offensive verblüfft einstellten, drehten sich die Geister um … und gingen ihrer Arbeit nach. Unheimlich, einfach unheimlich! Und wie sie aussahen. So gar nicht wie gruselige Piraten-Geister. »Uuuuuuuf«, wuchtete sich in diesem Moment dank sechs

176

Mini-Heißluftballons auch Mo Hendrichs an Bord des Geisterschiffes. Ohne die Zugkraft der Atlantinerinnen hätte er es niemals geschafft. Die Strickleiter war einfach zu hart für ihn. Sanft setzten ihn die leuchtenden Ballons ab … und er rutschte erstmal auf der eigenen Schweißlache aus. Platsch. »Aua«, jammerte er und hatte dabei sogar noch sichtlich Schwierigkeiten, sich aufzurichten. »Hmmpf«, verdrehte Wild Wild Sonja die Augen. Als er es geschafft hatte, … orientierte er sich, sah die in ihrem Angriff stockenden Märchenwesen, dann die Geister … und schrie dann auf die Buchstaben des Schiffsnamens zeigend: »Uaaaa … Das ist die Lübeck! Die Fregatte Lübeck!!« Entsetzt blickte er die Schmetterlinge an. Habt ihr das nicht erkannt???« Hmmpf. Müde drehten sich Wild Wild Sonja und Darfo um. »Sehen wir so aus, als könnten wir lesen?« Ach ja. Stimmt. Mo Hendrichs zeigte zwar noch auf die Aufschriften, dann wanderte sein Blick ungläubig auf die Geister. Das waren die Kadetten der Bundesmarine! Und was machten sie? Einige von ihnen hatten wieder angefangen, das Deck zu schrubben, andere kamen gerade aus dem Schiffsinneren und warfen mit immenser Kraft einen Schreibtisch, stapelweise Plastiktüten, Geisternetze und einen Stuhl in sehr hohem Bogen über

Bord. Mo Hendrichs staunte. Zwei Elfen stachen gerade zum Beweis durch einen Geist hindurch. »Seht ihr? Tot!« Mo Hendrichs traute seinen Augen nicht. »Was, was … ist mit ihnen passiert?« Johnny, Darfo und Sonja zuckten mit den Schultern. »Keine Ahnung, … ist unser erstes Geisterschiff.« Während die Offiziere der »Weißen Libelle« zusammenstanden, machten sich Kommandotrupps der Atlantinerinnen auf den Weg, sich auf dem Schiff zu verteilen. Mo ging ängstlich zu einem Geist hin. »Hallo, … kannst du mich hören?« Der Geist pinselte gerade ein Kanonenrohr. Aber er reagierte nicht. Für ihn war Mo nicht existent. »Hmmmm«, grübelten die Schmetterlinge. »Wir sollten vielleicht einmal zur Brücke gehen?« »Ja, das kö ….« Mit einem Mal brach die Musik ab. Keine Blitze, kein Donner, nur noch Dunkelheit. Und dann wurde es noch unheimlicher: »Seid ihr auch alle an Bord?«, züngelte nun eine bittersüße Stimme. Böse, mysteriös. Alle schauten sich um. Sie sprach weiter: »Jaaa, … ihr seid alle an Bord!« Die Stimme schien sich zu freuen. »Dann habe ich mein Ziel erreicht, ihr seid hier … und jetzt gehört ihr mir!!!« Ruhe. Pause. Stille. Alle schauten sich fragend an, dann wanderten ihre Blicke zur Brücke. Schockschwerenot! Dort war was!!! »Schnell, dahin!«, befahl Sonja, wollte ihren Fuß heben, … aber es

178

ging nicht!! He? Sie war wie festgeklebt!! »Mist«, fluchte sie übel und versuchte, ihr anderes Bein zu heben. Aber es ließ sich ebenfalls nicht bewegen!!! Panik ergriff bereits den ein oder anderen Elfen. Überall an Deck versuchten die Märchenwesen, ihre Füße zu heben – aber sie waren gefangen! Das war eine Falle!! »Das ist eine Falle!!!«

»Uaaaaaah«, brach jetzt vollständig die Panik aus. Überall versuchten sie, sich zu bewegen, … aber es ging nicht!!! »Hilfe!«, kam es von rechts. »Hilfe! Hiiiiilfe!«, kam es von links. Dann setzte theatralische Orchestermusik ein: Tatata taaaa taaaa. Tatata taaaa taaaa. Tatata taaaa taaaa. Das verstärkte nur noch, dass die meisten Märchenwesen ausrasteten. »Hilfe! Hilfe!!« Darfo, Sonja und Johnny rissen an ihren Beinen, es schmerzte enorm, aber ihre Füße wollten einfach nicht in die Höhe! Als wären sie alle mit dem festesten Sekundenkleber der Welt an die Fregatte Lübeck geklebt worden!! Es kam aber noch schlimmer: Mit einem Mal leuchtete überall an Bord des Geisterschiffes ein roter Countdown auf: 00.01.00. 00.00.59. 00.00.58. »Oh, Mist«, seufzte Johnny. Er hatte seinen Sheriff-Stern nicht mehr. Wenn ihm hier einer hätte helfen können, dann sein Stern. Aber der war bereits verbraucht worden. »Da!!!«, quietschten jetzt einige Elfen voller Panik und zeigten auf die Brücke.

179

Päng!!!, zerbarsten die Scheiben … und eine widerliche Krake kletterte heraus. Zur Hälfte war ihr Körper draußen, mit den anderen Tentakeln lenkte sie das Schiff. An ihr tropfte abstoßender, rotglühender Schleim herunter. Sie grinste teuflisch: »Ich kann hier gleich verschwinden … und werde dann dafür belohnt, … dass ich die Weiße Libelle samt der legendären Wild Wild Sonja, dem unverwüstlichen Lieutenant Darfo und dem härtesten Piraten von allen, Blackbeard Johnny, vernichtet habe!«, rieb sie sich die Hände. 00.00.28. Ein großer rotglühender Schleimtropfen platschte nach unten. Platsch. »Ihr seid die Einzigen gewesen, die die Nordsee hätten retten können!!«, zischte sie angewidert. »Außer euch gibt es keinen Gegner auf den Weltmeeren, … der IHM hätte gefährlich werden können!!!« Die ekelige Krake sabberte beim Sprechen, fühlte sich so sicher, sie plapperte einfach weiter drauf los. Aber nur wenige hörten ihr noch zu. Ein Großteil der Elfen war bereits ohnmächtig, die Soldatinnen von Atlantina waren mit ihrer eigenen Befreiung durchgehend beschäftigt.

»ER hatte wirklich Sorge, … ihr könntet seine Pläne durchkreuzen, … ja, sie vielleicht sogar zerstören. Aber ich … «, hob die Krake zwei Tentakel, mit denen sie außerhalb der Brücke hing, siegessicher in die Luft. »ICH,

180

… ich habe euch zur Strecke gebracht!!! Muhahahahahah!!!«, lachte sie noch finsterer. 00.00.06. »Arrivederci!!«, rief sie, wollte gerade losspringen, überall murmelten Einhörner, Osterhasen, Elfen ihre letzten Gebete, sicher, sie würden nun sterben, … da passierte das Unfassbare!!! 00.00.02. Es knallte in einer Stärke, dass die Fregatte Lübeck wie verrückt schwankte, der Himmel über ihnen brach mit einem Mal auf … und der schönste, bunteste Regenbogen, den die Welt je gesehen hatte, schoss aus weißen Wolken, begleitet von einem fantastischen Sternenschnuppen-Regen, in einem hohen Bogen vom Himmel nach unten, … traf die böse Krake genau auf ihrem Kopf, … und rammte sie in die Bordwand der Brücke hinein. Quetsch! Sofort ergoss sich die Farbe des Regenbogens auf und über das ganze Schiff! Magisch!! Einfach maaaagisch!!! Buuuuuuuuum!, machte es mit einem weißen Lichtblitz … und der Countdown war vorbei. 00.00.01. Er war stehen geblieben! In letzter Sekunde!! »Uuuuuf!!!«, atmeten alle tief aus. Sie sahen, wie sich die bunten Farben über alle Bereiche der Lübeck verteilten! Wie ein riesiger Topf Farbe, der über dem Schiff ausgeschüttet worden war!!

Kaum hatte die Regenbogenfarbe den Grund erreicht, auf dem ein Märchenwesen stand, konnte es mit einem

Mal wieder seine Beine bewegen. »Jipiiiiiii!!«, riefen die ersten Elfen aus. Zum einen, dass sie wieder frei waren, zum anderen, weil sie noch am Leben waren! »Jipiiiiiii!!«, fingen sie auch schon an zu tanzen. »Jipiiiiiii!!« Johnny, Sonja und Darfo waren Sekunden später ebenfalls frei, … ihr Blick ging nach oben zum bestehenden Regenbogen! Er führte noch immer in den Himmel!! Überall glitzerten und funkelten Sternschnuppen!!! Und dann geschah es: »Au! Autsch! Aua!«, purzelte da irgendwas den Regenbogen herunter. Etwas schoss an ihnen vorbei, etwas Metallisches krachte aus dem Himmel an Deck der Lübeck. Klimper, Klimper, Klimper. Aber die Blicke gingen sofort wieder nach oben: »Aui! Autsch! Aaahaaautsch!«, plumpste da eindeutig eine Person den Regenbogen herunter. War er da vorhin geschupst worden? Sie kam immer näher. Sie schlug auf dem Regenbogen auf, sprang ein wenig nach vorne in die Luft, … nur um dann noch tiefer zu fallen. Sehr unkoordiniert. Und dann war es so weit: »Aaaaaauuuuuuu«, krachte derjenige auf einmal mitten auf die Lübeck, … überschlug sich noch ein paar Mal, rollte noch einige Meter … und blieb dann stöhnend, ächzend liegen. Ein alter Mann mit weißen Haaren … und er war splitterfasernackt! »Ööööööööh«, stöhnte er benommen.

Seine weißen Haare waren ganz zerzaust. Die Elfen, Einhörner, Osterhasen und Mini-Elefanten interessierte das nicht. Sie tanzten weiter im Kreis, feierten ihr Überleben. Der Alte holte einmal tief Luft. War der betrunken? »Kinners!«, lallte er, richtete sich jetzt schwankend auf … und blickte Sonja, Johnny und Darfo grinsend an. Die standen nur mit offenen Mündern und weit aufgerissenen Augen da. »Haaahaabt ihr meinen Dreizack gesehen?« Neptun, der Gott der Meere …

15. Die Nordseewelle

… »Hoho«, jubelte der Ausguck herunter. »Hohoho«, jubelte die versammelte Mannschaft nach oben zurück. Und: »Hoho«, kam es vom zweiten Schiff nebenan. Die Fregatte »Lübeck« hatte sich dem Märchenwesen-Piratenschiff angeschlossen. Dabei waren sich das riesige Segelschiff und das Schiff der Bundesmarine mittlerweile recht ähnlich: Beide waren bunt wie der Regenbogen!

Der einzige Unterschied: Während die »Weiße Libelle« aussah, als hätte sie der beste Künstler des Universums erschaffen, machte die »Lübeck« den Eindruck, ein Riese hätte einfach einen Topf bunte Farbe über ihr ausgeschüttet! »Hohoho«, jubelten die Elfen, Mini-

Elefanten, Weihnachtswichtel, Osterhasen, Einhörner und alle anderen Märchenwesen fröhlich zur »Lübeck« zurück. Ja, das war eine Abenteuerfahrt, wie sie es sich gewünscht hatten! Und mit der Befreiung der »Lübeck« hatten sie sogar ihren ersten Erfolg erzielt. »Nun steht das Ziel aber endgültig fest«, knurrte Kapitän Wild Wild Sonja. »Helgoland!« Lieutenant Darfo, die Anführerin der Atlantinerinnen und die Baronesse de beau nickten eifrig. »Helgoland«, murmelten sie und schauten konzentriert geradeaus. Es schien, als würde Big Old Joe zustimmend einen Wasserstrahl neben ihnen in den Himmel stoßen. Helgoland! »Helgoland?«, wollte nun ein Weißhaariger neben ihnen wissen. »Kenn ich nicht!« Geschockt blickten Sonja, Martha, Darfo, aber auch Pinki ihn an.

»Du kennst Helgoland nicht??« »Kenn ich nicht!« Neptun hing gelangweilt über seinem Dreizack. Wenigstens hatten sie ihn dazu überreden können, sich eine weiße Tunika anzuziehen. Den anderen »neumodischen Quatsch« wollte er nicht an seinen Körper lassen. »Man weiß ja nie, was dann mit einem passiert«. »Du kennst Helgoland nicht? Dunner'slach!«, zerrte Martha de beau an seinem Arm, riss ihn fast aus seiner Stützhaltung und schleppte ihn zur magischen Seekarte. »Das …«, tippte sie mit dem Finger drauf. » … ist Helgoland!« Aha!

»Aaaaaah, … das ist Helgoland«, schaute er sie verzückt an, dann drehte er sich mit einem Mal weg. »Kenn ich nicht.« »Ööööööh«, verdrehte die kleine Schönheitskönigin ihre Äuglein. »Du bist dir aber schon im Klaren, dass das zu deinem Wirkungsbereich gehört?« Jetzt verdrehte Neptun die Augen. »Ich habe mich beruflich immer eher auf das Mittelmeer konzentriert«, sagte er und watschelte gemütlich vom Ruderstand runter zum Hauptdeck. Wolkenriese JayJay hockte neben einer menschlichen Fleischrolle mit Augen in seinem Liegestuhl und pustete alle fünf Minuten in die Segel. Das musste reichen. Heute war wieder einmal ein wunderschöner Tag: Die Sonne schien, es war leichter bis mittelmäßiger Wind, kaum eine Wolke war am Himmel.

Laut magischer Seekarte waren sie schon so weit vom Festland entfernt, dass man sagen konnte: Es war nicht mehr weit bis Helgoland. Und auch wären laut magischer Seekarte keine weiteren Hindernisse mehr zu erwarten. Sie konnten sich in Seelenruhe auf den großen Kampf gegen das Böse, das versuchte, alles Leben in der Nordsee zu vernichten, vorbereiten! Und das taten die meisten Märchenwesen auch: Riesige Reihen von Sonnenliegestühlen füllten nahezu das komplette Hauptdeck. Die Elfen hatten sich dazu entschieden,

185

innere Energie mittels Sonnenlicht zu tanken. Sie mussten schließlich alle ausgeruht sein. Zwei Brüstchen schienen gar in der Sonne zu funkeln, sie hatten ihre Piraten-Kostüme noch einmal ordentlich poliert, die Federn des Mini-Papageis wirkten, als leuchteten sie voller Stolz noch heller. »Sie hat mich den Unverwüstlichen genannt«, grinste Lieutenant Darfo über das ganze Gesichtchen. Das Strahlen seines Piraten-Kompagnons war noch größer. »Und mich den härtesten Piraten von allen«, blubberte Blackbeard Johnny cool mit seiner Seifenblasenpfeife. Das nannte sich Tiefenglücksgefühl! Entspannung konnte ja so einfach sein! »So gefällt mir das, Kinners«, zog sich Neptun ebenfalls einen Liegestuhl herbei und schob ihn neben JayJay. »Na!«, grinste JayJay Neptun an. Beide stammten aus der goldenen Stadt im Himmel. »Läuft oben?« »Läuft ... «, lächelte ihn Neptun an ... und klaute einem vorbeilaufenden Elfen den Erdbeerinha aus der Hand. »Skål!«, hob er ihn in die Luft ... und grinste: »Gutes Zeug habt ihr hier unten!« Es ging so schnell, dass der Elf gar nicht wusste, wie ihm geschah ... und er abrupt stehenblieb. He? »Danke«, zwinkerte Neptun ihm arrogant zu. Was für ein .... drei, zwei, eins ... kochte der Weihnachtself wie Schokoladenfondue beim

186

Weihnachtsmann! »Das zahl ich dir heim«, murmelte der Elf stinksauer. Was bildete sich dieser alte Sack ein? Dass er der Herr der Nordsee wäre?? »Schietbüddel ... « Wusste Neptun, was er sich da eingebrockt hatte? Selbst Santa traute sich nicht, den Elfen Paroli zu bieten. Aber der würde noch sein blaues Wunder erleben, schwor der Elf, blickte Neptun böse an – dann ging er und holte sich einen neuen Erdbeerinha. »Wollen wir nicht ein paar Möwen kreisen lassen, einfach nur so zur Vorsicht?«, schlug jetzt eine Etage höher Blackbeard Johnny Kapitän Wild Wild Sonja vor. Es war einfach zu friedlich, fand der Rudermann der »Weißen Libelle«. Er schaute kurz zur »Lübeck« rüber. Hmmm, eigentlich gar nicht mal so schlecht, dachte er sich nun. Das war ein sehr modernes Kriegsschiff. Sie hatten Radar. »Meint ihr, deren Radar ist hilfreich?« Pinki nahm Kapitän Wild Wild Sonja die Antwort ab. »Könnte sein, aber auch nicht, ... denk an Mo«, zeigte Einhorn Pinki nach unten. »Er konnte bis jetzt auch nicht viel sehen. Gibt Dinge, ... die werden Menschenaugen immer verborgen bleiben!« Respektvoll nickte Johnny dem Einhorn mit goldener Ghetto-Kette zu. Dass da doch so viel Köpfchen hinter dem Horn steckte, hätte er jetzt nicht vermutet. Auch nicht, dass er bei so ruhiger See jetzt hinter dem Ruder so ordentlich durchgeschüttelt wurde. Durchgeschüttelt? He? Überrascht schaute Blackbeard Johnny Kapitän Wild Wild Sonja und Lieutenant Darfo jetzt an – und flog mittlerweile alle paar Sekunden einige Zentimeter in die Höhe. Die komplette »Weiße Libelle« schien sich so richtig auf und ab zu bewegen. »He?«, rannte Sonja jetzt zur Reling an Backbord. »Nichts zu sehen!«, rief sie schockiert Darfo zu. Der war bereits Steuerbord und schaute auf die Nordsee: »Auch hier nichts zu sehen!« Wellengang halt. Aber einer ohne Grund! Alle blickten hoch zum Ausguck. Kein »Hoho«, kein gar nichts!

»Hohoho!!!«, rief Sonja jetzt nach oben. Der Kopf des Elfen schaute über seinen Korb, dann winkte er ihnen zu. »Ho … ho«, flog er in seinem Ausguck hoch und runter. Pinki schaffte es gerade noch, einen ruhigen Blick durch das Fernglas zu bekommen: »Auch vorne ist nichts zu sehen!« Aber das Schwanken der »Weißen Libelle« wurde immer stärker. Es schien schon so weit zu sein, dass das Schiff gut einen Meter hoch und runter segelte. »Das sind doch keine Wellen! Also, echte Wellen!!«, rief irgendwo ein aufgekratztes Märchenwesen. Auch die »Lübeck« neben ihnen wurde von dem Schütteln erfasst. »Ein Seebeben?« Die Matrosen, die noch vor kurzem Geister waren, liefen hektisch auf ihrem knallbunten Kriegsschiff hin und her. »Ich glaube, die haben auch keine Ahahaaaanung ... «, flog Darfo einen Meter in die Höhe ... und landete dann auf seinem Hosenboden. Sonja rannte nach vorne, wollte schauen, ob Neptun eine Erklärung hatte. Fachmann für Wasser war schließlich er. Doch der weißhaarige Greis schlief gemütlich den Schlaf der Gerechten. »JayJay!«, brüllte Sonja quer über Deck ... und zeigte auf Neptun. Sie gestikulierte wild: Weck ihn, du Dussel! Aber JayJay verstand nicht, wunderte sich selber, warum die »Weiße Libelle« aus heiterem Himmel so durchgerüttelt wurde. Weihnachtselfen und Atlantinerinnen befestigten und sicherten alles, was nicht niet- und nagelfest war. Die einen aus Sorge um ihre Urlaubsklamotten wie ihre Fotoapparate, die anderen aus absolutem Pflichtbewusstsein. Verzückt schaute JayJay dem wuselnden Heer an Arbeitern zu. Aber ihm konnte nicht entgehen: Sonja fuchtelte immer noch mit beiden Armen wild in der Luft herum. JayJay verdrehte die Augen: »Was willst du von mir??«, rief er genervt nach oben. Es war mittlerweile so laut an Deck, er konnte eh kein Wort verstehen. Sonja riss die Augen auf. Fast zwei Meter schoss sie einmal in die Höhe ... und schlug dann wieder unsanft an Deck auf. »Aua«, rieb sie sich das

Köpfchen. Sie richtete sich grummelnd auf. Martha hatte es bereits geschafft, hoch zum Ruderstand zu kommen.

»Da ist nichts, kein Hindernis, kein Update vom nautischen Magierzirkel!« »Funkspruch an die Lübeck«, brüllte jetzt eine Stimme. Für alle an Bord sah es so aus, als hätte Kapitän Wild Wild Sonja den Befehl gegeben. Sofort schossen zwei pflichtbewusste Möwen in die Höhe, die eine nahm die Kordel mit angeschlossener Dose und flog sie zu Sonja. Die andere schnappte sich das Gegenstück und flog zur Lübeck herüber. Gut 100 Meter hüpfte die »Lübeck« neben der »Weißen Libelle« durch die immer größer werdenden Wellen auf und ab.

Es dauerte vielleicht eine Minute, da hörte Sonja bereits eine Stimme in ihrer Dose. »Hallo? Hier der Kapitän der Lübeck!« Sonja ganz verdutzt hatte die Dose in ihrer Hand ... und hob sie zum Mund. »Hallo, hier ist ... «, flog sie einmal hoch, einmal runter. » ... hier ist Wild Wild Sonja!« Sie holte einmal tief Luft. »Kapitän, ... könnt ihr uns sagen, was das ist?« »Hier ist der Kap ... «, es schepperte und bollerte. Dann fluchte eine Stimme dumpf, kam aber wieder näher zu der anderen Dose. »Hallo? ... Hört ihr mich? ... Nein, wir können uns beim besten Willen nicht ...« Schepper, Boing, Gefluche. Ruhe. »Schietwetter ...« Pause, ein Knacken. Dann: » ...

Nein, keine Ahnung!!« »Mist«, murmelte Sonja noch, …
doch sie sah bereits, wie die komplette Mannschaft
gebannt nach vorne starrte. Und das hatte seinen
fürchterlichen Grund: Eine riesige Wasserwand baute
sich langsam, aber sicher vor ihnen auf! Wurde immer
größer und größer … und bewegte sich auf sie zu!! Ein
Tsunami!!! Vielleicht der Größte, den die Welt je gesehen
hatte!!! »Sch$&%$«, fluchte Piraten-Rudermann Johnny.
Er reagierte ganz Profi sofort: »Bindet mich mit allem
fest, was wir haben!!!« An Bord der »Lübeck«, konnten sie
erkennen, machten sie alle Schotten dicht … und fingen
an zu beten. »Oh, Gott«, riss Sonja die Augen auf. Die
Welle wurde immer größer und größer und größer. Die
drei blau leuchtenden Glühwürmchen waren in der Luft
erstarrt. Aus dem TV wusste Sonja, dass Schiffe einfach
draufzuhalten mussten, um der Gefahr vielleicht zu
entgehen. Aber hier? … Bei dem Ding?? … Da war ein
Kaventsmann ein Kindergartenkind gegen! »Schiete«,
sagte nun auch Neptun laut. Durch den Radau war er
aufgewacht … und wunderte sich, warum er gerade
durch die Luft flog. Und zack: »Aua«, landete er hart auf
dem Boden. Doch zur Überraschung blieb er noch ruhig.
Denn: Es gab nichts, was sein Dreizack nicht lösen
konnte! Sein Dreizack? Neptun fischte neben sich herum

– aber er war verschwunden! »Hey!!!«, rief er mit einem Mal, als er den Elfen entdeckte, dem er den Erdbeerinha geklaut hatte. »Du kleines Miststück, … her mit meinem Zack! Oder willst du, dass wir alle sterben??« Der Elf verstand ihn nicht, sah aber, dass er sich über ihn ärgerte. Richtig so! Das hatte er verdient!! Er streckte ihm die Zunge raus … und rannte flott in die Menge, … in der er verschwand. Der Gott im Ruhestand war ganz empört: »Das gibt es doch nicht!« Neptun hinterher! Er flog beim Laufen einen Meter nach vorne, überschlug sich, purzelte ein wenig nach vorne, berappelte sich dann aber wieder mit jugendlicher Eleganz, wie sie kein Anwesender bei ihm vermutet hätte. Der Alte hechelte bereits leicht: »Willst du, … dass wir alle ertrinken?? Gib mir meinen Dreizack!!« Im Hintergrund lief bereits eine weitere Rettungsmaßnahme: Neptun sah ebenso wie alle anderen an Bord, wie sich Big Old Joe vor die beiden Schiffe kämpfte, dann mit aller Kraft aus der Nordsee sprang … und mitten in die Riesenwelle krachte! Alle hielten den Atem an. Plaaaaaaatsch, machte es, … aber es brachte nichts! Er riss zwar ein gewaltiges Loch in den Tsunami, … aber wie von Geisterhand, wie von böser Magie geleitet, … schloss sich die Riesenwelle wieder!! Langsam hob sich bereits der Bug der »Weißen Libelle«. Langsam, denn: Der Tsunami war so groß, es würde noch etwas dauern, bis die beiden Schiffe so in die Höhe gerissen, dann nach hinten geschleudert würden, … um dann von den Wassermassen erschlagen, begraben zu werden! Ans Aufgeben dachte aber noch niemand: »Hey!!«, kämpfte sich Neptun jetzt durch das Meer von Elfen und Atlantinerinnen. Die tapferen Soldatinnen bereiteten gerade ihre Mini-Heißluftballons vor. In nicht ganz einer Minute, noch hoffentlich vor dem Einschlag, würden wenigstens sie entkommen können. »Hey!!!!«, presste und drückte sich der Gott der Meere durch die Märchenwesen. Aber er war flink, der Elf. Wie eine kleine Schlange wand er sich an jedem Hindernis vorbei.

»Verdammt«, murmelte Neptun. Kleiner Racker. Der Elf hingegen hatte seine wahre Freude an der Rache. Wenn du mich verarscht, verarsch ich dich auch, schoss ihm immer wieder durchs Köpfchen. Ich bin ein Elf! Und dann geschah es: »Bleib stehen, … du bist jetzt unsere einzige Rettung!!!«, brüllte Neptun … mit einem Mal wie aus dem Nichts mit einer göttlichen Stimme, … die jedem Lebewesen auf der Nordsee durch die Ohren, durch das Hirn direkt ins Herz geschrien wurde! Ruhe. Pause. Keine Panik. Stille. Alle Augen richteten sich wie in Zeitlupe auf den Elfen mit Dreizack. Martha, Darfo,

193

Sonja, Johnny, Pinki, einfach alle, ja, sogar die Matrosen der »Lübeck« blickten jetzt auf den Elf. Der schaute geschockt, dann peinlich berührt auf den Dreizack. »Ähmm?«, hielt er ihn fragend hoch. Den hier? Er bekam einen knallroten Kopf. Doch zu spät. Gerade noch schossen die ersten Mini-Heißluftballons in die Höhe, … da erfasste die Welle die »Weiße Libelle« und die »Lübeck« so, dass sie steil in die Höhe gingen! Immer senkrechter!! Die ersten Märchenwesen am Bug konnten sich nicht mehr halten … und fielen laut kreischend über das Deck bis nach hinten. Platsch. Am Aufbau des Ruderstandes blieben sie kleben. Platsch, Platsch, Platsch. Einige gingen sogar über Bord. Platsch. »Aaaaaah«, schrien immer mehr. Einzig der Elf mit dem Dreizack konnte sich noch halten. Jetzt schienen beide Schiffe komplett gen Himmel zu zeigen. So senkrecht standen sie auf der Welle. Fast 100 Meter, vielleicht sogar 150 Meter über dem normalen Meeresspiegel! Der Glanz der güldenen Galionsfigur verblasste vor ihren Augen. Plastiktüten und Restöl schütteten sich über das Schiff, verklebten alles. »Aaaaah«, kreischten jetzt alle in voller Todespanik, … dann brach die Welle über der »Weißen Libelle« und der »Lübeck« zusammen!!! »Das war's, … aus und vorbei«, waren Kapitän Wild Wild Sonjas letzte

194

Worte, … als sie vom Wasser erfasst wurde. Sie umklammerte Johnny, er umklammerte sie. Genauso wie Darfo und Martha, … die eng umschlungen das Zeitliche segneten. Bevor sie ertranken, bekamen sie noch mit, wie ihr Schiff auf dem Kopf stand und von der Wellenspitze immer tiefer und tiefer und tiefer nach unten flog. Teils vom Wasser erfasst, teils nach unten rauschend. Dann ging es so schnell: Sie sahen Fische um sich herumschwimmen und einen Elfen mit Dreizack, …

… der genau in Neptun krachte.

… Dann kam der weiße Blitz des Todes!!! …

… Plaaaaaaaaaaatsch …

… Die Sonne brannte nur so auf die »Weiße Libelle« herunter. Gülden funkelte die Galionsfigur am Bug.

Kaum ein Wölkchen am Himmel, knapp 30 Grad. Kapitän Wild Wild Sonja gähnte, stand neben ihrem Rudermann Johnny. Mit einem Mal zwickte was in ihrem Bauch. Ganz kurz, wie ein Nadelstich! He? Sie kratzte sich am Kopf. War da nicht gerade was gewesen? Sie schaute sich um. »Hmmm«, grübelte sie. Irgendwas in ihr sagte, … hier stimmte was nicht! Pinki war nicht weit weg, lackierte sich gerade die Hufe. Martha sonnte sich wie alle anderen. Merkwürdig. »Hmmm«, kratzte sich

Sonja wieder das Köpfchen. Sie schaute sich um, …
konnte aber nichts erkennen. Merkwürdig, sehr
merkwürdig. »Hmmmm.« Aber alles schien normal: Es
war heute mal wieder wunderschön auf der »Weißen
Libelle«, vergnügt dümpelte die »Lübeck« neben ihnen
her. Dieses knallbunte Marineschiff machte sich nicht
schlecht neben dem großen Märchenwesen-Segelschiff.

Laut magischer Seekarte waren sie schon so weit vom
Festland entfernt, so dass man sagen konnte: Es war
nicht mehr weit bis Helgoland. Und auch wären laut
magischer Seekarte keine weiteren Hindernisse mehr zu
erwarten. Sie konnten sich in Seelenruhe auf den großen
Kampf gegen das Böse, das versuchte, alles Leben in der
Nordsee zu vernichten, vorbereiten! Und das taten die
meisten Märchenwesen auch: Riesige Reihen von
Sonnenliegestühlen füllten nahezu das komplette
Hauptdeck. Die Elfen hatten sich dazu entschieden,
innere Energie mittels Sonnenlicht zu tanken. Sie
mussten schließlich alle ausgeruht sein. Zwei Brüstchen
schienen gar in der Sonne zu funkeln, sie hatten ihre
Piratenkostüme noch einmal ordentlich poliert, die
Federn des Mini-Papageis wirkten, als leuchteten sie
voller Stolz noch heller. »Sie hat mich den
Unverwüstlichen genannt«, grinste Lieutenant Darfo über

das ganze Gesichtchen. Das Strahlen seines Piraten-Kompagnons war noch größer. »Und mich den härtesten Piraten von allen«, blubberte Blackbeard Johnny cool mit seiner Seifenblasenpfeife. Das nannte sich Tiefenglücksgefühl! Entspannung konnte ja so einfach sein! »So gefällt mir das, Kinners«, zog sich Neptun ebenfalls einen Liegestuhl herbei und schob ihn neben JayJay. »Na!«, grinste JayJay Neptun an. Beide stammten aus der goldenen Stadt im Himmel. »Läuft oben?« »Läuft … «, lächelte ihn Neptun an … Gerade wollte ein Elf mit einem Erdbeerinha in der Hand an Neptun vorbeilaufen, … da fuhr er seinen Dreizack wie eine Schranke aus. »Na, … Kleiner?« Der Elf blieb stehen … und hielt seinen Erdbeerinha schön weit weg von dem alten Mann. Nicht, dass er ihn ihm klauen wollte! Aber … ganz im Gegenteil!! »Hier«, hob Neptun mit seiner anderen Hand einen weiteren Erdbeerinha in die Höhe und reichte dem Elf diesen. »Oh, danke!!« freute sich der Elf. Hach, … so ein alter Gott konnte ja wirklich nett sein, dachte er sich und watschelte nach vorne zu seinem Liegestuhl. Sonja beobachtete das Ganze skeptisch von oben. Da stimmte was ganz und gar nicht! Ihr Bäuchlein log nie! Meeeeeerkwürdig! War das jetzt gerade wirklich passiert?? Oh, ja: JayJay blickte Neptun fragend an. Mit einem schelmischen Grinsen sagte er leise: »Hey, ... das ist doch ganz und gar nicht deine Art?« Neptuns Mundwinkel verzogen sich zu einem Lächeln. »Na ...«, sagte er mit zuckersüßer Stimme und haute seinen Dreizack sanft auf das Deck. Ein klitzekleiner weißer Blitz schoss in die Höhe, ... in den Himmel, ... und bahnte sich seinen Weg nach vorne bis weit hinter den Horizont. Unbemerkt schlug er irgendwo ein, ... explodierte für niemanden sichtbar ... und erledigte das, was jetzt niemals geschehen war – eine riesige Nordseewelle. Neptun musste schmunzeln: »Wir wollen doch nicht, ... dass hier was Schreckliches passiert ...

16. Die Schoßhündchen

... »Hoho«, jubelte der Ausguck herunter. »Hohoho«, jubelten gleich zwei Besatzungen zurück: Die der »Weißen Libelle« – und die der »Lübeck«. Es war wieder einmal schönster Sonnenschein auf der Nordsee, allerdings hatten sie heute recht moderaten Wellengang. »Huiiiii«, flog immer mal wieder ein grün uniformierter Elf über Bord. Ein Beiboot sammelte entspannt Plastikmüll ein ... und half den Elfen wieder an Bord.

Wolkenriese JayJay konnte sich ausruhen, so war ihm das recht. Und auch Wild Wild Sonja, der Kapitän des regenbogenfarbenen Märchenwesen-Piratenschiffs, mochte es. So kamen sie schön flott voran. Summ, Summ, spielten die drei blau leuchtenden Glühwürmchen vergnügt fangen. »Alles in bester Ordnung«, sagte Lieutenant Darfo und zeigte herunter aufs Deck. Die Atlantinerinnen pumpten gerade Liegestütze, die Elfen ließen Drachen steigen. Es war die Entspannung vor dem Sturm, da war sich hier jeder sicher. Sie hatten es nicht mehr weit bis Helgoland. Zumindest, wenn ihnen nichts mehr in die Quere kam. »Aber ich bin da bester Dinge!«, sagte die Baronesse de beau routiniert. Sie hatte sich über die magische Seekarte gebeugt und instruierte Rudermann Blackbeard Johnny. Sein Mini-Papagei schnarchte laut und entspannt. Und der Kurs war einfach: immer geradeaus! »Wenn es so weiter geht, dann sind wir in spätestens einem Tag da!« Sie hatten nur noch wenige Hindernisse zu umfahren. Wasserstrudel, Tiefseeschluchten und so. »Huiiiii«, schoss wieder einmal ein Elf an ihnen vorbei. Die »Weiße Libelle« hüpfte zudem immer gut einen Meter in die Höhe, einen Meter wieder hinunter. So mochten es echte Seemänner, nicht zu hart, aber auch nicht zu sanft. »Und was ist mit denen da hinten?« Vier bunte Einhörner hielten ihre Köpfe über die Reling – und übergaben sich. Seekrankheit. »Schwund ist immer!« Über so viele Landratten konnte sich Neptun nur amüsieren. Er hockte nun neben der menschlichen Frikandel spezial und erzählte ihm Geschichten von längst vergangenen Zeiten. »Damals, ja, damals, da war ich ein junger Gott im besten Alter. Und wie die Mädels auf mich standen ...« Mit weiten Armbewegungen plauderte er locker aus seinem Leben. Für die Griechen waren es Göttergeschichten, an die sie glaubten. Für ihn war es das pure Leben voller Magie gewesen. Mo Hendrichs saß nur mit offenem Mund daneben. »Und das ist wirklich der Gott Neptun? Also, der aus den Geschichtsbüchern?«, hatte er Johnny und Darfo gefragt. Er hielt das hier alles noch für Seemannsgarn. Die konnten nur grinsen. »Ja, und er ist im Ruhestand«. Sie hatten dabei gen Himmel gezeigt. »Und ist es wahr, dass ihr dort oben auch schon ein Abenteuer erlebt habt?« Ganz cool und lässig hatten die beiden Schmetterlingsjungs genickt. »Na, logo. Dort waren wir als geheime Elite-Detektivtruppe im Einsatz, vom Big Boss ...«, hatte Johnny noch viel cooler als vorher nach oben gezeigt, »... legitimiert!« Wow!! Mo Hendrichs war fast das Herz stehen geblieben. Eine vorbeikommende

Atlantinerin hatte es erkannt und sofort mit der Mund-zu-Nase-Beatmung angefangen. Sie klebte in seinem Gesicht. Eigentlich wäre das hochgradig peinlich gewesen, doch Mo hatte es sicherheitshalber ignoriert, bis sich sein Herz-Kreislauf-System tatsächlich wieder stabilisiert hatte. Er konnte es nicht fassen: »Ihr habt Gott gesehen???« Johnny und Darfo schauten lässig zur Seite. »Das war eine Geheimmission, top secret, … klar?« Jetzt hockte Mo mit offenem Mund neben Neptun, … während der ihm sein halbes Leben erzählte. »Hoho«, jubelte es wieder vom Ausguck herunter. »Hohoho«, grölten jetzt die ehemaligen Geister der »Lübeck« noch lauter von ihrem bunten Topf Farbe herüber. Sie wollten ebenfalls das Böse auf Helgoland bekämpfen! Es hatte sie beinahe vernichtet – und nun wollten sie so schnell wie möglich dahin. »Hohoho«, grinste nun auch Lieutenant Darfo seinen Rudermann Blackbeard Johnny an. Der grinste zurück … »Hohoho!« »Hohoho«, machte nun auch die Baronesse Martha de beau – aber sofort hörte jeder in der Stimme, dass es nicht so fröhlich war wie das der Schmetterlingsjungs. Sie hockte gerade am Fernglas, Einhorn Pinki stand neben ihr und hielt auf einem Tablett einen kühlen Erdbeerinha. »Ich bin mir nicht sicher, aber Helgoland … ist das da nicht!« Kapitän Wild

Wild Sonja verging die gute Laune sofort, eilig rannte sie zum Fernglas. »Hmmmm«, grummelte sie direkt los. War irgendwie klar, dass sie nicht einfach nach Helgoland segeln und das Böse besiegen konnten. »Das ist nicht Helgoland«, murmelte sie. Lieutenant Darfo drängte te sich vor Martha und linste selber hindurch. »Und das ist auch keine Insel, ... da fliegt was!!« Jetzt hielt es Einhorn Pinki auch nicht mehr aus. Sie drückte Martha ihr dusseliges Tablett mit frischen Früchten in die Hand und verdrängte Kapitän Wild Wild Sonja. »Möwen sind es nicht, oder?« Darfo überlegte. Er war ein Schmetterling, er hatte Erfahrung mit Geschwindigkeit und dem Abschätzen von Entfernungen. »Also, wenn ich mich nicht täusche, dann sind das keine Möwen. Ich würde eher auf was Größeres setzen!« Blackbeard Johnny packte sich Kapitän Wild Wild Sonja und stellte sie hinters Ruder. Schnell ging er nach vorne und verdrängte Darfo. Woooow! »Das ist wirklich viiiiel größer!« Und wieder war das Schicksal schneller als der Kapitän: In dem Moment, als Sonja die Möwen losschicken wollte, zischten ihre gefiederten Späher schon in die Lüfte! An ihrem Abflugort an Deck sah Sonja die Anführerin der Atlantinerinnen. He? »Ähm?«, überlegte Sonja angestrengt. Aber die Elfen hatten sofort wahrgenommen, wie äußerst klug Kapitän Wild Wild Sonja auf ihrem Schiff agierte. Hut ab, deuteten einige bereits an. Sie fixierte die Atlantinerin mit ihren Blicken, zeigte mit zwei Fingern auf ihre Äuglein, dann auf die Atlantinerin. Das konnte die Kleine deutlich sehen. Sie grinste keck. Misstrauisch sagte Sonja: »Ähm, … ja, okay.« Sie hatte keine Zeit, der Sache nachzugehen.

Wild Wild Sonja zog sich Martha heran und parkte sie hinter dem Ruder. Sie huschte nach vorne – und verdrängte Einhorn Pinki vom Fernglas. »Hmmmm«, murmelte sie. Johnny und Sonja konnten sehen, wie die Möwen immer weiter flogen und dabei für sie immer kleiner wurden. »Ja, das da hinten ist viel, viel größer als Möwen!« Nach kurzer Zeit waren die Möwen nur noch kleine Punkte, aber sie waren immer noch weit von dem entfernt, was sich da hinten durch die Lüfte bewegte. Und es war bedeutend größer als ihre Möwen. Doch mit einem Mal: »Voooooollbremsung!«, brüllte jetzt eine Stimme an Bord, die wie Sonjas klang. JayJay schreckte auf, sprintete sofort nach vorne vor die Segel … und blies kräftig Gegenwind hinein. Ruuuumps, flogen wieder einmal sämtliche nicht festgebundenen Passagiere und Gegenstände vom Heck zum Bug. Schepper, Boing, Puff. »Aua«, jammerte nicht nur ein Elf. Lediglich die 30.000

Atlantinerinnen standen felsenfest an der Stelle, an der sie schon vorher waren. »Kinners, ich nehm dann mal ein Bad«, watschelte Neptun jetzt unbeeindruckt an ihnen vorbei und nahm Kurs auf die große unter Deck führende Türe. Kurz davor ließ er seine Tunika fallen ... und wanderte splitterfasernackt nach unten. »Uaaaa«, verdrehte Johnny die Augen. »Widerlich!« Allen an Bord wurde schlecht. Seitdem Neptun herausgefunden hatte, dass die Elfen sich ein eigenes Spa eingerichtet hatten, ließ es sich der Gott im Ruhestand gut gehen. Er hatte sich so müde geredet, dass er sich ein ordentliches Dampfbad verdient hatte. »Uaaaa«, verdrehte auch Sonja die Augen, machte sich aber sofort wieder daran, das vor ihnen Fliegende zu beobachten. Und dabei sah sie auch eines: Die »Lübeck« hatte anscheinend ihren Haltebefehl nicht mitbekommen – und fuhr unbeirrt weiter geradeaus. »Stooooooooopp«, brüllte sie. Einhorn Pinki schaltete sofort und hielt ihr das ultra-harte Super-Megafon hin. Mit einem Fingerzeig auf die Seitenaufschrift: »Nur von Deck gewandt nutzen!« Sonja nickte dankend und rannte zur Reling. Sie schaute schnell links und rechts, kein Lebewesen neben ihr. Gut, nur so durfte man das Megafon nutzen. Dann fegten Schallwellen über die Nordsee wie ein Orkan:

»Stoooooooopp!«, haute es so manch einen Elfen von den Socken. Auf der Wasseroberfläche bildete sich eine Furche, so hart bohrten sich die Klänge herüber. Aber: Nichts passierte! Die »Lübeck« hörte sie einfach nicht. »Stoooooooopp!!!«, brüllte Sonja noch einmal hinein. Bzzzzzzz. Sie zitterte jetzt selber am ganzen Körper. Mann, war das Ding ein Kracher. Aber: Wieder passierte nichts!! Und die »Lübeck« gewann immer mehr Abstand zur »Weißen Libelle«. Wild Wild Sonja blieb nichts anderes übrig, als das Megafon wieder zur Seite zu legen und zum Fernglas zu laufen. »Schietbüddel«, murmelte sie mit einem Dauer-Piepen im Ohr. »Ohje!«, jammerte Darfo bereits. Er hatte Johnny verdrängt und stand nun neben Sonja. Und allen Anwesenden war klar, was er meinte: Die Elfen hatten ihre Teleobjektive ausgepackt und standen mit ihren Stativen vorne am Bug. Zu Hunderten. Wie bei den Golden Globes. Blitz, Blitz, Blitz, machte es auch schon. Aber sie sahen es eben auch: Das, was dort flog, erkannte, dass sich die »Lübeck« näherte. Es flog nicht mehr einfach so in der Luft herum, es änderte seine Richtung – und hielt genau auf das knallbunte Schiff der Bundesmarine zu! »Ohje«, machten nun auch einige Elfen. JayJay schaute ebenfalls in die Richtung und kratzte sich am Wolkenhinterkopf. Hatte er das nicht schon einmal gesehen? Er überlegte und überlegte. An anderer Stelle stellte sich die Frage: »Was wollen wir jetzt machen, Kapitän?« Die Anführerin der Atlantinerinnen hatte bereits ihre Soldatinnen die Mini-Heißluftballons startklar machen lassen. Nur für alle Fälle. Frau konnte ja nie wissen. »Ich bin mir ausnahmsweise nicht sicher«, gestand Wild Wild Sonja.

Sie schaute heimlich nach links und rechts. Sie wusste ja eigentlich gar nicht, um was es sich da vorne handelte. Aber ein freundliches Begrüßungskomitee würde es wahrscheinlich nicht sein. Nicht bei der Geschwindigkeit. »Ich, … ich, …«, stotterte Darfo jetzt. »Ich glaube, … ich kann mittlerweile erkennen, um was es sich da handelt!!« Sonja schaute durch das Fernglas. Sie sah noch, wie einige Möwenfedern in der Luft herumflogen – aber keine Möwen mehr. Oops. »Mist«, hauchte sie. Nun hatten sie ein Problem. »Was? Was ist es?«, hüpfte Pinki nervös von einem Huf auf den anderen. Immer zwei gleichzeitig. Diagonal. Darfo ging einen Schritt zurück und deutete ihr, sie könne schauen. Pinki tat es … und sie wusste, was sie sah: »Oh, Mist … Seedrachen!!« Seedrachen??? »Uuuuuuh«, erfasste nahezu die gesamte Besatzung der »Weißen Libelle« ein Schauer. Das war schlecht. Wirklich schlecht. Was für ein Kick: Blitz, Blitz,

Blitz. Noch näher ranzoomen. »Seedrachen?« »Ja, Seedrachen!« Schwarze, mit silbernen Flügeln. Harte Reißer in ihren Mäulern. Krallen so scharf wie die von marsianischen Hartsteinkauern. Die Elfen kreischten auf: »Sie können Feuer speien!!!« Die Einhörner packten ihre Badesachen ein und rannten unter Deck. Was man nicht sah, konnte einem auch keine Angst machen! Absolut logisch! Mit einem Mal schauten vier Schmetterlinge äußerst bedröppelt drein: »Da haben wir nicht viel entgegen zu setzen.« Das war das Fazit, das Kapitän Wild Wild Sonja, Blackbeard Johnny, Lieutenant Darfo und die Baronesse de beau zogen. Sie hatten nichts, aber rein gar nichts an Bord, was diese Monster aufhalten konnte! Das waren wild gewordene Pitbulls der Lüfte!! Eigentlich unzerstörbar!!! Und dann geschah es schon: Die Luftabwehrkanonen der »Lübeck« schossen ihre Salven in die Lüfte. Sie hätte die gefährlichsten Kampfjets der Welt vom Himmel geholt – aber ihre Kugeln prallten einfach an den Seedrachen ab. Waren es sechs oder sieben? »Sieben, ich denke, ich zähle sieben Seedrachen!!«, konnte Darfo nur sagen. Sie waren alle zu Zuschauern degradiert worden. Die Seedrachen näherten sich immer mehr dem bunten Kriegsschiff, dann griffen sie unbeeindruckt an. Die »Lübeck« feuerte jetzt sogar eine Rakete ab. Aber der erste Drache schnappte sie seelenruhig mit seinem Maul, biss sie einfach durch. »Ohje«, jammerte Martha. Sie war es eigentlich gewohnt, sich im Großen und Ganzen keine Sorgen machen zu müssen. Im Kleinen schon, aber wenn es ums Ganze ging, ging die Geschichte am Ende eigentlich immer gut für sie aus. Das war so bei Märchen. Hier nicht. Da war sie sich jetzt sicher. Sie alle sahen, wie die Seedrachen die »Lübeck« auseinanderrissen. Kniiiiiirsch, Knaaaarsch, Päääääng. Tonnenschwere Kanonen wurden von Deck geschleudert, Panzerglas zerbrach wie Porzellan! Die Schmetterlinge und alle anderen an Bord der »Weißen Libelle« konnten immer besser erkennen, was das für Monster waren: Gut 20, 30 Meter groß, einfach unstillbar in ihrem Blutdurst. »Da werden unsere Kanonen aber auch nicht viel helfen«, murmelte Darfo Johnny verängstigt zu. Der Schmetterlingsmacho hatte zwar keine Angst, Schmetterlingsmachos hatten niemals Angst, aber das, was er gerade fühlte, kam dem aus seiner Sicht wahrscheinlich sehr nahe. Er zitterte, seine Knie schlotterten, ihm war übel, und er fühlte was Feuchtes zwischen den Beinen. Er schaute an sich herab: »Blöder Schokoladenriegel«, murmelte er. Er war in seiner Hosentasche geschmolzen. So heiß war die Situation.

208

Und als wäre das noch nicht genug, schienen zwei der riesigen Seedrachen nun die »Weiße Libelle« entdeckt zu haben – sie nahmen Kurs auf das Märchenwesen-Piratenschiff! »Alle Mann an die Kanoooooooonen«, brüllte nun eine Stimme hinter Kapitän Wild Wild Sonja. Die Elfen rissen sich aus ihren Schockstarren, blickten Sonja bewundernd an, sie bewahrte selbst bei dieser Gefahr die Fassung. Dann rannten sie auf ihre Positionen. Darfo, den der Mut seiner Anführerin stärkte, entfesselte alle Kräfte in sich … und nahm seine Rolle als Lieutenant an Bord wahr. Er rannte herunter zu seinen Kanonieren und brüllte Befehle in alle Richtungen. »Ähm!«, hob Wild Wild Sonja den Finger. Sie hatte doch noch gar nichts gesagt? »Verdammt, bist du gut«, sagte die Stimme hinter ihr. Die Anführerin der Atlantinerinnen stand mit ihrer Leibgarde vor Blackbeard Johnny und seinem Ruder und schaute in Richtung anfliegender Seedrachen. »Und was sind jetzt eure Befehle?« »Ich, äh …«, stotterte Sonja. »Alles klar, hab ich verstanden, werden wir genauso ausführen!!«, sagte die Anführerin und rannte mit ihren Soldatinnen los. »Ähm?« Es dauerte nur wenige Sekunden, da stiegen die Mini-Heißluftballons mit riesigen Lanzen und Harpunenkanonen in die Höhe. Tausende!! »Auweia.«

Einhorn Pinki suchte die Nordsee nach Big Old Joe ab. Doch: Der größte Buckelwal der Welt war nicht zu sehen! Aber ... was sollte er auch ausrichten? »Vergiss ihn, wenn er helfen kann, dann ist er da, aber ich meine, er sagte, er macht einige hundert Meter unter Wasser ein Nickerchen!« Johnny hatte sich erst vor einigen Stunden mit ihm unterhalten. Und da hatte alles noch sehr ruhig ausgesehen. Anders als jetzt: Auf der »Weißen Libelle« war der vollständige Vollalarm ausgelöst worden. Elfen füllten Pulver in die 200, vielleicht 300 Kanonen an Bord, Altantinerinnen stiegen mit ihren Kampf-Heißluftballons immer weiter in die Höhe. Die Segel wurden eingezogen. Die goldenen Einhörner senkten sich, ein Osterhase verhüllte die Galionsfigur in Löwengestalt mit einem großen Laken. Jeder an Bord hatte bereits seinen Säbel, sein Schwert oder seinen Degen in der Hand. Einhörner verteilten jetzt verstaubte Karabiner, einige Elfen hatten sich mit Kriegshämmern bewaffnet, andere mit Armbrüsten oder Langbögen. Eben mit allem, was an Bord zur Verfügung stand. Und dann waren sie nur noch 40 Meter entfernt. »Gott im Himmel, erbarme dich ...«, liefen bereits die ersten Stoßgebete über Deck. Eigentlich gewannen Märchenwesen immer, ... aber hier glaubte nun keiner mehr so richtig dran. Puuufff! Im Hintergrund ging die »Lübeck« in Flammen auf. »Martha, ich liebe dich!!!«, brüllte Darfo nach oben. Seine Geliebte spürte ihn tief im Herzen, so, wie sie ihn gleich mit in den Himmel nehmen wollte. Und mit einem Mal konnten sie alle den schlechten Atem der Seedrachen riechen. Igitt, war das widerlich. So nah waren sie dran! Dann spürten alle, wie die Seedrachen tief Luft holten. Sie machten sich bereit, Feuer über die »Weiße Libelle« zu schütten! Und das Holzschiff würde einfach lichterloh brennen!! Da waren sie einfach schutzlos!!! Die Elfen zählten bereits zurück, das war es dann. Vier. Die Elfen entzündeten die Lunten der Kanonen. Drei. Die lauten Flügelschläge donnerten in ihren Ohren. Zwei. Wie fliegende Kampfmaschinen würden sie jetzt zuschlagen. Eins. Jetzt war es so weit. Doch Pustekuchen: Da ertönte eine Stimme, wie sie kaum ein Mensch je wahrgenommen hatte! Markerschütternd, niemals einen Widerspruch duldend, universal-göttlich geltend. Eine Macht, unvorstellbar ... : »Stoooooopp!!!« Ruhe. Pause. Stille. Nichts geschah. Elfen blickten von den Kanonen auf, Einhörner fielen in Ohnmacht – und die Seedrachen atmeten ohne Feuer aus. Sie blieben einfach flatternd vor der »Weißen Libelle« stehen, schauten eher überrascht drein. »Blinki und Puschel!! Da seid ihr ja!!! Und die anderen, wo habt ihr meine anderen Schätzchen gelassen???« Neptun! Immer noch splitterfasernackt. Tropfend und dampfend auf Badelatschen. Er sah die brennende »Lübeck, blickte seine Seedrachen misstrauisch an. »Puuuhuuschel?? Blinkiiii?? Seh' ich da hinten Wurzel, Bärchen, Knabber, Lotti und Kuhkie?« Die Schamesröte stieg den beiden Seedrachen vor dem Märchenwesen-Piratenschiff in einer atemberaubenden Geschwindigkeit ins Gesicht. Üüüüüi, quietschten sie, glitten runter zum Wasser – und schwammen handzahm wie zwei Schwäne vor der »Weißen Libelle«. »Tstststs«, ging Neptun an die Reling und schimpfte zu seinen »Schoßhündchen« rüber. Absolut verständnislos schüttelte er den Kopf: »Da geht man einmal, aber wirklich nur einmal runter ins Spa, gönnt sich Sauna, Dampfbad, Whirlpool und Massage – und schon nehmt ihr die halbe Nordsee auseinander???« Üüüüüi, senkten die beiden Seedrachen Puschel und Blinki jammernd, schluchzend die Köpfe. Scheiße. Jetzt näherten sich auch die anderen Seedrachen dem Schiff. Friedlich wie kleine Seepferdchen gesellten sich die Killer-Seedrachen zu ihren Brüdern. »Das, das, das ...«, stotterte Kapitän Wild Wild Sonja nun neben Neptun stehend. Darfo reichte ihm seine Tunika. War ja widerlich. Neptun zog sich sein

Gewand an und ließ sich noch seinen Dreizack geben. Der funkelte bereits in den Spitzen. »Das, das, das … die gehören zu diiiiir???« Neptun drehte sich genervt um. »Ja, logisch. Ihr habt Hunde, besser, Glühwürmchen, … ich Seedrachen.« Der griechische Gott mit Dreizack zuckte mit den Schultern, als sei es das Normalste der Welt. »Ich dachte, ich hol uns noch was Verstärkung, wenn es gegen Helgoland geht …

17. Die Freiheitsstatue

… »Hoho«, kam der Jubel von beiden Ausgucken herunter. »Hohoho«, jubelte die Besatzung der »Weißen Libelle« nach oben. Was für ein wundervoller Tag auf der Nordsee! Es war leichter Wellengang, es hatte knapp 32 Grad, wolkenfreier Himmel! Der Stress des letzten Abenteuers war vergessen, jetzt hatten sie wieder einige Begleiter mehr: sieben Seedrachen – Puschel, Blinki, Wurzel, Bärchen, Knabber, Lotti und Kuhkie. Sie schwammen wie Schwäne neben der »Weißen Libelle« her. Einige der Elfen hatten sich bereits Sattel gebastelt und wechselten sich nun beim Ritt auf den Seedrachen ab. Lediglich die Mannschaft der »Lübeck« hatte den Schoßhündchen noch nicht ganz so verziehen. Der

Grund: Die Seedrachen hatten das bunte Schiff der Bundesmarine schon ordentlich in Mitleidenschaft gezogen. Die Matrosen hatten es zwar wiederhergerichtet, aber alle Schäden hatten sie nicht beseitigen können. Trotzdem fuhr die »Lübeck« jetzt wieder neben dem Märchenwesen-Piratenschiff – mit Kurs auf Helgoland!

»Moin!«, grinste Kapitän Wild Wild Sonja. »Moin!« »Moin!« »Moin!«, kam es von den Umstehenden zurück. »Ich denke«, sagte Sonja. »Wir sollten bald in die Nähe der Insel kommen.« Sie stand neben der Baronesse de beau und beugte sich über die magische Seekarte. Und ja, beide waren sich sicher, dass es nicht mehr weit war: Über Helgoland blinkte jetzt ein rotes Ausrufezeichen. Dazu gab es am Rand eine internationale Warnung: »Unbedingt meiden!!!« Der nautische Magierzirkel hatte ein Update vorgenommen. »Deutlicher kann man es nicht sagen«, kicherte Blackbeard Johnny und schaute seinen besten Kumpel, Lieutenant Darfo, an. Der Edelmann lächelte zurück. »Ja, … und wir wollen genau dahin« Zwei vorbeiwandernde Osterhasen schauten auf: »Besser is das!« Und das war wahr: Die Schmetterlingsoffiziere mit ihrer Märchenwesen-Mannschaft, einem Menschen und einem Gott im Ruhestand nahmen genau Kurs auf die verbotene Insel. Sie mussten dahin, um die Nordsee,

214

um all die Lebewesen unter und über Wasser zu retten. Und alle waren bestens darauf vorbereitet: Die Atlantinerinnen strotzten nur so vor Kraft und Willen, die Elfen, Mini-Elefanten, Osterhasen und Einhörner schnarchten alle auf ihren Sonnenliegen. Sie hatten das üppige Buffet genossen, sie wussten, nun konnten sie vielleicht zum letzten Mal vor dem großen Angriff eine Siesta nehmen. »Die wissen aber, dass das Buffet schon vier Stunden her ist?« Pinki, das Einhorn mit Ghetto-Kette um den Hals, schaute Kapitän Wild Wild Sonja verzückt an. »Weißt du, wie viel die in sich hinein gefuttert haben?« Okay, Sonja hatte verstanden. Wat mutt, da mutt. Das konnte dann schon einmal was dauern. »Und wie sieht es eigentlich mit Neptun aus, hat er noch irgendwelche Überraschungen auf Lager, … oder können wir davon ausgehen, dass unsere Fahrt bis Helgoland jetzt ungestört verläuft?« Die Anführerin der Atlantinerinnen, die mittlerweile zu Kapitän Wild Wild Sonja aufgeschlossen hatte, verdrehte die Augen. Sonja schaute sie verständnisvoll an: »Wollen wir hoffen. Wir haben mit ihm gesprochen, er meinte, da wäre jetzt wirklich nichts mehr.« Sonja schaute zu Neptun herunter. »Aber sicher kann man sich bei ihm wahrscheinlich nicht wirklich sein.« Neptun hatte glücklicherweise gerade wieder eine Tunika an. Er spielte mit drei grün uniformierten Elfen Mensch-Ärger-Dich-Nicht. Nur wenigen Beobachtern war aufgefallen, dass es sich dabei aber nicht um dieselbe Besetzung handelte, wie zum Anfang des Spiels. Immer dann, wenn einer der Elfen deutlich in Führung ging, wandte Neptun einen magischen Trick an: Er hielt die Zeit für einige Sekunden an, tauschte den führenden Elfen mit einem völlig ahnungslosen aus, löschte ihre Erinnerungen, verstellte die Figuren auf dem Spielbrett – und so lag der griechische Gott in Rente immer um ein, zwei Punkte vorne. »Naja, wenn er sich beim Kampf für uns auch so einsetzt, dann ist ja alles in Ordnung.« »Hoho«, rief nun ein Ausguck herunter. »Hohoho«, jubelten alle reflexartig hoch. Lieutenant Darfo konnte allerdings genau hören, dass es hierbei um eine Sichtung ging. Schnell eilte er zum Fernglas. Und ja: Da war etwas. »Das solltest du dir vielleicht auch einmal anschauen«, winkte er Kapitän Wild Wild Sonja her. Die drei blau leuchtenden Glühwürmchen kamen direkt mit. Gemeinsam mit der Anführerin der Atlantinerinnen machte sie sich auf den Weg. Sie schaute ebenfalls durch. »Hmmmm«, fing sie direkt an zu grummeln. »Funktionieren die elektronischen Geräte der Lübeck noch?« »Ja, Kapitän«, antwortete

Pinki. Sie hatte bereits zwei Möwen mit dem anderen Ende des Dosen-Telefons rübergeschickt. Die Leitung stand: »Hallo?! Hier ist Kapitän Wild Wild Sonja, können sie ausmachen, was vor uns ist?« »Kapitän, ja, wir sehen auf unseren Geräten, ... dass es sich dabei um eine Insel handelt!« Das war eine klare Aussage – die die Offiziere aber zum Grübeln brachte. Martha hing bereits mit Zentimetermaß über der magischen Seekarte. Es stimmte. Irgendwie. Aber nicht ganz. »Soll das schon Helgoland sein?« Darfo und Sonja blickten erneut durch das Fernglas. »Hmmmm«. Helgoland hatten sie sich anders vorgestellt. Sie wussten aus Beschreibungen, dass die Insel klein war. Mit einer vorgelagerten Düne. Dort tummelten sich normalerweise die Touristen am Strand.

Nur mit kleinen Börtebooten konnte Mensch von den Fähren dort hinübersetzen. »Ausbooten« nannten sie das da. Zudem war Helgoland aus der Entfernung betrachtet mit einem roten Schein versehen. Der rote Sandstein verlieh der Insel den Glanz. Die Lange Anna war das Wahrzeichen. Ein 48 Meter hoher Felsen. Dazu ragte auf der Insel noch ein großer Funkturm markant in die Höhe. Und vom Hafen aus ging es steil bergauf. Viele der Häuser waren in den Hang gebaut. Der Helgoländer unterschied in fünf Gebiete: Oberland, Mittelland und

Unterland sowie Nordostland und Südhafen. Und nur von einer Seite war Helgoland bebaut: je zur Hälfte im Unter- und Oberland und auch im Nordostland. Helgoland hatte sogar einen kleinen Flugplatz und einen recht großen Fußballplatz. Aber das, was vor ihnen war, hatte eher etwas ... von einer flachen tropischen Insel.

Sie flimmerte ein wenig wie eine Fata Morgana. »Dürfte die da sein?« Die Stimme auf der »Lübeck« antwortete. »Kapitän, ... eigentlich nicht!« »Stoooooooopp«, brüllte sofort Lieutenant Darfo seinen Befehl. Wolkenriese JayJay sprang auf und blies ein weiteres Mal einen schönen Gegenwind. Auch die »Lübeck« stoppte die Maschinen. »Und nu?« Lieutenant Darfo machte den restlichen Möwen Dampf. Sie hatten sich ein Nickerchen gegönnt. Noch leicht verschlafen torkelten sie auf Deck hin und her, stiegen dann aber in die Lüfte auf. »Wir könnten auch einen Seedrachen losschicken«, gesellte sich nun Neptun zu Sonja, Darfo, Johnny und Martha. »Denen ist gerade sowieso recht langweilig und eine Runde müsste ich mit denen heute auch noch drehen.« Johnny blickte Neptun fragend an. »Die müssen raus: morgens, mittags, abends.« Verzückt blickte Blackbeard Johnny mit schlummerndem Mini-Papagei auf der Schulter ihn an. Die Seedrachen wurden ihm immer

218

sympathischer. Vielleicht würde er sich nach dem Ende dieser Abenteuerreise auch ein Schoßhündchen zulegen?

»Und? Wie schaut's aus?«, wollte Sonja jetzt wissen. Darfo blickte durch das Fernglas. Er sah, wie die Möwen die Insel erreichten. Dort war allerdings nichts Auffälliges. Sie war auch nicht groß. Eher eine Sandbank mit vier, fünf Palmen drauf. »Sie kommen bereits zurück.« Sonja drehte sich um und schaute, ob der größte Buckelwal der Erde irgendwelche Anstalten machte, es gäbe dort eine Gefahr. Aber Big Old Joe spie lediglich eine Wasserfontäne aus. Das Signal: Keine Ahnung, aber dort ist das Wasser zu flach, als dass ich dahin könnte.

»Hmmm.« Kaum hatte sich Kapitän Wild Wild Sonja wieder umgedreht, landeten bereits ihre Kundschafter. »Nichts! Außer den Palmen ist da nichts!« »Hmmmm«, grübelte Sonja und schaute die Anführerin der Atlantinerinnen an. Die zuckte mit den Schultern. »Es greift uns nichts an, nichts sieht verdächtig aus, ... vielleicht gehen wir diesmal nicht vom Schlimmsten aus und umfahren es einfach?« Sonja blickte zu Darfo und Johnny. Auch die gaben sich ratlos. »Vielleicht ist das ausnahmsweise wirklich nur eine Insel?« Johnny zeigte noch auf die Seedrachen. »Und es ist ja jetzt nicht so, dass wir mit den Seedrachen, der »Lübeck«, mit Big Old Joe und der besten Mannschaft der Welt an Bord recht unbewaffnet sind …« Okay. Sonja linste noch einmal durch das Fernglas – dann gab sie den Befehl zum Weiterfahren. Langsam nahmen die »Weiße Libelle« und die »Lübeck« wieder Fahrt auf. Das Märchenwesen-Piratenschiff schickte sich an, links um die Insel zu fahren, die »Lübeck« rechts. Aber wie sollte es anders sein: Kaum waren sie nur noch wenige Meter von der Insel entfernt, bildete sich leichter Nebel auf der Wasseroberfläche. »Kriegsraaaaat!!!«, rief Sonja sofort.

Alle Offiziere, Neptun, Pinki, JayJay und Mo Hendrichs kamen zusammen. Die Elfen klebten derweilen an der Reling und schauten auf das Wasser hinunter. Um die Insel herum war es wirklich wie in der Karibik! Nicht viel Tiefgang, aber wundervoll azurblau. Nicht wenige notierten sich die Koordinaten, um an einem freien Wochenende noch einmal einen Abstecher zu dieser wunderschönen Insel zu machen. So als kleinen Trip zwischendurch. Allerdings sahen sie auch die roten Lichter, die wie Landeleuchten auf einem Flughafen unter Wasser funkelten. Blitz, Blitz, Blitz, hielten sie drauf. Wow, das sah ebenfalls fantastisch aus. »Hat jemand eine Ahnung, was das ist?« Martha, Johnny, Darfo, Pinki, Neptun, Mo, die drei blau leuchtenden Glühwürmcher., einfach alle schüttelten die Köpfe. Die »Weiße Libelle« glitt sanft durch das Wasser, spaltete mit ihrem Bug den Nebel – und neben ihr sowie der »Lübeck« blinkten wie an einer Perlenkette aufgereiht rote Leuchten unter Wasser. Jetzt waren sie fast auf einer Höhe mit der Insel.

»Und nu?« »Lass das ma noch ma beschnacken«, meinte gerade noch einer. Aber da war es schon zu spät: »Daaaaaaa«, rief ein Elf vom Ausguck herunter – die »Weiße Libelle« sowie die »Lübeck« durchfuhren eine magische Barriere. Es zischte, es krachte, es blitzte, es hallte ... und wenige Sekunden später waren die beiden Schiffe ... in der Hafeneinfahrt von New York!! Auf dem Hudson River!!! Zu ihrer Linken die Freiheitsstatue!!! Rechts Governors Island!!! Und ihre Schiffe fuhren weiter geradeaus. Neben ihnen riesige Kreuzfahrtschiffe, kleine und größere Boote, die Marine, einfach alles, was sich so auf dem Hudson River bewegte. Sie waren einfach alle baff. Niemand wusste, was gerade passiert war. Und sie staunten. Blitz, Blitz, Blitz, fotografierten nun Hunderte Elfen – und auch die Mini-Elefanten, die Osterhasen, einfach jedes Märchenwesen hatte seine Kamera ausgepackt und schoss die besten Bilder, die sie kriegen konnten, ... bei der Einfahrt nach New York! Und sie kamen immer näher. Zu ihrer Rechten konnten

221

sie nun die Brooklyn Bridge sehen und auch die Menschen, die auf ihr stehen blieben. Genauso wie die Menschenmassen, die sich zu ihrer Linken im Liberty State Park bildeten ... und die beiden Schiffe anstarrten: das regenbogenfarbene Märchenwesen-Piratenschiff die »Weiße Libelle«, diesen Achtmaster mit riesigen Segeln, auf denen güldene Einhörner prangten, mit dem goldenen Löwen als Galionsfigur, mit den schönsten Tierschnitzereien, die Menschenaugen je gesehen hatten, aber auch voll mit Kanonen ... und dann noch das Schiff der Deutschen Bundesmarine, die Fregatte »Lübeck«, ebenfalls so aussehend, als wäre sie in einen Topf voll bunter Farbe gefallen. Immer wieder zischten goldene Sternschnuppen an den Schiffen umher. Blau leuchtende Glühwürmchen umgaben die »Weiße Libelle«! Die magischste Einfahrt in der Geschichte New Yorks!!

»Öhm«, kratzte sich Kapitän Wild Wild Sonja das Köpfchen. Alle sahen schon das Schiff der Hafenpolizei auf sie zukommen. »Öhm«, kratzten sich nun auch Lieutenant Darfo und Blackbeard Johnny die Köpfchen.

Sie segelten einfach mal trocken weiter. Das Kind war a nun in den Brunnen gefallen. Also einfach so tun, als wäre es das Normalste der Welt. Es dauerte auch nur wenige Minuten, da waren die New Yorker Beamten der

Wasserpolizei an Deck. Und sie staunten nicht schlecht: Der Großteil der Personen an Bord war kleiner als sie. Elfengröße! Dazu noch einige Verkleidete, in Einhorn- und Osterhasen-Kostümen. Auch Mini-Elefanten waren dabei. Dann noch einige Kostüme, da wussten die Beamten nicht so genau, was sie darstellten. Am verwunderlichsten waren aber die, die so klein wie übergroße Schmetterlinge waren. Daneben stand ein Rentner mit weißen Haaren in einer Tunika – und wenigstens ein waschechter Amerikaner war an Bord: Mo Hendrichs. An seinen rund 190 Kilogramm erkennbar. »Dürften wir bitte einmal ihre Papiere sehen?«, fragte der eine Wasserpolizist und schaute Mo Hendrichs an. »Wir haben da unter anderem einige Bestimmungen, was Pyrotechnik angeht«, zeigte er nach oben zu den herumfliegenden Sternschnuppen. »Und die Einfuhr von exotischen Tieren ist auch nicht ganz legal!« Verkleidet konnten die hier einfach nicht alle sein. Zwei Mini-Elefanten wurden knallrot. Der andere Polizist, ein Afro-Amerikaner, war hingegen begeistert: »Sie haben aber wirklich faszinierende Kostüme, haben sie die hier in New York gekauft?« Er fummelte bereits an Einhorn Pinki rum. Aber Pinki schaltete sofort: »Ja, wir haben da eine kleine chinesische Schneiderei, die ist ein

Geheimtipp!« Schneller als Mo Hendrichs schaltete auch Neptun, der sich zwischen Polizist und Hendrichs schob. Er griff in seine Tunika und holte ein Dokument heraus: »Hier sind alle Genehmigungen!« Der Polizist betrachtete das Papier ... und riss die Augen auf! Wow, das war ja vom Bürgermeister von New York persönlich ausgestellt!! Mit Siegel, Stempel und allem, was es brauchte!!! So etwas hatte er noch nie in den Händen gehalten! Dafür gab es einfach zu viele Polizisten! »Sie, ... Sie sind persönliche Freunde des Bürgermeisters?« Neptun lächelte nur verschmitzt, sagte aber nichts. Der Polizist war nahezu sprachlos. Wow!! Er schaute sich um, dann schien für ihn alles klar zu werden. Ja! »Ja, was für eine Frage!! Sie sind persönliche Freunde des Bürgermeisters!!!« Neptun wartete drei Sekunden. Drei, zwei, eins: »Wir haben nur versäumt, noch einmal nachzufragen, ob mit unserem Liegeplatz alles in Ordnung geht?«, sagte Neptun jetzt und zog ein weiteres Dokument heraus. Martha, Darfo, Johnny, Sonja, die 30.000 Atlantinerinnen und alle anderen Bord schauten der Sache jetzt begeistert zu. »Ach?« Aber die Frage des Polizisten klang alles andere als verärgert. Sie waren die persönlichen Freunde des Bürgermeisters, es war vollkommen egal, ob sie einen Liegeplatz hatten oder nicht – sie würden ihnen einen besorgen! Beste Lage!! Beförderung, du darfst kommen!!! »Darf ich fragen«, sagte jetzt der andere Polizist an Pinki gerichtet, »was das hier für eine Veranstaltung ist, … Bruder?« Bruder? Pinki blickte überrascht auf, schaltete aber sofort … und bewegte sich kurz, damit die Dollarzeichen-Ghettokette cool herumwackelte. Pinki war ein Einhorn von der Straße, logo! »Yeeeeah, maaaaan. Wir rocken hier einen Testlauf mit unserer Hood für einen PR-Marketing-Flash, um ein neues Diamond-Event in New York zu etablieren, … Bruder!« Für den Polizisten glasklar: Unter dem Einhorn-Kostüm steckte ebenfalls ein Schwarzer! »Bruder, wie soll es denn heißen?« Pinki überlegte kurz, schaute Martha an. Die hielt sich die Hand vor den Mund. Sie kicherte. Dann drehte sich Pinki innerlich lachend wieder um. »Das soll ein Karneval im Hochsommer werden, um Vielfalt und Frohsinn von New York zum Ausdruck zu bringen, alle sollen feiern, beim … Magical Seashell Festival von New York! …

18. Die Freiheitsstatue II

… »Hohoho«, flüsterte Lieutenant Darfo Blackbeard Johnny zu. Der Mini-Papagei hielt derweilen eine Siesta auf der Schulter. Was auch sonst. Die »Weiße Libelle« und die »Lübeck« hatten im Hafen von New York angelegt. Und was sie da erwartete, das hatten sie so nicht gedacht: Tausende Schaulustige standen am Pier, machten Fotos von ihnen. Die ersten Kamera-Teams der unterschiedlichsten Fernsehsender der USA, aber auch einige internationale Crews hielten bereits auf sie drauf.

So etwas wie die beiden Märchenwesen-Schiffe hatten sie alle noch nicht gesehen! Die Elfen schoben gerade ihre Landungstreppen herunter, die ersten Einhörner waren schon bereit, eine Stadtbesichtung zu machen. Am liebsten mittenmang. Immer noch schossen funkelnde Sternschnuppen und Tausende blau leuchtende Glühwürmchen um die »Weiße Libelle« herum. »Ich bin mir nicht sicher, ob das hier nicht gerade alles aus dem Ruder läuft«, schaute eine ungläubige Wild Wild Sonja die Anführerin der Atlantinerinnen an. »Hmmm«, kratzte die sich ebenfalls den Kopf. Die Einzigen, die an Bord noch Disziplin bewahrten, waren ihre Soldatinnen. Sie ließen sich die Aufregung, wenn sie denn überhaupt welche verspürten, nicht anmerken. Aber die Elfen waren hin und weg, die Mini-Elefanten tröteten schon nervös vor Aufregung, Pinki wollte mit ihrem neuen »Best Buddy« Elvis, der Hafenpolizist, essen gehen. Er hatte über Funk alles arrangiert, sie hatten den besten Liegeplatz von New York bekommen. Klar, dass für ihn jetzt eine Beförderung herausspringen würde. Und da wollte er mit Pinki zu einer der feinsten Burger-Buden der Stadt gehen. Aber was sich vor dem Schiff abspielte, das haute jetzt auch Neptun um. Elvis und Pinki waren sich ebenfalls nicht mehr sicher, ob sie hier lebend von Bord kommen würden. »Welcome, Welcome, Welcome!«, skandierten die Zuschauer. Ja, »Fans«, konnte man eher sagen. Es kamen immer mehr. Osterhasen, Elfen, Einhörner, alle winkten ihnen begeistert zu. Verkehrshubschrauber kreisten über dem Hafenviertel und verkündeten den totalen Verkehrszusammenbruch. An sämtlichen Polizeirevieren der Stadt dachte man darüber nach, die Nationalgarde einzusetzen. Was auch immer da für Schiffe in New York eingelaufen waren, sie stellten alleine mit ihrer Anwesenheit die komplette Stadt auf den Kopf!

»Hohoho«, zuckte Blackbeard Johnny jetzt mit den Schultern und blubberte mit seiner Seifenblasenpfeife ganz alter Seebär. Da konnte man einfach nichts mehr machen. Außer ... sich der Fahrzeugkolonne, die sich ihren Weg durch die Stadt bis zur »Weißen Libelle« und zur »Lübeck« bahnte, zu widmen. Die Kolonne hatte eine leichte Orientierung: Die Sternschnuppen, die magisch in der Luft herumflogen, leiteten sie. »Sag mal, kommt da der Präsident?«, stieß Einhorn Pinki Elvis an. Der blickte zu seinem Kollegen. Der hatte als Erster geschaltet, dass sie hier Lorbeeren würden ernten können. Und ... er hatte bei seinem Funkspruch an Land »vielleicht« etwas übertrieben. Da kamen schwarze Edel-Limousinen angerauscht! Überall waren an ihnen USA-Fähnchen angebracht. Und: Sie wurden von unzähligen Reiterstaffeln begleitet!! Klapper, Klapper, Klapper! Und: Die Reiter trieben die Schaulustigen auseinander und bildeten so eine Gasse für die Fahrzeugkolonne!!! »Hohoho«, flüsterte Lieutenant Darfo wieder. Das war ja ein Empfang für Fürsten, für Könige! Es dauerte nicht lange, da hielten sie unten vor den beiden Schiffen.

Baronesse Martha de beau blickte verzückt Kapitän Wild Wild Sonja an, die konnte gar nicht anders, als nun das Schiff als Erste zu verlassen. Und hinter ihr: Nahezu alle Crewmitglieder der »Weißen Libelle«. Schön in Schlange. Die Elfen fotografierten jetzt ihrerseits die Schaulustigen mit ihren Kameras. Blitz, Blitz, Blitz. Es blitzte schlichtweg in beide Richtungen! Und jeder Fotograf, ob Mensch oder Märchenwesen, war von den Bildern, die sie machen konnten, begeistert!! »Wenn wir das den anderen beim Weihnachtsmann erzählen, das werden die uns nie glauben!«, kicherten bereits nicht wenige Elfen, während sie das Märchenwesen-Piratenschiff verließen. Und kaum war Wild Wild Sonja unten angekommen, da sprang die schwarze Türe der Limousine auf. Sie konnten nur sehen, wie eine Hand hektisch winkte. »Herein, herein!!« Wild Wild Sonja folgte der Einladung ohne zu zögern, Neptun drängelte sich schnell hinter sie, schob Martha beiseite und stieg direkt mit ein. »Hey!«, empörte sich diese. Aber noch während sie sich beschwerte, schlüpfte auch die Anführerin der Atlantinerinnen herein. Darfo folgte, Johnny blickte ihn an und signalisierte ihm, dass er nicht mit einsteigen würde. Darfo verdrehte die Augen. Irgendwie behielt Johnny hier einen kühlen Kopf. Und recht hatte er: Sie sollten vielleicht nicht alle so auf einen Ort gedrängt sein. »Ich bleibe hier, bei der Weißen Libelle«, rief er Darfo cool zu, drehte sich um und befahl: »Du, du, du … und ihr!« Knapp 30 Elfen, zehn Einhörner und rund 5000 Atlantinerinnen waren jetzt dazu verdonnert, Wache zu schieben. Niemand sah die Schweißperlen auf Johnnys Stirn. War doch hart, hier zu sein, … während alle anderen gleich Spaß haben würden. Er schaute schon gar nicht mehr zum Pier. Die Besatzung der »Lübeck« verließ ihr Schiff erst gar nicht.

Aber jetzt blickte Johnny doch nach unten … und sah Freund Darfo, wie er ihm winkte. Und er konnte seine Gedanken lesen: Lass gut sein, das schaffen die auch ohne dich!!! Echt??? Glücksgefühle liefen den Rücken des Schmetterlings hoch und runter. »Nun komm!«, rief er hoch. Johnny schaute sich noch einmal pflichtbewusst um. Ein Elf zwinkerte ihm zu, er sah sein Verlangen. Dat wuppen wir schon!!! »Okay!«, juchzte Johnny, schnappte sich ein Tau und sprang wie Tarzan an dem Seil über Bord auf den Pier. Schnell huschte er in die Limousine. Und das Staunen ging weiter: Während sich die hinteren Limousinen mit Märchenwesen füllten, saßen Wild Wild Sonja, Neptun, Martha, die Atlantinerinnen-Anführerin und Darfo bereits in der ersten Luxus-Karre … und schauten in das Gesicht des Bürgermeisters von New York. Kein Spaß. Vor ihnen hockte Will de Plasio! Im feinsten Edel-Anzug. Daneben eine Beraterin, hübsch, … aber spießig von der Aura her. Alle schauten sich sprachlos an. Da setzte sich der Wagen spürbar in Bewegung, langsam, versteht sich. Kapitän Wild Wild Sonja war die Erste, die sich fasste. »Und nun?« Neptun grinste merkwürdigerweise nur. Darfo und Martha blickten Will de Plasio interessiert an. Der Bürgermeister von New York blickte rüber, schüttelte dann den Kopf. »Da habt ihr meiner Stadt aber was eingebrockt.« Die Assistentin kramte die Papiere heraus. Neptuns Papiere. »Das sind gute Fälschungen. Gute ...« Neptun schaute unschuldig weg. »Ihr habt meine ganze Stadt auf den Kopf gestellt. Wer oder was ... seid ihr?« Wild Wild Sonja wollte gerade antworten, da fiel ihr Neptun ins Wort. »Freunde«, grinste er den Bürgermeister an. »Wir sind Freunde.« Will de Plasio schaute ihn auffällig an. Allerdings nicht verärgert. Darfo wurde misstrauisch. Warum fummelte sich der Bürgermeister immer so an seiner Hose herum? Kaum hatte sich vorhin die Türe geschlossen, da schien ihn seine Hose zu jucken. Seine Assistentin guckte nun auch nicht mehr so grimmig drein. Was war denn hier los? Aber ganz aus der Ruhe war der Bürgermeister noch nicht: »Tja, das ist schön, ... das beantwortet aber immer noch nicht meine Frage: Wer seid ihr?« Darfo tippte Martha an, jetzt bemerkte sie auch, dass er sich kratzte. Als ob ihm der teure Zwirn nicht liegen würde. De Plasio fuhr fort: »Eure Sternschnuppen, eure Kostüme, eure Schiffe ... sie wirken so echt.« »Tja, ... alles nur eine Frage der richtigen Beziehungen«, sagte jetzt die Atlantinerin. Es hatte schon etwas Komisches. Außer Neptun waren die Gesprächspartner des Bürgermeisters und seiner Begleitung viel kleiner als sie. Viel, viel kleiner. »Ich kenne ja Liliputaner, aber ihr seid noch etwas kleiner als die.« »Hmmm«, grummelte jetzt die Assistentin. Als wolle sie die Einschätzung des Bürgermeisters mit ihren Geräuschen unterstreichen. »Tja«, grinste ihn Neptun in seiner Tunika an. »Wer kann schon von sich behaupten, dass er mal ein Gott war?« Pause. Ruhe. Stille. Was sollte das denn jetzt? Martha und Darfo wussten nicht, ob er überlegte, was Neptun damit sagen wollte oder … »Neptun?« Der Bürgermeister bekam große Augen. Die Assistentin wurde kreidebleich. Der weißhaarige Rentner in seiner Tunika grinste ihn wie ein Honigkuchenpferd an: »Wie geht es dir, … mein alter Freund?« Draußen spielten jetzt Blaskapellen, die Kolonne fuhr direkt zum Rathaus der Stadt New York. De Plasio konnte nicht glauben, was er da gerade hörte. »Bist, …bist du es wirklich?« Neptun kicherte. »Meinst du, wenn ich im Ruhestand bin, schaue ich keine Nachrichten? Das wievielte Bürgermeisteramt ist es, das du jetzt bekleidest? Das 400ste? Das 500ste?« De Plasio konnte gar nicht so schnell reagieren, wie die Hand von Neptun nach vorne schoss, an seinen Hals … und die

Maske herunterriss: ein Zebra! Mit Krone!! Und einem Zepter als Kette um den Hals!!! »Hallo, Fabula Rex!« Martha, Darfo, Sonja und der Atlantinerin fielen die Kinnladen runter. Neptun grinste: »Und hallo, Nebulosa!« Die Assistentin musste nun ebenfalls schelmisch grinsen. In Sekundenschnelle verwandelte sich vor ihren Augen der Körper dieser wunderhübschen Frau in eine weiße Nebelsäule! Fabula Rex und Nebulosa waren Zeitreisende!! Sie hüpften seit eh und je zwischen den Jahrhunderten her. Und sie hatten einen Zwang: Er wollte immer Bürgermeister von Großstädten werden! Ob Lord Mayor of London Sir Robert Ladbroke, ob Prévôts de Paris Étienne Boileau oder Jacques Viger von Montreal – Fabula Rex erschlich sich immer wieder mit seiner Gefährtin Nebulosa die größten Ämter von Großstädten. Aber er nutzte es nicht aus, um Schlechtes zu tun, nein, seine Bilanz war eher gut. Gut für die Menschen – und auch gut für die Märchenwesen in diesen Städten. Neptun konnte seine Spuren bis in die Antike belegen. »Okay, Neptun, … du hast mich in der Hand!«, sagte das Zebra mit Krone und grinste nun selber. »Aber: Darf ich weitermachen?« Martha, Darfo und Co. konnten nur zuschauen. »Ja, klar, … wenn du uns hilfst!« Das Bürgermeister-Zebra hob sofort die

Hufe. »Alles, was in meiner Macht steht!« »Gut, wir sind in eine Falle geraten und müssen wieder dringend zurück in die Nordsee!« Der König von New York schaute die Schmetterlinge und ihre Begleitung überrascht an. »Ihr seid nicht wenige, wie soll ich das machen?« Doch plötzlich wandte sich Nebulosa zu Fabula Rex, es schien, als würde die Nebelsäule ihm etwas ins Ohr flüstern. Murmelmurmelmurmel. »Echt?« Dann flüsterte sie weiter. Murmelmurmelmurmel. »Oh!!«, blickte Fabula Rex freudig auf, hüfelte an seiner Krone rum. Martha, Darfo, Sonja, Neptun und die Anführerin der Atlantinerinnen wurden neugierig. Fabula Rex drehte sich um, klopfte an die Scheibe des Fahrers. Sie öffnete sich einen Schlitz. Jeder konnte den Hut des Chauffeurs erkennen. Der Bürgermeister befahl: »Sofort zur Freiheitsstatue!!« Alle Anwesenden spürten sofort, wie der Wagen eine Kurve nahm. Und nach kurzer Zeit konnten sie auch spüren, dass die Limousine eindeutig schneller fuhr. Anscheinend hatten sie die vollgestopften Straßen über irgendwelche Nebenwege verlassen – und bretterten Richtung Liberty Island. Der Rest des Konvois mit Elfen, Einhörnern, Mini-Elefanten und allen anderen Märchenwesen folgte ihnen nicht – sie hatten sich eine Stadtrundfahrt verdient. Und das hier war Chef-Sache!

Schmetterlings-Offiziers-Sache!! Kaum erreichte die Limousine dank einer Sonder-Fährfahrt die Freiheitsstatue, da zog sich Fabula Rex seinen Tarnanzug wieder an – und schwuppsdiwupps … war er wieder Bürgermeister Will de Plasio! Und auch die Nebelsäule verwandelte sich wieder in eine attraktive Assistentin! Die Türe sprang auf: »Los, jetzt müssen wir uns sputen. Vielleicht haben wir Glück.« Schon schossen sie alle aus der Limousine – und waren sofort baff: Die Freiheitsstatue war noch viel größer, als sie gedacht hatten. »Miss Liberty« war beeindruckend! »Wow«, flutschte es den kleinen Piraten heraus. Und als hätten sie es nicht geahnt, richteten direkt die ersten Touristen ihre Blicke auf sie. Man konnte schon die Fragen in ihren Gesichtern ablesen. War das nicht der Bürgermeister von New York? Und ein alter Mann in einer Robe? Und was waren das für kleine Lebewesen neben ihm? Viel kleiner als Liliputaner? Und warum waren das Schmetterlinge in Piraten-Kostümen? Und eine Mini-Amazone? »Los, los«, trieb de Plasio sie an. Sie rannten vor die vorderste Zacke des Sternensockels, auf dem Miss Liberty stand. Dann blieben sie stehen, die ersten Fotos von ihnen wurden gemacht! Eine Gruppe von Japanern. Klick, Klick, Klick!

De Plasio schaute sie an, dann schüttelte er sich: Seine Karriere ... würde wahrscheinlich bald vorbei sein! »Egal«, blickte er sich um. Sie hatten ihm erzählt, worum es ging. Die Nordsee! Die Lebewesen!! Ein Attentat auf die Umwelt!!! Und wenn er in all den Jahrhunderten etwas gemacht hatte, dann hatte er immer geholfen!!! Das war Märchenwesen-Ehrensache! »Wir müssen jeweils ...«, rannte er zu dem Sternensockel und zeigte auf eine Stelle. In dem Moment, wo sich der Stelle ein Märchenwesen näherte, schimmerte es dort blau. Ein magisches Artefakt aktivierte sich mit der Anwesenheit eines Märchenwesens! »Wir müssen jeweils an jeder Sternenspitze Miss Liberty berühren!« »Hui«, kichete Lieutenant Darfo. Nichts war einfacher als das. »Aber das muss ein Einhorn machen, ... um es tatsächlich zu aktivieren!« »Öhm«, waren die Schmetterlinge irritiert. »Und dann müssen wir die Namen all derer, auch die der beiden Schiffe, auf eine Liste schreiben!« Nebulosa nickte, griff in ihren Assistentinnen-Anzug und zog einen Klapptisch aus ihrer Hemdtasche heraus. Ruhe. Stille. Schweigen. Martha, Darfo, Sonja, Johnny und die Anführerin der Atlantinerinnen schauten sie doof an. Wie jetzt? Neptun gähnte hingegen. Doch schwuppsdiwupps ... zog sie auch noch einen Klappstuhl heraus. »Öhm«, rieb sich Blackbeard Johnny die Äuglein. Und ruckizucki … hatte sie schon eine Stenografiermaschine auf dem Tisch stehen. Sie war dann mal so weit: »Es kann losgehen!«, grinste sie alle an. »Öhm«, kratzte sich jetzt Wild Wild Sonja das Köpfchen. »Wie jetzt? Alle Namen?« »Ja, die braucht ihr!« »Und wo bekommen wir jetzt ein Einhorn her?« Martha war etwas durcheinander. Das ging so schnell hier. »Ihr habt doch Einhörner dabei, oder?« Lieutenant Darfo schaffte es fast, konzentriert zu sein. »Ja, aber man kann sich nicht unbedingt auf alle verlassen, … wie das bei Einhörnern halt so ist!« Johnny ergänzte: »Deren Konzentration … hui, hui, hui!«, wedelte er dabei skeptisch mit seinem Händchen. Wild Wild Sonja war nun bei der Sache. »Und was ist mit Pinki???« De Plasio blickte den Kapitän an. »Funktioniert Pinki?«, sagte er und tippte sich an den Kopf. Ihnen rannte die Zeit weg. Gleich würden hier wahrscheinlich die ersten Journalisten auftauchen. Sie sahen schon einige Touristen, aber auch einige New Yorker telefonieren. Nicht wenige hielten bereits die Kameras ihrer Smartphones auf sie. »Möglicherweise streamen die uns bereits«, verdrehte Fabula Rex in Menschengestalt einmal kurz die Augen.

Egal. Hier ging es um die Nordsee – und damit um die ganze Welt! »Also, Pinki funktioniert?« Nebulosa bestellte bereits einen Hubschrauber, er solle Pinki finden und hierher fliegen. »Ja«, nickte Sonja. Das war das Zeichen, der Heli war bereits in der Luft. Jetzt hieß es warten. Oder auch nicht: »Ihr könnt so lange ja schon einmal mit den Namen anfangen!« Uff. Wusste er eigentlich, was er da von ihnen verlangte? Es waren rund 31.000 Märchenwesen plus die Bundeswehrmatrosen auf der »Lübeck« zu nennen! Da stellte sich bereits die Anführerin der Atlantinerinnen vor Nebulosa und legte los. Sie kannte jede einzelne ihrer Soldatinnen – und eigentlich auch jeweils die gesamte Familie. »Mänci, Sandy, Charlie, Handy, Wandy, Brandy …« Nebulosa tippte wie eine Bekloppte. Darfo, Martha und Johnny stellten sich kurz daneben, da hörten sie in der Luft bereits die schwere Maschine des Helikopters. »Fertig«, stöhnte die Anführerin der Atlantinerinnen erschöpft auf. Sie war fast bleich. Sie hatte 30.000 Namen in nur drei Minuten aufgezählt? Hammer. Das Steno-Papier raschelte auf dem Boden. »Und die anderen Namen?« Darfo meldete sich. Er war ein Chef! »Ich kenne die von meiner Crew«, ging er nach vorne. »Elfie, Elfie 2, Elfie 3, Elfie 4 …« »Moment«, unterbrach Nebulosa ihn. »Sind das auch die richtigen Namen von ihnen?« Darfo wurde knallrot. »Jein ..., sie haben schon richtige Namen, aber wir haben uns an Bord darauf geeinigt, dass ich sie auch so anreden kann, wenn mir ihr richtiger Name nicht einfällt!« Nebulosa überlegte kurz, ... eigentlich war das legitim für die Magie. »Okay, mach weiter.« »Elfie 5, Elfie 6, Elfie 7, Elfie 8 ...« Wild Wild Sonja blickte Neptun fragend an. Der zuckte nur mit den Schultern. »Nicht mein Zauber, ... keine Ahnung, ob das so geht!« Da landete bereits der Hubschrauber. Zuschauer hatten eilig Platz machen müssen, einigen wehte er die Hüte weg. Und es passierte: Pinki stieg aus ... und auch der New Yorker Hafenpolizist. Elvis! Beide bewaffnet mit unzähligen New York-Souvenirs! Und Einkaufstaschen. »Hoho«, jubelte Pinki ihnen zu und galoppierte direkt los. Hier fiel eine Mini-Freiheitsstatue heraus, dort ein nackter Gitarren-Cowboy. Elvis, sehr sportlich, rannte locker mit. Als er den Bürgermeister sah, wurde es ihm ganz schummrig. »Bürgermeister!«, verneigte er sich ehrfurchtsvoll. »Ganz ruhig, mein Junge«, zwinkerte der ihm zu. Blackbeard Johnny mit dösendem Mini-Papagei auf der Schulter erklärte Pinki bereits, was sie zu erledigen hatte. »Oh«, schaute sie erst überrascht drein, dann erfüllte ein Strahlen ihr Gesicht. Sie würde bei der

Rettungsaktion eine entscheidende Rolle spielen! »Kein Problem!«, hoppelte sie wie ein kleines Reh los. Direkt zur ersten Sternspitze vor ihnen. Pinki hob flugs den Huf – und berührte den Sockel. Summm, machte es. Ein blauer Lichtstrahl schoss gerade heraus. Pinki drehte sich um und schaute zum Bürgermeister. Der machte mit seinen Armen schon kreisrunde Bewegungen. Weiter, weiter! »Einmal ganz herum. Los, los, los!« Pinki verstand und tippelte direkt weiter. Um auf Nummer sicher zu gehen, folgte ihr Schmetterlingsmacho Johnny, fliegend, ausnahmsweise! »Fertig«, klappte Darfo nun fast erschöpft zusammen. Schmetterling, das waren vielleicht viele Namen an Bord! Und dann noch alle anderen – die der weiteren Einhörner, der Mini-Elefanten, der Osterhasen, ja, sogar die von Neptuns Schoßhündchen.

Alle hatte er zusammenbekommen ... hoffte er. Im Hintergrund konnten die Anwesenden sehen, dass Pinki ihren Job gut machte. Ein blauer Strahl nach dem anderen schoss aus dem Sockel von Miss Liberty heraus, hinein in den Himmel von New York. »Acht!«, jubelten Pinki und Johnny sofort, als sie es geschafft hatten. »Wow«, staunte Elvis der Hafenpolizist nicht schlecht. »Habt ihr das installieren lassen?«, schaute er den Bürgermeister nun fragend an. Es war ja wohl logisch, dass Pinki die Technikerin war, die diese neue Lightshow für New York steuern würde. De Plasio blickte Elvis an. »Ähm … ja, logisch!« Und auch die Touristen auf Liberty Island waren fasziniert. Sie wurden Zeugen von der Inbetriebnahme eines Geschenks des Bürgermeisters an die Stadt New York! Im Hintergrund schienen bereits wieder die ersten Hubschrauber der TV-Stationen in den Himmel aufzusteigen. Aber dann geschah etwas, womit wohl niemand gerechnet hatte: Die Strahlen hoben sich in die Höhe, bis sie senkrecht gen Himmel standen! Aber sie hielten nur kurz!! Sie knickten ein wenig zur Statue ein, so dass ihre Linien sie knapp streiften, sie nun wie eine Pyramide aussahen … und sich oben kreuzten!! »Haben wir dann alle Namen?« Wild Wild Sonja war so gebannt von der Lightshow, dass sie fast vergessen hatte, dass es hier um ihren Rückweg in die Nordsee ging! »Ähm«, überlegte sie kurz. »Die Namen der Marine-Soldaten?« Martha blickte in dem Moment verzückt auf. »Die kenne ich!«, rannte die Kleine in ihrem Abendkleid zu Nebulosa und legte los. »Bernd, Wolfgang, Horst, Jupp, Schulz …« »Ähm?«, flutschte es jetzt aus einem Schmetterlingsfreund heraus. Darfo. Sollte er jetzt eifersüchtig sein … oder stolz?? »Mach dir darüber erst später Gedanken«, haute ihm Johnny sein

Patschehändchen auf die Schulter – und grinste. Es dauerte maximal eine Minute, da hatte die Kleine alle 300 Namen der Matrosen genannt. »Fertig«, strahlte sie über das ganze Gesichtchen. Nebulosa tippte noch die Namen der beiden Schiffe ein. »War's das?« Aber keine Reaktion. Alle schauten zur Statue. Die Magie war sichtlich einsatzbereit. Die Linien kreuzten sich nicht mehr. Von der achteckigen Pyramidenspitze lief jetzt ein blauer Strahl nach unten durch den Kopf in die Freiheitsstatue hinein … und brachte ihre Augen zum Leuchten. Blau!! Die Freiheitsstatue wartete auf sie!!! Hatte sie da gerade Johnny zugezwinkert? Johnny rieb sich die Äuglein. »War's das??« »Öhm«, schüttelte sich Sonja – und auch die anderen fingen sich wieder! Der Bürgermeister schaute Neptun an, der zuckte mit den Schultern. Was anderes konnte der Gott im Ruhestand aktuell nicht machen. Das Ding war nach seiner Amtszeit errichtet worden. Wessen Magie das war, davon hatte er keine Ahnung. »Unsere Namen fehlen noch!« Nebulosa tippte sie schnell ein. »Sonst noch wer???« Pinkis Augen leuchteten erschrocken auf, da war noch was. Sie rannte in Panik zu Nebulosa und flüsterte ihr was ins Ohr. »Okay«, tippte sie, »dann sind wir aber fertig???« Wieder reagierte niemand. Alle schauten aufs Wasser und in die

Luft: Hunderte Boote kreisten um die Freiheitsstatue und ebenso viele Helis schienen in der Luft zu sein. Auch einige Zeppeline drehten vor ihnen ihre Bahnen. Und alle glotzten ungläubig auf die Insel – zu ihnen. Ob zu Wasser, in der Luft oder an Land. »Ach, einfach ignorieren«, schüttelte sich nun Will de Plasio. Alles hatte mal sein Ende. »Fertig???« Kapitän Wild Wild Sonja drehte sich noch einmal um, Martha, Johnny, Darfo, Neptun und Pinki nickten ihr hektisch zu. Sie sollten verschwinden! Das konnte hier langsam die Gesamtmission gefährden!! Okay!!! »Dann brauchen wir jetzt noch etwas Götterblut«, riss de Plasio mit einem Mal die Hand von Neptun in die Höhe, piekste mit einer Nadel in eine Zeigefingerspitze ... und ließ einen Blutstropfen fallen ... auf das kilometerlange Steno-Papier von Nebulosa, ... das sie darunter hielt.

»Aua!«, quietschte Neptun auf. Aber der Bürgermeister ignorierte ihn. »Dann wünsche ich euch von ganzem Herzen Glück!! Rettet die Nordsee – und damit die ganze Welt!!!« De Plasio ging in die Knie, schnappte sich Wild Wild Sonja und die Anführerin der Atlantinerinnen ... und umarmte beide!! In dem Moment geschah es: Es krachte leicht, der Boden vibrierte – Leben erfüllte die Freiheitsstatue. »Uaaaaaa«, schrien die Menschen um sie herum, ja, die ganze Stadt, ganz New York! Miss Liberty machte einen Schritt nach vorne!!! Sie löste sich aus ihrer Ewigkeit!!! Augen ganz weit offen, alle Münder der Zuschauer klappten auf. Miss Liberty bewegte sich!!! Und die Magie ging weiter: Auf ihrer Tafel funkelte es blau!!! Und dann passierte es: Zeichen um Zeichen tauchten blaue Buchstaben auf, erst wirr, dann ergaben sie Sinn: Die Namen von der Liste!! Überall funkelten auf der Tafel ihre Namen auf!!! Eine Transportliste!!! Für ganz New York sichtbar!!! Immer schneller und schneller schossen ihre Namen auf ihrer Tafel in blauen Lettern umher, bis ihre eigentlich tote Fackel ... sich entzündete!!! Eine blaue Flamme loderte!!! »Uaaaaa«, riefen die New Yorker und alle Menschen hinter den Fernsehern. Weltweit. Die Zuschauerquoten der TV-Sender schossen global durch die Decke. »Uaaaaaa«, umklammerte auch Martha schnell Darfo. Aber nicht vor Angst, sondern vor Freude. Und es geschah, ... die Namensliste war vollständig! Ziiiiiiiisch, schossen rund 31.000 kleine Strahlen aus der Fackel heraus – trafen ein jedes aufgelistetes Märchenwesen, jedes Boot. Und mit einem riesigen »Ploooooop«, ... waren die regenbogenfarbene »Weiße Libelle« und die Fregatte »Lübeck« mit all ihren Besatzungsmitgliedern und

244

Schoßhündchen verschwunden. »Uaaaaaa«, schrie New York erneut auf. Miss Liberty machte wieder einen Schritt zurück, nahm ihre ursprüngliche Position ein … und verharrte mit einem leichten Knarren wieder für die Ewigkeit. Zuckend erlosch die Flamme, es knisterte und zischte, nur eines blieb noch wenige Sekunden länger: Auf der Tafel stand in magisch-blauen Lettern das Wort … »Helgoland« …

19. Helgoland

… »Hohohoooooooooooo«, rief nicht nur der Ausguck, alle Lebewesen auf der »Weißen Libelle« und der »Lübeck« kreischten um ihr Leben. Die beiden Schiffe fielen gerade aus dem Himmel – aus einem knallbunten Blitz … direkt vor die Nordsee-Insel Helgoland! Wuuuuuusch, schlugen das Märchenwesen-Piratenschiff und die Fregatte der Bundesmarine auf dem Meer auf. »Huuuuuuuuua«, klammerten sich Elfen, Osterhasen, Mini-Elefanten, ein Gott im Ruhestand und alle anderen an dem fest, was gerade in greifbarer Nähe war. Meterhohe Welle schossen in alle Richtungen. Lediglich die Seedrachen, die ebenfalls vom Himmel taumelten, konnten sich noch zeitig fassen, spannten ihre silbernen

Flügel auf und glitten dann nahezu sicher von oben herab. »Hohoho«, kratzte sich Lieutenant Darfo an der Stirn, Blackbeard Johnny hechtete Richtung Ruderstand, Wild Wild Sonja stand nach einer Sekunde der Überraschung breitbeinig an Deck ihres Schiffes. Ihre drei blau leuchtenden Glühwürmchen standen noch ganz unter Schock. Und sie alle mussten sich schnell zusammenreißen. »Oh Gott«, jammerten bereits die ersten Elfen. Und zeigten mit ihren Fingerchen nach vorne: Helgoland war ein Monster geworden!

Schwarze Wolken umhüllten die Insel, in der Mitte schien ein Vulkan rot zu brodeln. Dutzende Geisterschiffe lagen vor Anker, ihre seelenlosen Matrosen streiften umher. Alarmsirenen schrillten jetzt auf. »Mist«, fluchte Lieutenant Darfo. »Alle Maaaaaann an die Waffen, in Gefeeeeechtsposition!« Helgoland war eine schwarze Insel geworden! Jeder wusste, dass es eigentlich Tag war!! Schwarze Wolken bedeckten den Himmel, zahlreiche Monster kreuchten und fleuchten an Land herum. Kaum waren die beiden Schiffe im Wasser, schalteten die bösen Besatzer bereits auf Angriff um. Die Märchenwesen-Piraten sahen das funkelnde Rot in ihren unheimlichen Augen, es kam zischend näher. Waren das schwarze Schattenkrabben? »Ja! Macht die Kanonen fertig!« Es ging um jede Sekunde. Sie konnten bereits sehen, wie die Besatzer Katapulte spannten, in ihre Wurfkellen schütteten sie einen giftgrünen Brei. Säure, das war klar! Hunderte, ja Tausende dieser und noch viele andere Kreaturen kamen irgendwo aus Löchern in der Insel an die Oberfläche geschossen! Sie wollten ihre Angreifer vernichten, hier ging es jetzt definitiv um Leben und Tod. »Also, jetzt solltest du dich aber mal langsam fangen, Bruder«, klopfte Einhorn Pinki dem New Yorker Hafenpolizist Elvis auf die Schulter. Das war's – Kotz. Würg. Kotz. »Alles in Ordnung??«, hielt die Anführerin der Atlantinerinnen kurz an. Sie schaute den Afro-Amerikaner an. Der wischte sich mit dem Ärmel den Mund ab und nickte, zitternd: »Aber was, was ist hier los??« Die Anführerin erkannte, dass Pinki sich um ihn kümmerte und rannte zu ihren Soldatinnen. Ihre Mini-Heißluftballons stiegen bereits in die Lüfte. Gerade konnte auch Neptun erkennen, dass die Säurebomben gleich abgeschossen würden, er zeigte seinen kampfbereiten Seedrachen grimmig den Strand voller »Leckerchen« – da blitzte es noch einmal knallbunt am Himmel, Sternschnuppen regneten gleichzeitig herunter … und Buckelwal Big Old Joe fiel vom Himmel! Unheimlich: Langsam, aber doch irgendwie schnell. Und er krachte genau mitten in das Hafenbecken. Mit solch einer Wucht, mit solch einer Masse, dass er im Hafenbereich einen Tsunami auslöste. Erst zwei, dann vier, dann gut acht Meter hoch bäumte sich die Welle – die genau auf das Ufer von Helgoland zurauschte.

 Schockiert hielten alle den Atem an. Widerlich quiekend, kreischend beinahe, versuchten die Monster zu entkommen, wollten sie Helgoland hoch kriechen – aber sie hatten keine Chance. Die Welle erfasste sie alle, löschte ihre Feuer, machte die Säure unschädlich … und riss sie mit ihrer Flut weg. Drei, zwei, eins: »Fertig machen zur Laaaaaandung«, brüllte Lieutenant Datfo sofort. Die Baronesse de beau hatte ihr Festtagskleid abgeworfen, war in einen schwarzen Elfen-Ninja-Anzug gekrabbelt. Um sie herum stand ein 50-köpfiges Elite-Elfen-Team. Ihre Leibgarde! »Los, los, los«, feuerte sie alle an. Sie schrie, sie fluchte. Sie stachelte alle an. Neptun hechtete bereits in großen Schritten an ihnen vorbei. Sauer, voll Aggression! Er hatte seine Tunika so fest an seinem Körper gezurrt, dass man glatt meinen konnte, er hätte abgenommen. Sein Dreizack in der Rechten, die Seedrachen wie Drohnen über ihm kreisend sprintete er zum Bug, sprang einfach drüber, mitten in die Nordsee hinein. Wie ein Stein raste er zum Grund des Meeres,

248

rammte seine Füße in den Meeresschlamm – und rannte unter Wasser sofort auf Helgoland zu! Jeder konnte das Unterwasserfunkeln seines Dreizacks sehen! Über ihm blubberte es: Das Wasser um ihn herum schien zu kochen – so sauer war er! Denn: Vor ihnen war das Böse, das die Nordsee vergiftete, sein Meer, seine Lebewesen, Delfine, Robben, Pinguine, und alles andere auch!!! »Boaaah, ist der krass drauf!« Mo Hendrichs stand neben Wolkenjunge JayJay. Beide staunten nur. Sie wollten sich auch mit einbringen, aber sie wussten gerade nicht wie.

Sie konnten nur zusehen, wie die Märchenwesen die Landungsboote in einer atemberaubenden Geschwindigkeit herunterließen. Wutentbrannte Elfen sprangen in sie hinein, während die Ersten bereits die Ruder ergriffen und losruderten. Platsch, fiel dadurch hier und da auch mal ein Elf einfach ins Wasser. In jedem Märchenwesen kochte so sehr der Zorn über die Umweltzerstörer, dass sie alles andere vergaßen.

»Hohoho«, brüllte nun auch Einhorn Pinki. Elvis war vergessen. Pinki hockte bereits mit einigen fuchsteufelswilden Mini-Elefanten auf der gelben Gummi-Banane, das Landungsschiff davor wollte gerade starten. »Los, los, los«, brüllte die Baronesse de beau. Ihre Elfen-Ninjas sprangen herunter, landeten zielsicher, als hätten sie im Leben nie was anderes gemacht. Wild Wild Sonja hechtete mit dem Säbel im Mund über die Reling und landete perfekt. Jetzt ließ Darfo die ersten Salven von Bord der »Weißen Libelle« abfeuern. »Feeeeeuer«, rief er – und Plump, Plump, Plump schossen die Kanonenkugeln über die See. In einem hohen Bogen flogen sie über die Stadt, … bis sie mit einem Mal in der Luft explodierten: Sternenstaub erhellte das magische Dunkel über Helgoland! Für Sekunden konnten sie sehen, wie die Insel jetzt aussah. Wie ein Käse war sie durchlöchert worden. Schwarze Pflanzen mit einem pulsierenden, eiternden Gelb wucherten überall, hatten sie alles Grüne, jede Farbe aus dem Boden der Insel gesaugt. Der Vulkan brodelte vor sich hin, Lavaströme flossen herunter. Und was sie noch sehen konnten: Der Funkturm war zerstört worden, dort oben hatte irgendwas oder irgendwer … ein riesiges Geschütz dran montiert! Und die Verteidiger hatten es bereits in Stellung gebracht!! Sie waren kurz davor zu feuern!!! Das war der Moment, in dem ein wild gewordener Neptun seinen Kopf durch die Wasseroberfläche im Hafenbecken stieß. Plaaaatsch. Wie eine Lokomotive bewegte er sich schnaubend vorwärts. In letzter Sekunde der Helligkeit durch die Sternenstaub-Leuchtmunition sah er die Gefahr

250

– und zeigte den Seedrachen winkend ihr Ziel! Mit einem freudigen Kreischen brachen sie ihre kreisenden Runden ab, schossen wie Furien nach vorne … und attackierten sofort das unheimliche Geschütz!! Kniiiiiiirsch, krachte es in sich zusammen, blutgefrierend schrie das Eisen. Rummmmps, erschütterte der Aufprall die gesamte Insel. Ein Beben. Jeder spürte es. Tausende Märchenwesen erreichten jetzt mit ihren Musketen, Säbeln, Schwertern, Armbrüsten und Karabinern das Land. Sie verteilten sich, griffen hier und da die letzten Verbliebenen an. Aber die Monster flüchteten vor ihnen! Quietschend, zischend, feige!! Sie zogen sich in ihre Löcher zurück!!! Von Bord aus konnten Mo Hendrichs, JayJay und Hafenpolizist Elvis sehen, wie sich Elfen-Linien leuchtend die Inselstraßen nach oben schlängelten. »Alter, die gehen ja voll krass ab!«, staunte Hafenpolizist Elvis nicht schlecht. Der andere Mensch an seiner Seite konnte ebenfalls nur staunen. »Ja, aber wie!«, sagte Mo Hendrichs. Der 200-Kilogramm-Mann war wirklich baff. »Ich bin ja schon was länger mit denen unterwegs, … aber so wütend habe ich sie noch nie gesehen!« Sie sahen 10.000 Mini-Heißluftballons mit ihren kleinen Flammen über Helgoland kreisen. Hier und da wurden sie von unten angegriffen, hier und dort stürzte sogar der ein oder andere ab. Aber was sie noch sahen: Schwarze Pipelines, die zu allen Seiten der Insel an die Ufer liefen ... und eine schwarze, widerliche Brühe und Plastiktüten in die Nordsee pumpten – um sie zu vergiften!!! Dazu gab es überall kleine verabscheuungswürdige Schornsteine, die einen ekligen Qualm in die Lüfte pusteten. Sie vergifteten nicht nur das Wasser, nein, auch noch die Luft!! Das war ein totaler Totalangriff auf die Umwelt!!! »Alter, drehen die Märchenwesen durch!«, zeigte Elvis nun verblüfft nach vorne. Die Elfen hatten jetzt selber überall Fackeln angezündet, die »Lübeck« beschoss die Insel zusätzlich in regelmäßigen Abständen mit Leuchtraketen. Helgoland war völlig erhellt. »Wow!« Deutlich zu erkennen war, wie eine Gruppe aus Elfen und Osterhasen mit einer Spinne kämpfte. Und das war nicht irgendeine Spinne: Sie war so groß wie ein echter Elefant!! Und an ihren gefletschten Diamantzähnen triefte ein grünes Gift herab. Aber: Die Elfen und Osterhasen waren zahlenmäßig überlegen!! An jeweils einem Bein der Spinne hingen rund 50 Märchenwesen und traktierten sie.

Doch es kam noch schlimmer: Immer mehr Riesen-Spinnen kamen aus den Löchern der Insel gekrochen. Deswegen der erste Rückzug, sie starteten die nächste, kräftigere Welle! Und JayJay, Mo Hendrichs und Elvis konnten genau sehen, wie die Märchenwesen sie angingen. Die fantastischen Märchen-Piraten drehten ebenfalls mehr auf: Jetzt ließen sich auch noch die Atlantinerinnen mit Seilen von ihren Mini-Heißluftballons herab! Eine blieb oben, der Rest landete wutentbrannt auf der Insel. Unterstützung erhielten sie von den Seedrachen. Ihre Feuerstöße schossen flackernd durch die Nacht. Die silbernen Flügel am Himmel gaben allen Mut! Jetzt sahen sie auch Neptun, er hatte den Weg zur Spitze Helgolands durch die Stadt bereits zur Hälfte erklommen. Sein Dreizack flackerte immer wieder blau auf, hier und da schoss ein Blitz von ihm durch die Straßen, zertrümmerte mal ein Haus, mal traf er einen Troll mitten im Gesicht. »Trolle?« Oh, die drei Beobachter an Bord konnten nun genau erkennen, wie nun auch Trolle aus den Löchern und sogar aus den Häusern gerannt kamen. »Fertig machen zur Laaaaandung«, brüllte nun Lieutenant Darfo. Er und die verbliebenen Elfen hatten nun erkannt, dass sie nicht weiter mit den Kanonen schießen mussten. Helgoland war auch dank der »Lübeck« bestens erleuchtet, weitere Schüsse würden an Land vielleicht sogar die eigenen Märchenwesen-Mannen treffen! Es wurde wieder hektisch an Bord. »Aber die gehen da hinten echt voll ab«, stand Mo Hendrichs nun mit einem Erdbeerinha in der Hand neben JayJay und Elvis, er hatte auch Liegestühle besorgt. Die beiden schauten sich verblüfft an ... und nahmen ihre Zuschauerplätze ein. Sitzen war einfach besser als stehen! »Da, da hinten!«, zeigte Elvis nun links auf das Hafenviertel. Lagerhallen gingen in Flammen auf. Ein Trupp von Einhörnern rannte da wild kämpfend herum. Anscheinend war dort ein Giftsäuredepot gewesen, womit die Monster ihre Katapulte befüllen wollten. »Das ist nu futsch«, grinsten die drei Zuschauer – und prosteten sich zu. Direkt wanderte ihr Blick nach rechts. Auch dort, auf der kleinen vorgelagerten Insel ging es ab wie Zäpfchen. Drei Riesen-Spinnen und vielleicht 40, 50 Trolle wollten einen Verteidigungsring bilden – aber Pustekuchen: Knapp 5.000 Atlantinerinnen samt Martha de beau und ihrer Elite-Elfen-Kampf-Ninjas nahmen sie auseinander. In unter einer Minute. Spinnenbeine flogen durch die Luft und landeten im Wasser. Gingen einfach unter. Ortswechsel: In der Mitte der Stadt schien Wild Wild Sonja nun mit Neptun gemeinsam Sache zu machen. Eine Rauchwolke umgab die Stelle, an der die beiden »arbeiteten«. Spinnen, Trolle und böse Wichtel rannten da wild brüllend rein. Immer wieder zuckten Blitze, schoss ein lautes Fluchen von Wild Wild Sonja durch die Nacht – und die Angreifer wurden einfach aus der Rauchwolke geschleudert!! »Die sind im Eimer«, blickten JayJay, Mo und Elvis zufrieden dorthin, wo Spinnen, Trolle und böse Wichtel landeten – und reglos liegen blieben. »Das ist voll der Blockbuster«, schlürfte Elvis an einem Drink. Helgoland war ein Schlachtfeld.

Die vorgelagerte Insel schien bereits befreit. Die Märchenwesen-Truppen setzten zur Hauptinsel über. Überall tosten die Kämpfe. Das Klirren von Metall auf Metall war nicht zu überhören. Die drei Beobachter konnten jetzt sehen, wie Matrosen der »Lübeck« nun ebenfalls ein Landungsboot bestiegen. »Oh, Mann«, verdrehte Mo Hendrichs die Augen. Normalerweise würde er jetzt aufspringen und sie warnen. Wild Wild Sonja hatte ihnen gesagt, dass sie auf der Fregatte bleiben sollten. Doch sie waren Soldaten der Bundesmarine – und sie wollten nicht tatenlos zusehen! Und normalerweise würde Mo nun wirklich aufspringen und sie warnen. Wirklich! Aber er wog knapp 130 Kilogramm mehr als normal – und das schränkte seine Beweglichkeit enorm ein. Eigentlich vollständig. Und so konnte er nur zusehen, wie sie vorwärts fuhren – und in den magischen Schild krachten, der die Insel umgab. Sie waren

Menschen, und sie konnten sie nicht betreten! Das Landungsschiff berührte mit seinem Bug den Schild … und verbrannte an der Stelle sofort! Die Marine-Soldaten konnten sich gerade noch nach hinten retten, über den Rand ins Wasser springen, … da ging das Landungsboot schon unter. Sie schwammen zurück zur »Lübeck«, ihre Kameraden nahmen sie auf. Mo verdrehte die Augen. »Hätte ich ihnen auch gleich sagen können«, murmelte er. Die Blicke von JayJay und Elvis klebten bereits wieder an der Hauptinsel. Und die Situation wurde nicht besser! »Schlangen, schaut!! Da kommen jetzt sogar Schlangen aus den Löchern!!« Gruselig, fies, einfach böse diese Dinger!! Das waren Finster-Seeschlangen, viel größer als Anakondas!! Einfach dämonenhaft!!! Das war's, die Schlacht war verloren: Elfen schreckten auf, Osterhasen liefen wieder zurück Richtung Ufer!! Marthas Truppe schien ebenfalls den Rückzug anzutreten. Jetzt sah es mehr als übel aus. »Mist«, murmelte nun JayJay. Einzig Mo lief merkwürdigerweise ein Lächeln über das Gesicht. Aber: Waren die Einhörner die ganze Zeit im Vormarsch, wichen auch sie nun zurück!!! »Schiete«, fluchte Elvis, der zu erkennen schien, dass sich das Blatt nun gewendet hatte. Der Vulkan spie mit einem Mal dicke Lavafontänen aus. Das Böse setzte bei seinem

Verteidigungsring zum letzten Schlag an!!! Siegessicher, das Böse war siegessicher!!! Jeder ahnte, jetzt gaben die Monster alles, was sie noch hatten!!! Die Märchenwesen befanden sich im Rückzug! Gegen die Seeschlangen konnten sie nichts ausrichten. Sie waren wahnsinnig schnell. Kreischen der Elfen erfüllte die Luft! Hier und da erloschen bereits die ersten Fackeln der Märchen-Piraten!! Helgoland schien wieder in das Dunkel des Bösen gehüllt zu werden!!! Im Gegensatz zu allen negativen Gefühlen kicherte Mo Hendrichs nun. He?? JayJay und der New Yorker Hafenpolizist Elvis schauten ihn verdutzt an. Er hatte seine Gründe: »Pech nur für die Ärsche, ... dass Seeschlangen die Lieblingsspeise von Puschel, Blinki, Wurzel, Bärchen, Knabber, Lotti und Kuhkie sind!!!« Er hatte sich mit Neptun ausführlich über dessen »Schoßhündchen« unterhalten. Die Seedrachen juchzten vor Freude auf!! Wie ein Siegesruf schallte es durch die Nacht!!! Über komplett Helgoland!!! Sie konnten ihre Hauptspeisen dank ihrer perfekten Nüstern durch all den Gestank riechen!!! War bis gerade noch die neu erlangte Siegessicherheit in den Gesichtern von Riesen-Spinnen, Seeschlangen, Trollen, bösen Wichteln und all den anderen Monstern zu sehen, war diese nun erloschen, konnten die fliehenden Elfen sofort erkennen, dass sich das Blatt wieder gewendet hatte!!! Neptuns Seedrachen starteten eine Futterorgie!!! »Jipiiiiiii!«, drehten alle wieder neuen Mutes um. Fast konnte man ihre Bremsstreifen sehen, das Quietschen ihrer Sohlen hören!!! Quuuuuietsch. »Jipiiiiii!«, schossen sie wieder herum. »Alter, sind die krass drauf!!« Mo, Elvis und JayJay hatten ihre Münder sperrangelweit offen. »Wow!« Der Lavafluss des Vulkans brach ab!!! Und mit einem Mal .. schien nirgends aus den Löchern noch ein Monster zu kommen!!! Neptun stand gerade vor einem der Löcher, Wild Wild Sonja neben ihm. Eine Riesen-Spinne und drei Trolle lagen leblos vor ihnen auf dem Boden. In dem Moment tauchte auch die Anführerin der Atlantinerinnen neben ihnen auf. Mitsamt einem Tausend Frau starken Trupp. »Und jetzt?« Der Schweiß lief allen von der Stirn. Deutlich waren die Spuren der Kämpfe an ihnen zu erkennen. Neptuns Robe hatte Risse und verkohlte Ränder, Wild Wild Sonja und die Atlantinerinnen sahen nicht besser aus. »Da runter!«, zeigte Wild Wild Sonja wild entschlossen auf das Loch! Jetzt tauchten ihre drei blau leuchtenden Glühwürmchen neben ihr auf. Sie hatten einen bösen Wattwurm fertig gemacht. Okay, ob er böse war, wussten sie nicht. Doch platt war er allemal. Aber mit einem Mal: … Ruuuuumps, erschütterte ein fürchterlicher Krach die Insel. Vor ihren Füßen brach das Loch in sich zusammen! Staub wirbelte in die Luft, kurz vor ihnen stürzte der Boden ein – und verschüttete den Eingang in das Tunnelsystem. Überall, auf der ganzen Insel waren die Löcher ineinandergefallen. Bis auf eine Stelle – Blackbeard Johnny mit schlafendem Mini-Papagei auf der Schulter, Lieutenant Darfo und die Baronesse de beau standen davor. Neptun, Wild Wild Sonja und die Atlantinerinnen konnten den blauen Schein sehen: Die drei Schmetterlinge hatten weitere blau leuchtende Glühwürmchen zu sich bestellt!! Hunderte!!! Tausende!!! Eine Million? Sie flogen einen Kreis im Himmel bildend herum, dann formierten sie sich zu einem blau leuchtenden Pfeil, ... der genau auf das Mega-Loch vor ihnen zeigte!!! Blink, Blink, Blink, deuteten die Glühwürmchen allen Märchenwesen an, dass es hier in die »neue« Unterwelt von Helgoland ging!!! Sie waren der Befreiung Helgolands ganz nah ...

20. Der schwarze Druide

… »Hohoho«, standen alle Märchenwesen versammelt um den riesigen Krater. »Hohoho«, kratzten sie sich die Köpfchen. Über ihnen formierten die blau leuchtenden Glühwürmchen immer noch abwechselnd einen Kreis und dann einen Pfeil in die dunkle Nacht – der genau hier nach unten zeigte. »Hohoho«, murmelte Wild Wild Sonja nun. Die Anführerin der Atlantinerinnen, Neptun, Lieutenant Darfo, die Baronesse de beau und Blackbeard Johnny standen neben ihr. Dazu noch zahlreiche Elfen, Osterhasen und andere Märchenwesen-Mannen. Und die anderen kamen bereits: Einhorn Pinki suchte sich noch ihren Weg durch die halb zerstörte Stadt zu ihnen nach oben. Sie bog gerade vom Schulweg in die Sapskuhle ein. Im Kreis standen die anderen herum. Denn: Obwohl neben diesem Loch noch ein Schild mit der Aufschrift »Trichter einer 5000 KH Pombe« stand, war klar, dass es hier nach unten ging. Irgendwas hatte hier eindeutig einen Eingang in die »neue« Unterwelt geschaffen. Und sie sahen auch: Das einstige Grün der Inseloberfläche war verschwunden, sie standen in einer Art schwarzem Schlick. Um sie herum war Helgoland sowieso übersät mit Bombenkratern aus dem Zweiten Weltkrieg, anscheinend hatten die bösen Verteidiger alle Krater umfunktioniert, um sie als Ausgänge zu nutzen. Mit der Explosion vorhin hatten sie ganz einem »Big Bang« gleich die gesamte Insel erschüttert. »Wir müssen da runter«, sagte nun Wild Wild Sonja bestimmt. »Hohoho«, kratzten sich nun alle Märchenwesen-Piraten die Köpfchen. Die Anführerin der Atlantinerinnen schaute noch einmal zum Himmel: Schwarz wie die Nacht, Blitze zuckten. Was sie hier taten, würde vielleicht die komplette Tierwelt, damit auch die Menschen retten. Alles in der Nordsee – und in allen anderen Weltmeeren! »Wir gehen vor!« Lieutenant Darfo und Blackbeard Johnny drängelten sich nach vorne. »Wir sind dabei!« Besser is das! Die Anführerin der Atlantinerinnen murmelte noch schnell einige Befehle zu ihren Kriegerinnen rüber, zwei Laufboten von ihr zischten sofort ins Dunkle der Insel hinaus. Es waren nun wirklich viele Märchenwesen auf Helgoland. »Los geht's!« Die Anführerin sprang in das Loch … und landete nach nur wenigen Metern auf matschigem Untergrund. Was war das? Platsch, Platsch, Platsch, landeten hinter ihr Wild Wild Sonja, Darfo, Johnny und die Baronesse de beau. Sofort konnten sie erkennen: Hier war ein komplett neues Tunnelsystem entstanden! Ganz Helgoland schien neu durchgraben worden zu sein! Der

Gang, in dem sie sich nun befanden, führte nach links und nach rechts. Links ging es definitiv nach unten, der Weg rechts neigte sich leicht nach oben. Kurz überlegt, dann: »Links lang!« Das war der Befehl!! Blackbeard Johnny sprintete mit dem Säbel in der Hand, vor Wut laut knurrend los – nach rechts. »He?«, blieb er nach wenigen Metern quietschend stehen. Es schien, seine Stiefel würden dank der Bremsung qualmen. Lieutenant Darfo verdrehte die Äuglein: »Hier lang!«, winkte er ihm. »Oh«, zuckte Johnny verlegen mit den Schultern. »Ouuuups.« Links, rechts – wer wusste schon, was was ist. Und schon folgte er ihnen. Sie rannten vielleicht drei, vier Minuten den Tunnel entlang. Der Boden war zwar modriger Schlamm, aber ansonsten schien er den Umständen entsprechend gepflegt. Im Abstand von zehn Metern brannten immer Fackeln. Gegenwehr? Vereinzelt. Immer wieder mal trafen sie auf eine Monster-Spinne oder auf einen Troll. Aber die waren schnell erledigt. Zack, Bumm, Krach! Doch jetzt wurde es schwieriger. Vor ihnen teilte sich der Tunnel – in zehn Richtungen. »Und nun?« Wild Wild Sonja stand neben der Anführerin der Atlantinerinnen. Neptun stützte sich schweißgebadet auf seinem Dreizack ab. Sie drehten sich um und schauten nach hinten. Gut, zu wenig waren sie nicht: Bis zum Ende ihrer Sicht, zum Ende des Tunnels, aus der Richtung, aus der sie kamen, quetschten und pressten sich Tausende Märchenwesen-Piraten. Weihnachtselfen, Mini-Elefanten, Atlantinerinnen und noch viele, viele mehr. Auch Einhorn Pinki meinte Darfo da hinten irgendwo auszumachen. Gut, Pinki winkte ihnen hektisch. Das Einhorn würde gerne zu ihnen kommen.

Ging aber nicht. Tunnelverstopfung. »Okay, machen wir es so«, drehte sich die Anführerin der Atlantinerinnen zu Wild Wild Sonja um. »Immer zehn Krieger rennen in einen Gang, laut zählen, versteht sich. Dann der nächste Gang, laut zählen. Bis zehn. Dann der Nächste. Sind wir beim zehnten Gang angekommen, geht es wieder vorne beim ersten los. In den wir jetzt reingehen. So verteilen wir uns gleichstark in alle Richtungen, verstanden?« Darfo, Sonja, Martha, Neptun und all die, die in ihrer Nähe standen, schauten sie an – und nickten, … zu ihrer Überraschung. »Echt jetzt?« Die Anführerin konnte es kaum glauben. »Ihr habt das verstanden?« »Jo!«, »Jo!«, »Jo!«, kam es in allen Tonlagen und Lautstärken. »Okay, … dann lasst uns keine Zeit verlieren!« Sofort rannte die Anführerin los. Martha, Darfo, Sonja, Johnny und Neptun hinter ihr her. Dazu noch ein Einhorn und drei Atlantinerinnen. »Zehn«, rief die Letzte. Und tatsächlich zählten die folgenden Märchenwesen ebenfalls laut los, als zehn Stück im zweiten Gang waren, fingen bereits die nächsten von eins bis zehn für den dritten Gang zu zählen an – und auch danach klappte der Schwenk in den vierten Gang. »Okay«, murmelte Wild Wild Sonja, während sie vorwärts liefen. Das klappte tatsächlich. Jetzt wurden sie allerdings langsamer. »Könnten wir nicht mal kurz eine Pause einlegen?«, hechelte eine Stimme. Neptun war fast platt. Da tauchte bereits der erste Zehnertrupp hinter ihnen auf. Im ganzen Tunnelsystem verteilten sich gerade die Märchenwesen. Vereinzelt hörten sie Schreie, dann das Klirren von Klingen, dann war wieder Ruhe. Sie selber allerdings waren stehen geblieben. Sie konnten es riechen: Der Gestank von Chemikalien lag in der Luft. Und vor ihnen öffnete sich der Tunnel definitiv in einen Raum. »Langsam«, flüsterte Wild Wild Sonja. Sie hatte sich nun vor die Anführerin der Atlantinerinnen gesetzt.

Der Geruch wurde immer schlimmer, es roch auch leicht nach totem Fisch. »Widerlich«, hielt sich Martha de beau ein Händchen vor die Nase. Sie sollten schnell sehen, warum der Gestank immer mehr zunahm. Wild Wild Sonja war vorne. Jetzt waren es nur noch drei, zwei, einen Meter – dann konnte sie in den Raum, besser, … in die Halle schauen. Und was sie sah, machte sie sprachlos:

264

Dutzende Trolle standen dort … vor Tafeln. Sie schrieben mit Kreide Formeln an Tafeln. Sie rechneten. Das waren Chemiker!! Die Halle ragte gut zehn Meter in die Höhe. Ungefähr zwei Meter hoch war eine Tafel. Drei Stück passten übereinander. Einige Trolle standen auf Leitern und führten ihre Berechnung oben weiter. Neptun fiel die Kinnlade herunter. »Das sind chemische Formeln für Giftmüll!« Und der Gestank kam von den Trollen. Damit sie besser rechnen konnten, aßen sie längst vergammelten Fisch. »Wüürg«, musste sich nun das Einhorn, das mit ihnen ganz vorne war, übergeben. Das Geräusch störte die Trolle in ihrer Konzentration … und sie blickten sich um. Ruhe, Pause, Stille. »Hello«, lächelte Lieutenant Darfo sie verlegen an und winkte ihnen. »Aaaaaaattacke!«, brüllte bereits die Anführerin der Atlantinerinnen. Wild Wild Sonja, Blackbeard Johnny und alle anderen stürmten nach vorne. Puff, Päng, Bäng! Keine Minute später lagen die Trolle gefesselt auf dem Boden. Die nachrückenden Weihnachtselfen rissen schon die Tafeln von den Wänden. Sie hatten keine Zeit: »Weiter«, befahl Wild Wild Sonja. Sie mussten auch nicht lange suchen: Lediglich ein Gang führte hier raus. Sie schienen dem Mittelpunkt der Insel unterirdisch immer näher zu kommen. Das spürten sie. Und was sie in der

265

nächsten Halle entdeckten, machte sie fassungslos. Hier waren böse Wichtel an Maschinen zugange!!! Sie setzen bereits die bösen Formeln der besiegten Chemiker-Trolle um!!! Es stank widerlich nach den fiesesten Chemikalien der Welt. Einfach giftig, gefährlich! In riesigen Bottichen brodelten giftgrüne Suppen. Einige der bösen Wichtel füllten Chemikalien nach, andere pumpten den Giftmüll ab. Dicke Rohre führten aus der Halle raus, liefen direkt nach unten in den Hafen. Zu großen Tankschiffen. Manch eins von ihnen auch direkt ins Meer. »Die haben wir gesehen«, merkten einige Weihnachtselfen entsetzt an. Hier war es allerdings so laut, dass die bösen Wichtel gar nicht mitbekamen, wie einer nach dem anderen von ihnen ausgeschaltet wurde. Einhörner und Mini-Elefanten installierten Sprengladungen an den schweren Maschinen dieser riesigen Giftmüllfabrik unter Helgoland. Wild Wild Sonja und die Anführerin der Atlantinerinnen winkten den anderen bereits zu: »Und weiter geht's!« Mit einem Mal konnte ganz Helgoland hören, wie Kinder aufschrien. Die Büsumer Kinder wurden befreit!! In der Langen Anna waren sie gefangen gehalten worden. Sie hatten Geisternetze stricken müssen. Ihre kleinen Hände waren ideal dafür. Wild Wild

Sonja und die Anführerin der Atlantinerinnen schauten sich zufrieden an. Das war gut. Aber sie rannten weiter.

Hunderte Märchenwesen waren hinter ihnen, folgten ihnen oder beteiligten sich an der Zerstörung dieses Unheils hier unten. Ihr Weg führte sie allerdings nicht weit. »Stopp«, flüsterte Wild Wild Sonja kurz nachdem sie den Gang, mit dem sie tiefer ins Herz der Insel vordrangen, betreten hatten. Denn: Er war nicht lang. Wieder öffnete sich vor ihnen ein großer Raum – und mit einem Mal konnten alle das Böse spüren!!! Ja, … sogar hören: »Und hier seht ihr eine weitere Entwicklung, die noch heimtückischer, noch gemeiner ist«, hallte eine dunkle Stimme in den Gang hinein. Schrecklich, fürchterlich!!! Gänsehaut auf allen Rücken!!! Diese Stimme war so böse, … alle wussten, sie standen vor ihrem letzten Kampf!!! »Wenn ihr die Technopolymere so anordnet, nicht so, wie wir es bis jetzt gemacht haben, wenn ihr die Makromoleküle so verbindet, dann werden die Propyleneinheiten noch härter, noch stärker, … so dass wir es viel besser schaffen, dass Delfine ersticken, Wale verenden, die Schnäbel von Pinguinen sich verfangen, Robbenmütter sterben und ihre Robenbabys ohne Muttermilch elendig verenden!!!« Schock, Ruhe, Stille!!! Die Märchenwesen wollten es nicht glauben. Aber noch viel schlimmer: Mit einem Mal brandete Jubel auf. Applaus, Applaus! Wild Wild Sonja beugte sich nach vorne: Sie blickte in einen Hörsaal! Da stand das Böse, … das die Meere vernichten wollte!!! Ein schwarzer Druide!!! Er hatte rote Augen, die unter seiner Kapuze ultraböse leuchteten. Und seine Zuhörer: Verlotterte Wasserfeen! In Lumpen, gammelig, einfach widerlich!! Eigentlich schöne Wesen, verzaubert und verführt vom Bösen auf dieser Welt!!! An der Wand hinter dem bösen Druiden hingen Bilder von verendeten Walen, ertrunkenen Delfinen!! Und in der Mitte: Das Bild von Plastiktüten!!!

»Machen wir weiter wie bisher, nur noch besser und effektiver, meine Lieblinge!!!«, hob er jubelnd die Arme unter seiner schwarzen Kutte. Wieder Jubel! Jetzt war allen klar: Hier war die Plastiktüte entwickelt worden !! Die Märchenwesen sahen Bilder von Wetterfeen – wie sie wunderschön aussahen. Johnny hatte sich bereits nach vorne gedrängelt. Diese widerlichen Weiber mit ihren Warzen auf den Nasen, mit ihrer von Pocken erfüllten Haut sollten in Wirklichkeit so schön sein? »Eine magische Täuschung«, murmelte Neptun sauer, sehr, sehr sauer. Es kochte immer mehr in ihm. Als attraktive Geschäftsfrauen verkleidet hatten sie vor Jahrzehnten die Chefs von Supermärkten auf der ganzen Welt davon überzeugt, Plastiktüten in ihren Geschäften zum Verkauf anzubieten. Sie wussten, dass sie damit die ganze Welt fluten konnten. Und sie wussten auch: Am Ende des Lebens einer Plastiktüte würde sie im Meer landen, nicht alle, aber genug, um ihre Mission zu erfüllen. Ihr Ziel: Die Auslöschung allen Lebens in den Ozeanen!! Die Märchenpiraten wussten: Es gab Umweltforscher unter den Menschen, die gingen davon aus, dass stündlich 675 Tonnen Müll direkt von den Menschen ins Meer geworfen wurde. Stündlich! Die Hälfte davon soll Plastik sein. Im Pazifik, im Atlantik und im Indischen Ozean sammelte sich seit den 1950ern der Plastikmüll in Strudeln an. Alles Müll, den die Menschen ins Meer geworfen hatten. Im Nordpazifik war bereits eine riesige Insel aus Plastikmüll gewachsen, die möglicherweise bereits so groß wie Europa war. Es soll sogar eine Studie geben, nach der es im Jahr 2050 so weit sein könnte, dass es mehr Plastik als Fische im Meer gibt. Erst jüngst hatten Forscher der norwegischen Universität Bergen 30 Plastiktüten und jede Menge Mikroplastik im Magen eines Wales gefunden. Er war auf der Insel Sotra elendig verreckt. Und dieser schwarze Druide vor ihnen mit seinen verzauberten Wasserfeen war schuld!!! An alledem!!! Es kochte in ihnen allen! Immer mehr und mehr!! Jedes einzelne Märchenwesen hier unten wollte auf der Stelle nach unten springen – und den schwarzen Druiden sofort erledigen!!! Wild Wild Sonja konnte sehen, wie die anderen Märchenwesen, die sich unterhalb von Helgoland bewegten, ebenfalls die anderen Zugänge zu diesem Hörsaal erreichten. Sie waren Tausende, und das Böse da unten nur wenige. In dem Moment, wo Wild Wild Sonja gerade den Angriffsbefehl geben wollte, erblickte sie der schwarze Druide!! »Uaaaaaah«, schrie er panisch auf!!! Das war es, wovor er sich sein böses Leben lang gefürchtet hatte!! Die Prophezeiung hatte sich erfüllt: Die »Weiße Libelle« war da!!! Die Anführerin der Atlantinerinnen, Wild Wild Sonja und Blackbeard Johnny, die vorne standen, sahen die Furcht. »Wegen uns?«, dachte sich Johnny gerade noch, was er natürlich für absolut verständlich hielt. Aber nein, wegen ... Neptun!!! »Du miiiiiiiiiiiese Dreckssau!«, rannte der in großen Schritten nach vorne. Der schwarze Druide konnte es nicht fassen: »Du bist tot, du bist im Himmel, im Ruhestand, ich kann hier machen was ich will!!!«, kreischte der schwarze Druide. Er wollte über den linken Ausgang flüchten. Der war aber bereits mit Märchenwesen verstopft! Schnell wollte er nach rechts huschen. Aber auch dort gab es kein Entkommen mehr!

Alles voll mit Einhörnern, und einer Pinki mit goldener Dollarzeichen-Ghettokette, die knallrot vor Wut war.

Neptun war außer sich. Er hechtete die Stufen des Hörsaals herunter, wedelte mit seinem Dreizack herum. Jetzt summte und glühte sein Stab, mit jedem Schritt fing Helgoland an zu wackeln. Der Boden bebte, von der Decke lösten sich Steine und Erde. Hier war ein Gott unterwegs, dessen Königreich angegriffen wurde – von einem Wurm in einer schwarzen Kutte, … der direkt aus der Hölle gekommen war!! Ziiiiisch, sprangen Blitze aus dem Dreizack raus. Sie schossen in die Lüfte, verteilten sich, teilten sich immer wieder auf … und schlugen in die kreischenden Wasserfeen ein! Sofort sackten sie ohnmächtig zu Boden!! Noch während Neptun lief, lösten sich aus den Wasserfeen gelbe Giftwolken wie fiese Seelen, stiegen zur Decke hinauf … und verdampften kreischend. Die zurückbleibenden Wesen auf dem Boden …. verwandelten sich schlagartig … in wunderschöne Meeresfrauen!! »Neeeeeeein!«, rief der schwarze Druide in Panik. Durch die Gänge unter Helgoland schallten Explosionen. Die anderen Märchenwesen hatten gerade nicht nur die Giftmüllfabriken gesprengt, nein, sie hatten auch die Plastiktüten-Produktionshallen vernichtet!! Auf ihrem

Weg, hierhin zu diesem Hörsaal, hatten sie riesige Plastiktüten-Produktionsanlagen gefunden!!

»Neeeeeein!!«, spürte der schwarze Druide, wie sein böses Lebenswerk gerade ein für allemal zerstört wurde! Und noch schlimmer, sein eigenes Ende rannte gerade wutentbrannt auf ihn zu!! »Duuuuuuuuu!!!«, brüllte Neptun nun so, dass sogar Martha, Darfo, Sonja und Johnny zittern mussten. An Deck der »Weißen Libelle« verschluckten sich gerade Elvis, Wolkenjunge JayJay und Matrose Mo Hendrichs an ihren Erdbeerinhas. Die Welt schien jetzt unterzugehen! »Duuuuuuuuuu!!!«, machte Neptun seinen letzten Satz nach vorne. Der schwarze Druide fiel auf die Knie, winselte wie ein elendiger Feigling um Gnade, … was für ein seelenloses, verlogenes Monster! Neptun holte mit seiner Faust aus … und ließ sie auf seinen Kopf krachen!!! Ruuuuuuumps, wackelte Helgoland, die gesamte Nordssee!!! Bis Büsum, Husum, Sylt, Cuxhaven, Norderney, ja, bis Borkum war das Erdbeben zu spüren!!! Sternschnuppen fielen erschrocken, kerzengerade, senkrecht vom Firmament! Blitze spritzten in alle Himmelsrichtungen!!

Auf der gesamten Nordhalbkugel flackerten die Lichter bei den Menschen aufgrund der mächtigsten Stromschwankungen, die je die Menschheit erlebt hatte!!

Ob in den USA, in Russland oder China – überall setzte die elektrische Energieversorgung für gut eine Minute aus! Und dann herrschte Ruhe, eine gefühlte Ewigkeit lang! Der Planet war dunkel. Der Hörsaal war in eine dichte Aschewolke getaucht. Hust, Hust, Hust. Dann: Glockenschläge!! Jeder Kirchturm der Welt ließ von sich aus drei Glockenschläge ab, ob in Bayern, Südamerika, China, Afrika oder Australien, einfach weltweit … und die Aschewolke in der Halle unter Helgoland löste sich auf. Die Märchenwesen trauten ihren Augen nicht: Der schwarze Druide hockte bibbernd, heulend auf dem Boden. Neptun starrte ihn steif an. Dann knisterte und knackte es. Der Druide riss seine Hände hoch, schaute sie an. Verzweifelt blickte er zu Neptun hoch. Der blieb regungslos, … er schaute zu, wie sich am ganzen Körper des Druiden graue Linien bildeten. »Biihiiitte«, hauchte er ein letztes Mal. Aber er war Neptun – und das war die Strafe! Vor ihrer aller Augen breitete sich das Grau immer weiter aus, … versteinerte sich der Körper des bösen Druiden, … bis er sich vollständig zu einer Statur verhärtete. Neptuns Aura erfüllte den kompletten Raum. Ruhe. Stille. Pause. Ewigkeit. Dann verkündete er mit tiefer Stimme: »Er hat seine Strafe erhalten!« Wieder schien die Welt stehen zu bleiben. Dann haute Neptun

273

seinen Dreizack auf den Boden. Bumm!!! Und mit einem Mal ... liefen vom Rumpf aus grün funkelnde Linien des Lebens heraus!!! Erst wenige, dann immer mehr!!! Wie Schlangen fraßen sie sich durch den modrigen Matsch. Sie verwandelten hier unten alles ins Grüne! Rasen!! Auf dem sofort einige wunderschöne Blumen wuchsen!!! Frühlingsduft lag in der Luft!!! Die grünen Schlangen rannten hinaus in die Gänge des Tunnelsystems! Vermehrten sich!! Bahnten sich ihren Weg nach oben, raus aus den Löchern!!! Verteilten sich oben auf Helgoland. Ein breiter grüner Teppich legte sich samt direkt sprießenden Blumen wieder über die Insel!! Zerstörte Häuser bauten sich von alleine wieder auf. In Windeseile. Ziegel legten sich auf Ziegel, wie von Geisterhand gesteuert: Der Himmel riss auf. Die schwarzen Wolken verschwanden, sofort erhöhte sich die Temperatur auf angenehme 25 Grad! Dann säuberte die Magie die Strände, sie sprang auf das Wasser, rannte hinaus in die Nordsee. Egal, wo das Böse des Druiden und seiner verzauberten Wasserfeen, seiner Trolle gewirkt hatte, es machte sich alles rückgängig!!! Auch in Büsum konnten sich niemand mehr an den Anschlag erinnern! Martha, Darfo, Sonja und Johnny hingen sich in den Armen, voll Tränen, voller Glück!! Die Kinder erreichten die Oberfläche, lagen sich mit den Märchenwesen in den Armen. Alle klatschten miteinander ab, freuten sich, tanzten!!! Die Atlantinerinnen konnten wieder nach Hause! Auch an Bord der »Weißen Libelle« herrschte ausgelassene Siegesfreude. Wolkenjunge JayJay, Hafenpolizist Elvis und Mo Hendrichs erhoben die Tassen. »Ein Hoch auf die Weiße Libelle!«, jubelten sie. Die Fregatte »Lübeck« ließ ihr Horn vor Freude ertönen, schoss mit Leuchtmunition wie wild umher. Dann schaute Mo Hendrichs mit einem Mal an sich herunter. »Ich dachte, es wurde alles rückgängig gemacht???« Er hatte immer noch ungefähr 210 Kilogramm auf den Rippen. Das war viel, viel mehr als bei Antritt seiner Reise. Wolkenriese JayJay konnte nur kichern: »Das war halt nicht der schwarze Druide …

– Ende –

… Als die Siegespartys an Bord der »Weißen Libelle« und auf Helgoland vorbei waren, fielen alle Märchenwesen, die Büsumer Kinder und die Matrosen der »Lübeck« erschöpft in ihre Kojen. Lediglich ein Lebewesen erwachte: der Mini-Papagei. Er reckte und streckte sich,

er schüttelte und rüttelte sich, flog nach oben an Deck ..
und hockte sich auf die Reling. Dann schaute er zum
Abendhimmel. Dort schossen immer noch blau
leuchtende Glühwürmchen umher, fielen immer noch
glücklich Sternschnuppen herab. Der Mini-Papagei
zwinkerte zu der einen großen Wolke hoch … und
öffnete einen Flügel. Es blitzte kurz am Himmel. In
einem hohen Bogen flog etwas herunter … und landete
in seinem Gefieder: ein neuer magischer Piraten-Sheriff-
Stern. Der Mini-Papagei summte noch fröhlich ein
Seemannslied zum Dank, dann machte er sich wieder auf
nach unten. Liebevoll befestigte er den magischen Stern
an der Brust des kleinen Piraten: Johnny. »Danke«,
murmelte Blackbeard im Traum. Ein sanftes Lächeln
breitete sich in seinem Gesicht aus. »Da nicht für«,
flüsterte eine Stimme im Himmel. Schlaf schön, mein
Freund. Das hast du … und all die anderen
Märchenwesen, das habt ihr euch verdient. Der Mini-
Papagei reckte und streckte, schüttelte und rüttelte sich
erneut. Dann machte er es sich im Bett von Johnny
wieder bequem … und fing direkt wieder an … laut zu
schnarchen …

Und apropos:

Auch heute noch können Besucher der Nordsee die »Weiße Libelle« gelegentlich sehen: Ob in Büsum oder St. Peter-Ording, auf Sylt oder Helgoland, ob auf Wangerooge, Spiekeroog, Langeoog, Baltrum, Norderney oder auf Juist, ob in Cuxhaven oder Wilhelmshaven oder auch in Neuharlingersiel, Bensersiel, Dornumersiel, Neßmersiel oder Norddeich – die »Weiße Libelle« ist mit ihrer Märchenwesen-Besatzung und der magischen Seekarte unterwegs. Sie sorgt auf der Nordsee für Recht und Ordnung, für Frieden und friesische Gelassenheit. An ganz magischen Tagen kann man ihre Silhouette am Horizont erkennen, ihre stolzen Segel hoch im Wind. Manchmal fallen Sternschnuppen bei ihr herunter, manchmal surren blau leuchtende Glühwürmchen um sie herum. Und manchmal, ja, manchmal fällt das Ende des Regenbogens genau auf sie herab.

Und ihren geheimen Geheimhafen wird sie nicht aufgeben, … das ist man klar …

Und: Vor allem Kinderaugen können sie in Büsum auch vor Anker sehen, … wenn sie nur genau hinschauen … und dran glauben …

Ahoi, ihr Landratten!

Friesische Übersetzungen

Geiht nich, givt nich! – Geht nicht, gibt's nicht

Fofteihn maken – Pause machen

Nich lang schnacken, Kopp in´n Nacken – Nicht lange herumreden,
sondern trinken

Möchtsn Bonsche? – Möchtest Du ein Bonbon?

Bosseln – Sportart, bei der Kugeln geworfen werden

Nu man nich tüddeln – Nicht nervös, unruhig werden, aber auch keinen
Quatsch erzählen

Dat löppt sich ans torecht, du Schiedbüddel! – Alles wird gut!

Updröögt Bohnen – Aufgetrocknete Bohnen

Trau kien Oss van vörn, kien Perd van achtern un kien Minsk üm die to – Trau
keinem Ochsen von vorn, keinem Pferd von hinten und keinem
Menschen in Deiner Nähe!

Laat man loopen – Einfach laufen lassen

Büst Du mall? – Bist Du doof?

All up Stee – Alles in Ordnung

Schietwetter – Sauwetter

Dat drüppelt man blos – Das tröpfelt doch bloß

Bist 'n plietschen Dutt – Bist ein schlaues Kerlchen

Bangbüxe – Angsthase

Kiek mol wedder in – Schau mal wieder rein

Dösbaddel – Dösbaddel halt

Schnötthuisken – Laufende Nase

Klönschnack – Gemütliche Plauderei

Ausklabüstert – Ausgedacht

Ick bün of, ick mot in mien Quarteer – Ich bin kaputt, ich muss in mein Bett

Schnickop – Schluckauf

Sutsche – Gemächlich

Dunner'slach – Donnerschlag

Lass das ma noch ma beschnacken – Das sollten wir noch einmal drüber reden.

Mittenmang – Mittendrin

Vielleicht noch zum Schluss:

Wenn ihr aktiv beim Umwelt- und Naturschutz mitmachen wollt, dann solltet ihr bei euch vor Ort die entsprechenden Vereine fragen. In Deutschland sehr aktiv sind der Bund für Umwelt- und Naturschutz (BUND), der Naturschutzbund Deutschland (NABU), Greenpeace und noch viele mehr. Speziell an der Nord- und Ostsee gibt es natürlich Projekte, die sich der Wahrung der natürlichen Schönheiten, an Land und zu Wasser, verschrieben haben. Ganz wie die Märchenwesen-Piraten der »Weißen Libelle«: Sie hegen und pflegen, sie forschen und beschützen. Fragt einfach nach – und dann packt mit an!

Danke den Schmetterlingen Matzi, Dani, Anja und
Simone

–

Mögen Euch Eure Flügel ewig Freude bereiten.

Denn:

Diese Welt ist wunderschön!

Weitere Schmetterlingsgeschichten

Chronik I - Genug geschlafen
ISBN-13: 978-3837036367

Chronik II - Rock 'n' Roll
ISBN-13: 978-3839164266

Chronik III - One: Teil 1
ISBN-13: 978-3839166048

Chronik IV - Schmoon Lawa: Teil 1
ISBN-13: 978-3839143995

Chronik IV - Schmoon Lawa: Teil 2
ISBN-13: 978-3839169445

Chronik V - (R)Evolution: Teil 1
ISBN-13: 978-3842377462

Chronik V - (R)Evolution: Teil 2
ISBN-13: 978-3842375918

Die Schmetterlinge und der verschwundene Sommer
ISBN-13: 978-1494273149

24 + 1 Weihnachtsgeschichten auf Schmetterlingsart: Santas geheime Geheimstadt
ISBN-13: 978-3842347663

Magische Orte in Meerbusch: Kurze Geschichten zum Schmunzeln, für unterwegs und zwischendurch
ISBN-13: 978-3839133484

Magische Momente für Frauen: Kurze Geschichten zum Schmunzeln, für unterwegs und zwischendurch
ISBN-13: 978-3839140772

E-Books:

Die Schmetterlinge und der verschwundene Sommer
ASIN: B00GQG5SAY

24 + 1 Christmas Tales - Butterfly Adventures in Santa's Secret City
ASIN: B009DX4H1I

Chronik I - Genug geschlafen
ASIN: B00COROXP0

Chronik II - Rock 'n' Roll
ASIN: B00CO9MXOQ

Chronik III - One
ASIN: B00COOJSFI

Chronik IV - Schmoon Lawa
ASIN: B00CPL67ZE

Chronik V - (R)Evolution
ASIN: B00CPM3IXM

www.schmetterlingsgeschichten.com